每一滴水，

都是一条河；

每一个人，

都是这个时代；

每一个梦，

都是全面小康。

献给，那些

造梦的人，

追梦的人，

圆梦的人。

本书列入2018年江苏省作家协会重大题材文学作品创作工程

贾汪真旺

周淑娟　何圭襄◎著

南京出版传媒集团
南京出版社

图书在版编目（CIP）数据

贾汪真旺 / 周淑娟，何圭襄著. -- 南京：南京出版社

ISBN 978-7-5533-2776-1

Ⅰ. ①贾… Ⅱ. ①周… ②何… Ⅲ. ①报告文学 – 作品集 – 中国 – 当代 Ⅳ. ①I25

中国版本图书馆CIP数据核字（2019）第292174号

书　　名　贾汪真旺
作　　者　周淑娟　何圭襄
出版发行　南京出版传媒集团
　　　　　　南　京　出　版　社

社址：南京市太平门街53号　　邮编：210016
网址：http://www.njcbs.cn　　电子信箱：njcbs1988@163.com
联系电话：025-83283893、83283864（营销）　025-83112257（编务）

出 版 人　项晓宁
出 品 人　卢海鸣
责任编辑　余　力
　　　　　　翟聪睿
装帧设计　张　淼
责任印制　杨福彬

排　　版　南京新华丰制版有限公司
印　　刷　南京华众彩色印刷有限公司
开　　本　718毫米×1000毫米　1/16
印　　张　18.5
字　　数　220千
版　　次　2020年1月第1版
印　　次　2020年1月第1次印刷
书　　号　ISBN 978-7-5533-2776-1
定　　价　68.00元

南京出版社
图书专营店

目录

CONTENTS

自序

诗歌和远方

故乡与他乡

英雄与梦想

生存和生活

后记

贾汪，你凭什么真旺？

周淑娟

贾汪，你凭什么真旺？

一年多的时间里，这个问题一直萦绕在我的脑海中，像一块木板沉浮于汪洋之中，时隐时现。

有时，我打开电脑，点击进入百度地图，在放大缩小间盯着这一块区域，努力地想从贾汪的方位、地名、道路、山脉、河流、村庄、街巷、湖泊中寻求贾汪真旺的原因。

徐州卧龙泉抗战景区

有时，我端坐于茶桌前，凝视茶杯，却任思绪远走高飞。透过澄明的茶汤，我仿佛看到了这样的景象：那一片大地啊，在地表之下，有黑白两条脉络在延伸，在纵横，在舒展，在交错。那黑的一脉，一如地面上的山，厚重、密实，黑得发亮，是煤；那白的一脉，一如地面上的河，清澈、明亮，奔流不息，是泉。

煤和泉，在贾汪的大地下，是黑色之火、白色之火，是黑色之力、白色之力。鲁迅先生在《野草·题辞》中写道："地火在地下运行，奔突；熔岩一旦喷出，将烧尽一切野草，以及乔木。"我想象，地火也在贾汪的大地下运行，为这一片土地出产了不竭之动能和真旺的奇迹！

奥地利诗人里尔克的诗句，仿佛在一百多年前就为今天的徐州写就：向沉默的大地说，我流动；向湍急的水流说，我存在。

了解一座城市，从树木开始。进入一座城市，与草木邂逅。草木，集于徐州。

因为草木集于徐州，这些年来，徐州的气候特征似乎一下子"南移"了 300 公里。因为"南移"，徐州这座古城焕发出新的活力和生机——一年四季开满了花，二十四节气连绵着雨。

一座城市，即使没有树木，依然可以称为森林——钢筋混凝土的森林。如果是那样，那它一定缺乏从容淡定，更别提诗情画意。植物，与诗意息息相关，与适意丝丝相连。一座城市若没有人文精神，又比没有树木更枯燥、更乏味。

海外华人作家参观徐州之后说，"错把徐州当杭州"。这个"错"，错得实在好！省内知名记者采访之后说，"不是江南胜似江南"。这个"胜"，胜得实在妙！

如果说热爱楚韵汉风的家乡只是我个人的情感在发酵，那么就来看看理智是怎样与情感达成共识的：昔日煤城已经一点点、一步步实现由灰到绿、由绿到彩的转变——徐州的山河“出彩”了！

我出生于徐州煤区，从小到大，目睹一片片采煤区变成了塌陷区。人到中年，又惊喜地看到塌陷区变成了风景区。几年前，我对出生地的情感关注转变为对徐州这座资源枯竭城市的文学观照，我试着在历史的纵横中衔接人文底蕴，在山水的骨骼中凸显园林气质，希望形成文字后能铺陈为另一种开阔气象，将古今连成笔下的一片江山。

怎样才能更好地连接古今？如何做到纵横捭阖？人物的坐标何在？风物的经纬在哪？除了实地考察与面对面座谈，长篇历史散文的创作经历对报告文学的写作也大有裨益。对历史与地理、时间与空间、人物与风物进行或感性或理性的解读与剖析，成就了《我俩的徐州》这部散文集。2017 年发表于《雨花》杂志的长篇散文《来去之间》，书写北宋元丰元年前后的苏轼，以徐州作为他的出发点，厚重而流动，严谨且旷达。而当年“徐州重磅历史文化人物”的写作，在报纸上以每两周一个整版的规模和频次，既锤炼了我的脑力和笔力，也加快了我行文的速度。

有了这些历练和积累，我才有勇气开始《贾汪真旺》这部长篇报告文学的创作。

荣幸的是，这部报告文学作品甫在构思阶段便入选了 2018 年江苏省作家协会重大题材文学作品创作工程。与此同时，我的散文集《纵横红楼》获得了第八届冰心散文奖，中国作家协会北戴河创作之家也从北方向我吹来了凉爽的风。

想起了在北戴河创作之家度过的时光。一天晚饭后，我们母子俩沿着安一路散步。那是通往海边的一条幽静小路，蔷薇攀附到高大的树梢上。走着，走着，儿子突然说他为母亲骄傲，并说母亲应该走得更远。

何谓远？如何走远？儿子的话引起了我的思考。

一家人的成全，应该是思想的交锋、理想的辉映。夜深了，花睡去，我终于恍然大悟。

十年一觉红楼梦。工作，写作；公文，散文。业余时间，加倍努力，数百篇作品发表于文学和红学权威刊物上，并常年在国内报刊上开辟专栏，受到广泛关注和好评。

有时看来，在文学的世界里，我多么像一只流浪的猫。小区里，那只流浪猫总是站在锈迹斑斑的铁栅栏外，等待投食的人们到来。我呢，隔着工作的铁栅栏，游离于研究机构和专业创作机构之外。而这，并没能妨碍《红楼梦》成为我的兴奋点，也没能阻挡文学给我输送养料。“哪怕是一只流浪猫，也要保持自己的骄傲。”我在心里默念。

岁月，从不饶人，也不薄人。莲心味苦，终于也让我尝到了甜味。我一鼓作气加入了中国作家协会，加入了中国红楼梦学会，加入了中国散文学会。曾经，如鱼去鳞，似蛾扑火；如今，在对立中和风细雨，在对比里成就美感。“唯有对爱好，年龄才不是限制，反而是成全。”这句话从我心底迸发出来。

河北文友看到我当年发表于大学校刊上的毕业论文，建议我重走“研红”之路。其实早在大学期间，我就没准备走研究之路。对于《红楼梦》，我是这样的态度：无他，唯爱好而已。这个“好”字，读第三声和第四声都好。一切跟着爱好走的人生，一切随着岁月走的人生，真的可取吗？锦瑟无端五十弦，我开始反思自己的人生。

从爱情唯一到青春唯美，从人情冷暖到人性善恶，这是我从前看《红楼梦》的心理历程。如今，生命观照和哲学关注促使我转向。我知道，我已抵达红楼研读的瓶颈。

“我们从她的作品里，看到的只是有限的人和事——她关心的、热爱的。那些她不关心更不热爱的事情，成为一个巨大的黑洞，吞噬了读者对她的关注。”我先生这种类似于“文学评论”的欣赏，促使我毅然转向——我惯于和自己过不去。

“周女士可称得上人民的作家！质朴的文字，深入民生的采风，柔弱的外表下有着执着的灵魂。”山东文友李老师给予的评价令人感奋，因为我确实在试着转变文风。

那天，我的老父亲从怀里掏出一个小本本，戴上老花镜，念了几段文字给我听。那些文字是他从报纸上摘录下来的。父亲的这个举动，让我思考了很久，我下定决心写些通俗易懂的文字，让父亲能够看懂女儿所写的文字，正如我与笔下人物具备的那种灵魂沟通、精神共鸣。

已识乾坤大，犹怜草木青。走出贾府，走向贾汪；走出红楼，转向青山；走出书房，迈向自然。

水流如激箭，人世若浮萍。不要清瘦，要强壮；不要美白，要健康；不要文弱，要力量。

是的，作为一方水土的作家，有什么理由不去关注这一方水土上正在发生的深刻变化呢？有什么理由抛却一个作家肩头的责任呢？

问题是，写什么好呢？

突然间，机遇来了，思路有了。

2017 年 12 月 12 日至 13 日，中共中央总书记、国家主席、中央军委主席习近平来到江苏省徐州市，开启了党的十九大之后的首次地方调研。在两天的时间里，习近平总书记走进徐工集团，驻足潘安湖畔，看望马庄群众，瞻仰淮海战役烈士纪念塔，就学习贯彻党的十九大精神和当前经济社会发展情况进行考察调研，并对发展实体经济、加快科技创新、加强生态文明建设和精神文明建设、振兴乡村等提出殷殷嘱托。

初冬的寒意，被一个个温馨的场面驱散，也被一个个真诚的笑容融化。习近平总书记站在潘安湖神农码头，听取了当地负责人的汇报后夸赞贾汪转型实践做得好，现在是“真旺”了。

党的十九大后，总书记首次地方考察为何选择了徐州？又释放了哪些重要信号？将会产生怎样的影响？为此，解剖徐州这只集中体现当前我国发展现状的“麻雀”，极为重要。

那一年，在江苏省第十三次党代会上，时任中共江苏省委书记李强在参加徐州代表团讨论时，仔细听取了贾汪区治理采煤塌陷地、大力发展旅游经济的情况介绍后，开心地说：“你们啊，挖煤贾汪，旅游真旺！”

习近平总书记在党的十九大报告中指出：“从现在到2020年，是全面建成小康社会决胜期。”从煤炭枯竭到全域旅游，从针棒真棒到贾汪真旺，这片土地正在发生全面而深刻的变化。这变化，不仅见证了徐州和江苏，也见证了全国冲刺全面小康社会建设的时代征程。

徐州，拥有5000多年文明史、2600多年建城史，早在夏禹治水时即为九州之一。回望过去，徐州可以使我们从中领略中华民族文明史的灿烂绵长；聚焦现实，徐州也集中体现了当前中国经济社会发展的基本状况——

看徐州，能看到中国仍处于社会主义初级阶段的基本国情：人均GDP在6万元上下，城镇化率在60%左右，居民年人均可支配收入在

2.3 万元左右……就几个主要统计数据来看，徐州的发展水平和全国平均水平相似度极高。

看徐州，也能看到中国发展中“不平衡不充分”的突出问题：徐州属于资源枯竭型城市，如何弥补历史遗留欠账？如何实现产业转型升级？如何解决环境污染问题？这些，既是徐州也是中国今后一段时期亟待破解的难题。

看徐州，还能看到推动中国经济社会不断进步的正确方向：徐工集团精心打造中国自主装备品牌，贾汪区全力修复一度被破坏的生态环境，马庄村从以煤为生转型为多种产业共同发展……这些做法和经验成为总书记考察的重要内容，放到全国亦具有很强的示范引领效应。

从贾汪看徐州，从徐州看中国。

贾汪，是徐州的一个行政辖区，也是中国生态魅力区。用文学的显微镜、放大镜，我们看贾汪的城乡变迁，沿着产业转型、生态修复、旅游发展、文化兴盛、乡村振兴的实践路径，从中发现人民的创造力量、自然的生态规律，向世人展示美好中国的奋斗蓝图。

贾汪，真旺！

我期待着我的文字，如同贾汪期待着我的足迹。

自从这部报告文学作品被江苏省作家协会立项后，每有一点空闲时间，我们便往贾汪跑，沿着总书记的足迹跑，朝着总书记指引的方向看。我试图描绘贾汪真旺的现实图景，试图描绘贾汪真旺的时代轨迹，更想探寻贾汪真旺的深层原因——是什么驱动了贾汪真旺？

人开了矿，矿养了人。人和矿，就这样互相供养了一代又一代。等到矿关了，人走了，一代人的故事落幕了。

韩桥矿、夏桥矿、权台矿、旗山矿……我走过一座座关闭了的矿井，看着一个个高耸而落寞的井架，一切似乎已然结束。但是我看到，新的矿藏正在这片土地上形成，那是人生的又一富矿，关于精神，关于文化，关于文明。

一个周日，又一个周日。采风，记录。一个晚上，又一个晚上。青灯孤影，心无旁骛。累极，就追剧、洗衣、赏花、弹琴、阅读。后来，指甲裂了，连学琴弹琴都搁浅了。

一度，用电脑用到头晕，我需要释放自己。终于想起来抚琴，却发现《秋风词》忘得一干二净，《良宵引》抛到九霄云外，《阳关三叠》终究还是难免半途而废的命运。

“长歌和清弹，三叹有遗音。逸响随风发，高高不可寻。”赵孟頫的诗句，令我想起了视频中那位清唱《渭城曲》的女子。我被她迷住了——古意一何深。

无意中翻到《长门怨》琴谱，想起2018年金秋时节在秦淮河边见到的古琴金陵派传承人桂世民先生。听他的《长门怨》，我想到的竟是“慈悲颂”。匪夷所思。

古琴之外，《红楼梦》也有同样的作用——是憩园，也是启迪。

一树海棠，一架蔷薇，遮住了你的视线。如果，你想看一眼那个可爱的女子，你会怎样？如果你想与那个美丽的女子见上一面，你该怎么办？

《红楼梦》第二十五回果真如此。开头是宝玉渴望见到林红玉的种种煎熬，结尾却出人意料地安排薛蟠见到了娇喘微微的林黛玉。

桃树下，宝玉黛玉共读《西厢》，大家心旌摇荡——他俩的恋情尽人皆知。隔着海棠，宝玉偷看红玉，人们欲罢不能——这是个无人知晓的瞬间。

宝玉假装看花儿，幸运地看到了倚栏出神的林红玉，却被一株海棠花遮着，真是“隔花人远天涯近”。薛蟠境界不高，无意中瞥见了风流婉转的林黛玉，啥话都没说，自己“已酥倒在那里”。

海棠花开，宝玉隔着海棠总算看到了林红玉。蔷薇花开，宝玉隔着蔷薇不经意间看到了龄官。这样的画面，这样的空间，是园林的也是文字的，是理智的也是情感的，是作者的也是读者的。

你还想跟着谁去看这样美妙的画面？娇杏看到了窗内翻书的贾雨村，贾雨村看到了窗外撷花的娇杏，从此有了她“一回头”的姻缘。宝玉隔着蔷薇看到了画“蔷”的龄官，龄官隔着繁茂的花枝误把宝玉唤作“姐姐”，自此方使他悟到情缘各有分定。

突然想到，我可以是贾宝玉、贾雨村、娇杏、薛蟠，带领读者跟随我的脚步、我的视角、我的观察、我的思考、我的文字，越过那株海棠那簇蔷薇，去看红玉、黛玉、娇杏、龄官。

转念一想，我又不是贾宝玉、贾雨村、娇杏、薛蟠。行走中、采风时，我认识了不少人，听到了不少事，无须雾里看花，也不必水中捞月，他们坦诚而友好，振奋了我那潜沉良久的精神，治愈了我那美好深处的忧伤。活透彻活明白，活得透彻活得明白，生命因理解而延长，生活因懂得而丰富。十分感谢他们的信任，我也试着去理解他们。

也许我的眼界仍不够宽广，也许我的追问仍不够有力。我在历史中搜索，在现实中发现，在交谈中寻觅，在观察中体悟。

几年前，一翻开《繁花》这本小说，我就喜欢上了。作者对历史与现实的批判，隐藏在冷静透辟的短句里。

“不亵则不能使人欢笑。”《繁花》的作者金宇澄在小说里引用罗马诗人的话。“上流人必是虚假，下流人必是虚空。”《繁花》中的小人物小毛坚信自己不是这种虚空之人。而贾汪人民，既不虚假，也不虚空，释放出的是生存的实实在在，安放的是灵魂的点点滴滴。

他们那么温暖，那么明亮，让我看到了人们在热闹家庭里的独立姿态，岁月在湍急流逝中的重塑作用。

他们那么质朴，那么满足，填补了我灵魂深处的某些缝隙，修复了我精神高处的那些伤痕。

他们笑容纯净，表情轻松。看着她和他，看着他们和她们，想到了那些被物质淹没、被心机折磨的女人，那些被欲望包裹、被庸俗掌控的男人，真难说谁比谁更幸运、更幸福。

贾汪是一个有传承的地方。你看，在孟庆喜、孟国栋父子之间传承的，是对马庄的精心设计和发展，是对富口袋、富脑袋的孜孜追求，是对村民幸福未来的努力奋斗。你看，在胡大勋、胡大贵、胡军英之间传承的，是对民族独立自由的追求，是对英雄气概的敬仰，是对红色基因的呵护。你再看，在王秀英、孙建、孙卓贞之间传承的，是对乡村手工的热爱，是对非物质文化遗产的呵护，是对幸福美满的追求。

贾汪是一片永不塌陷的土地。它是英雄的土地，也是赋能的土地；它是风水的宝地，也是文化的宝地。这片土地上的人们，有一种不屈服的精神，他们不畏外族欺凌而能奋起抗争，他们追求心灵自由而不愿囿于日常俗务，他们有创造美好生活的愿望以及把这种愿望变成现实的超强能力。

李燕、李路、张涛、吴连营、孟庆喜、王秀英、解玉初、赵孝春……这一个个贾汪人，或为我们提供采访线索，或接受我们的采访。从他们身上，我感受到了一种精神，一股力量。

光明、善良、美好，勤劳、执着、努力……不管是耄耋老人还是职场中人，都让我看到了一份信心，一片希望。

是的，每次回望贾汪的人物和风物，分明有无垠的希望给予身心力量。

是的，每次站在贾汪这片土地上，都能看到崭新的生机拔地而起。

写什么的问题，自然而然就解决了。

写那座城。那是一座煤城、一座山城、一座泉城，也是一座英雄城、一座文化城、一座生态城……

写那些人。孟庆喜和他的农民乐团，胡大勋和他的运河支队，胡大贵和他的抗日纪念馆，王秀英和她的中药香包，鹿路路和他的美术课堂，解玉初和他的书法教室……

写那些空间。社区、园区、矿区、景区，被京杭大运河带动着，也被潘安湖、不牢河滋养着。

写那些时间。胡大勋、王建平、董昌彦、徐益三……那些镌刻在墙上石上的名字，也烙在贾汪人的心里。他们的生命，虽已逝去，但是，他们的时间，仍然在前进。

向着远方，向着未来。

2019年盛夏

于徐州故黄河畔

珍重天孙剪紫霞，沉香羞认旧敏华。
——[宋] 张玉娘《香闺十咏 · 紫香囊》

贾 汪 真 旺

诗歌和远方

贾汪真旺

花气浑如百和香

——王秀英的手工香包

“我扯了这么多，闲拉呱的，可别惹你们笑话。”香包老太太王秀英对我们说。

2018 年 11 月 11 日，星期天。我们没和任何人打招呼，便悄无声息地进了马庄村。到达时正是中午，村里静悄悄的。那些盖房子的、在巷子里挖沟的村民们，都回家吃饭了。但是，你仍然能发现，现在的马庄村在完善一些基础设施，也在改善村庄环境——像极了一个大工地。

村部是一个大院子，里面施划了停车位。车子一直开进院门。

迎着大门的是一排二层小楼。底层是马庄村文化礼堂，考究的中式桌椅摆满了观众席。闻名全国的马庄农民乐团，平时就在这里排练、演出。现在，礼堂里一片寂静，欢快的管弦乐好像仍充斥着整个大厅。二楼是马庄村史馆，显然这里经过了精心设计，大量的图片展示了马庄村的过去和现在。

我们被其中一张照片所吸引。那是 1986 年，年轻的孟庆喜成为马庄村的第四任党支部书记，坐在一群人中间。国字脸上，有一丝青涩，有一份坚毅。继续向前走，五级台阶上，巧妙地镌上了马庄村歌的谱子和歌词，人一踏上台阶，旁边的喇叭便传出了大合唱的歌声。

出了村史馆，沿着楼道北行二十来步，便是一排东西向的二层小楼。

其中最大的一间屋子，门口挂着王秀英香包工作室的牌子，这便是习近平总书记买“真棒”的地方。

屋里坐着三位中年妇女，穿着同款的红色中式上衣。见我们进来，抬头打量一下，又低下头飞针走线。

“你们一天能做几个香包啊？”

她们头也不抬地答：“一二十个吧。”

“王秀英老奶奶呢？”

“王奶奶在潘安湖景区里面有个工作室，在那儿了。”

“你们见到总书记的时候紧张吗？”

“那么多人呢，怕啥？”

“马庄现在名声响了，你们生活有什么改变吗？”

“每天来参观的人多了，买香包的人也很多。我们有班上，有钱赚。不比你们城里人差。”

坐在边上的一位女子始终面带笑容，清瘦的她很健谈：“我们王奶奶啊，就跟你们城里人一样，又干净又文气。”末了，她又加了句：“就像个干部样。”

下楼回到院子里，走进后院，更浓郁的中药香味弥漫开来。原来，村部后院建成了一个香包大院，里面有香包制作室、展示厅和中药房，每个大厅都宽敞明亮，香包品种繁多。在这里制作香包的妇女有几十人，年龄相对大些，最大的一位年龄超过 80 岁。大厅装修很有品位，展现了传统风格，操作台用的是旧门板，老式的门环就原样留在上面。

平日里的农村妇女，放下了惯常扛着的锄头、钉耙，个个拿起了绣花针，在操作台边一坐就是几小时，看上去耐心细致，平静安宁。也许，坐在这里的她们，只知道自己从此不用下地干苦活重活了，并没意识

香包店内购者如云

到时代发展在她们身上留下了印痕——当代农民正在由第一产业向第三产业大规模转移。

2018 年 11 月 25 日。

温暖的周日午后，潘安湖景区外停满了各式各样的车辆，小汽车，大客车；本地的，外地的……人们从全国各地赶来贾汪，要看一看这个采煤塌陷地上的生态修复奇迹。

走进景区主岛商业街，“王秀英中药香包”的牌匾突然出现在眼前。王秀英，就是习近平总书记自掏腰包为她“捧捧场”的那个老太太。作为国家级非物质文化遗产项目香包（徐州香包）市级代表性传承人，数十年来王秀英一直坚持手工缝制香包。

店铺里人头攒动，人声鼎沸。好不容易挤进去，站稳，定定神，这才看到大厅的左首隔出了一间玻璃房，有六七个人围坐在两张桌子旁忙活，桌上堆满了五颜六色的布头和丝线。我们一眼便在人群中认出了王秀英，和电视上一模一样。她正好面朝我们坐着。我们举起手机准备将见面的那一瞬间定格，仿佛事先约定一般，她赶紧拿起一个红色葫芦形的香包，配合我们拍照。

我们隔着玻璃窗喊了一声，王秀英便出来开门了。门一开，顾客们抢先蜂拥而上，争相和老太太合影，嘴里兴奋地嚷嚷着：运气真好，能与您合影！

被挤到一边的我们，笑着看和顾客合影的老太太：满头白发梳得整整齐齐；枣红色的中式褂子，盘扣，七分袖，袖口略宽。后来她对我们说，这衣服是她自己做的，就是件工作服。

等所有合影的顾客满意地走出店铺，老人家拉着我们的手，把我们带到靠门口的一个角落，说：“这里安静些。”于是，我们开始促膝拉呱。

一开始我们喊她“王奶奶”，这是我们从马庄村做香包的妇女那里学来的。聊着聊着，当我们知道她比我们的父亲大三岁后，便改口喊她“大姨”。

店铺里，咨询声、问价声、电话铃声不断。王秀英戴着老花镜，但耳朵不聋。在人声鼎沸的环境里，她仍能听清我们的问话。我们先从习近平总书记买香包聊起，以下是王秀英老人的讲述。

2017 年 12 月的一天，村里的干部让我带上自己满意的香包，和女儿、儿媳一起到村委会二楼的一间屋子摆放布置，说是有领导要来参观。那两三天，我们都在那里，忙着摆啊、挂啊。鸳鸯、公鸡、虎头靴、丹凤鞋、莲花帽、公子香帽、绣花围嘴儿……都摆放好了。打听是谁要来啊，村干部们都不说。

12 月 12 日那天，车来了，人到了。一下车，原来是总书记！这些年我也有点出名，是非物质文化遗产的传承人，不过做梦也没想到总书记能来啊！

一开始不知说啥好，说错话可怎么办？都是农村老人啊，光知道打招呼，站起来欢迎，喊“总书记好”（在王秀英老太太的嘴里，“总书记”和“主席”的称呼交替着用）。村书记向总书记介绍我，说这是王秀英，做香包的。我就说“总书记好”，总书记说“你好你好”。我说一个“好”，总书记说两个“好”。哎呀，总书记那么好的人，说话又软和，我心里就不害怕了。

总书记看了鞋，看了帽，看了香包。看到一个指头那么长的东西，就问叫什么。我说是“真棒”，要送给他。总书记说，你这大小也是个产业，我得捧捧场，他非得花 30 元钱买一个。

“真棒”是怎么回事呢？

2016年7月，我儿媳妇对我说：“以前的那些香包样式谁都会做，咱能不能做点别的？”我想起小时候我姥娘(外婆)做的针棒，怪好看的，我就缝了一小箩筐拿出去卖。游客问是啥，我说是针棒。游客说：“真棒？耶！好啊，身体棒棒！”“真棒”就这样叫开了。游客还真会说，说什么“贾汪真旺，马庄真棒”。过去呢，我姥娘做针棒，里面掖的是老人家掉下来的头发，针插上去不生锈，现在，针棒里放的是薰衣草。

总书记和我说了十几分钟的话，夸我做得精致做得好，要继续做下去。多好的一个人啊！我听他的，所以到现在都没觅（雇用）人，还是那几个学生在帮忙，我们用真丝布做珍品。是的，玻璃房里的那几个人是我的学生。

就在我们交谈的时候，又有几拨人挤过来，手里提着刚买的香包，与老太太合影。我们便充当了临时摄影师。

我姊妹七八个，有两个姐姐两个哥哥，还有两个弟弟。我只上过两年学，上学时还得抱着侄子和小弟弟。那时哪有书桌？大石碑放倒就是书桌，我就趴在上面写字。可是，一会儿侄子尿了，一会儿小弟弟屙了。大人就说了，小丫头上什么学，长大了也是人家的人。不上学了，我就想跟着我姥娘学做香囊。我姥娘、母亲，手都巧。大人嫌我浪费东西，不让我学，我就把姐姐、嫂子的毛巾拿去抽条，也捡布条子，学着做。大人看我做得还不孬，往后就不大管我了，公鸡、蛤蟆式样的，都让我做。有的时候，婶子大娘还让我给纳个鞋帮。奶奶、姥娘都裹小脚，穿软鞋，我也就学会了缝小尖鞋。

后来，赶集赶会，摆摊子卖，赚个十块八块、二三十块的，才高兴。一二十年过来了，鸳鸯、公鸡也做，定情香包、蝶蝉香包也做，都可以定制，国内国外都有人买，也算漂洋过海了。我不想把手艺带走（指离世），我给儿女撇下（留下）的是工艺品。

我的闺女都学艺术。大闺女学书法，二闺女学画画，三闺女手最巧。你看那边的香包和绣球，都是三闺女做的，我做一个，她能做三个。

我白天干活，晚上熬夜缝香包，弄得人家问我黑天白夜地摆乎啥。逢年过节，人家来找我做小公鸡式样的帽子、小孩的围嘴儿，我都给做。我也给自己的孩子们缝个小香包，里面填上砸碎的松果壳，那个不要花钱买。我还能用大毛巾叠成帽子，毛巾到我手里，马上能出个帽子。

你看，我扯了这么多，闲拉呱的，可别惹你笑话。

老太太被我们采访过，反过来开始“采访”我们：有几个孩子？多大了？得到答案后，老太太说：“孩子都这么大了？看不出来，你看着很年轻。”老太太的善意，我们一下子就感受到了。

我们提出和老太太合个影，老太太说：“走，咱们到主席照片那边去。”那是总书记和老太太站在一起的人幅照片。手握着手，老太太和我们合了影。那双手，苍老却不粗糙，宽厚而不失灵活。

总书记的大幅照片下面放着好几只“大象”。不知道是“大象”的形象太可爱，还是老太太刚为我解释过大象的吉祥寓意，我们对“大象”很是喜欢，更有好感。老太太整理了下“大象”的耳朵，说都是真丝布料做的。我们摸摸“大象”厚实的耳朵，再抱起一个金光闪闪的“小象”，像抱着娃娃那样心生喜悦却又小心翼翼。

老太太的二女儿孙卓贞在收款区，被一箩筐一箩筐的香包包围着。圆脸，短发，面目和善。身材适中，穿中式长褂，脖子上挂着香包，蓝色碎花的，小巧玲珑。她会画画，她的女儿也会画，工作室里悬挂着她女儿 10 岁时画的一幅作品。

针棒，“真棒”

如潮的客人退去后，孙卓贞拿出一本画册给我们看，画册封面上有“前世 今生 愿景”六个字，她们母女俩的画作收在同一个作品集里。打开画册，我们发现她画的是山水，她女儿画的是人物，她署名孙卓贞，她女儿署名李晗。李晗在大连艺术学院学声乐，选修手工，寒假会跟姥姥学习制作香帽。

王秀英的儿子儿媳是做什么的？1988年，和13岁的孟国栋一同进入马庄农民乐团的，就有她的儿子孙建。2007年，马庄农民乐团代表中国参加意大利第八届国际音乐节，孙建就是那个吹小号的年轻人。他的媳妇儿张世美是女高音，曾经在徐州欢乐谷大剧院骑着大马唱《青藏高原》。孙建原先和媳妇儿都在徐州城里上班，后来，潘安湖湿地公园建成开放，景区找到他，希望他母亲王秀英的中药香包进驻景区商业街，这样既可以凭借景区的庞大客流扩大自家产品销售，又能凭借非物质文化遗产的非凡魅力增强景区的吸引力。于是，孙建辞掉工作回到家乡。

“现在，一家人在一起，共同做一件事，这样的日子挺开心的。”孙建回头看看母亲和姐姐，这样说。

为什么要说起王秀英的孩子们？因为王秀英对于孩子上学、对于孩子学艺术，与一般的农村妇女见识不同。她认为孩子们学点本事，有个手艺在身，将来就不用为衣食发愁。以前，她做衣服、做香包赚的钱，都用来供孩子们上学了。如今，王秀英在中药香包店旁边开了传习所，成为中国矿业大学、江苏师范大学的校外课堂。

王秀英送我们两个薰衣草的“真棒”香包，我们收下了，但也坚持买了一个中药香包，紫色的底上开出白色的碎花。王秀英正在推辞时，我们已扫码付款。

香包的包装袋上，有王秀英的头像和中药香包的商标。包装袋上写着：国家级非物质文化遗产项目，徐州香包代表作品，非物质文化遗产传承人……还有对香包的简单介绍。

写到这里，要补充一点对于香包的介绍。

香包，英文名sachet，古代名香囊，亦称佩帏、容臭、香袋、荷包。用彩色丝线在彩绸上绣制出古老神奇的纹饰，缝制成大小不等的绣囊，内装多种中草药研磨成的细末，以作节令志庆和观赏品玩用。

香包的历史久远。我们可以在《诗经》里看到它的秀美，也可以在《离骚》中嗅得它的芬芳。屈原是个爱“香”的男人，行着吟着：“扈江离与辟芷兮，纫秋兰以为佩。”江离、辟芷、秋兰都是香草。纫，是缝缀的意思。佩，即佩帏。屈原的意思是把装满香草的香包带在身上。

《周礼》云：“五采备谓之绣。”香包用青、赤、黄、白、黑五色丝线刺绣而成，色彩绚丽，自然就有装饰、把玩、欣赏的审美功用。《礼记》云：“男女未冠笄者……衿缨皆佩容臭。”“佩”即佩戴。在汉代，未成年男女都能佩戴香包。

到了唐宋，香囊逐渐成为仕女的专用，男性则开始佩戴荷包。当然，荷包与香包不一样，香包里装的是香草，荷包主要是“盛手巾细物”的。香气自然招女人喜欢，当然也令男子喜欢，就连豪放的大诗人李白都留下了“楼台成海气，草木皆天香”这样氤氲美好的诗句。

清代，香包成为馈赠佳品，男女更是以此作为爱情信物。《红楼梦》第十七回，宝玉与黛玉之间发生了一场爱情纠纷，便由荷包和香袋引发。

大观园竣工后，贾政率众人前来视察，途中命宝玉题咏匾额，宝玉才思敏捷，顺利通过了测试。贾政喜在心头，他的小厮们则一哄而上，不是解宝玉的荷包，就是解宝玉的扇袋，不容分说，将宝玉所佩之物尽行解去。宝玉回到屋里，黛玉质问宝玉：“我给你的那个荷包也给他们了？你明儿再想我的东西，可不能够了！”黛玉这一气非同小可，回房将前日为宝玉做的但未完工的那个香袋儿，拿起剪子来就铰。

林黛玉是何等人！一年做一两样针线活，贾母还怕她累着了。可是你看，黛玉为宝玉做的，不仅仅是一个荷包，还有香袋呢。

到了现代社会，香包是承载传统文化的载体，蕴含着丰富的文化内涵和精神取向，在人际交往、寄情寓志方面有着重要作用。

王秀英老太太则强调香包的实用性，认为中药香包防感冒、抗病毒，能保护人的身体。她说：“白芷、桂皮、当归、薄荷、艾草、冰片这些东西，都是对咱们的身体有好处、有帮助的。到端午节了，有虫子、蝎子什么的，咱缝个香包一戴，蚊虫就不敢靠近了。我的香包就是好，对小孩、大人都有帮助。以前小孩搁外面地上睡觉，你弄个香包在他身边，因为这个药味，什么虫子都不敢靠近了。”

王秀英和我们聊了那么久，又和那么多顾客合了影，我们担心她劳累，就和她话别。孙建则陪我们到隔壁的传习所去。出了店铺大门，走了老远，我们忍不住回头，看到老太太仍腰板挺直地在店铺前站着，我们才想起老太太脸上的皱纹绽放得像花儿一样，漂亮而芬芳，也才想起老太太口气清新，身上没有一点异味。香包老太太，果然名不虚传！

传习所里宽敞，安静。高粱秸秆编织的展示墙很有质感，上面挂着各色香包，有桌椅条凳供学员们使用，悬挂的照片是小女孩排队进入传习所的情景。孙建告诉我们，对于顾客来说，做一个香包的意义肯定大于买一个香包。这是他们开办传习所的一个动力，也是扩大非物质文化遗产传承的一个思路。

自从习近平总书记给王秀英捧场后，王秀英和她的中药香包就成了网红。这一年，是王秀英一家最忙碌的一年，也是变化最大的一年。为了参加各种展会，自称“从来不出远门的老农民”王秀英不仅到了北京、南京、深圳、香港、上海这些大城市，还差点去了澳大利亚。

2018 年 11 月底，孙建开着商务车，带着母亲和媳妇儿一起去了上海，参加首届长三角国际文化产业博览会。

儿子开车，王秀英非常放心。虽然是第一次去上海，她既没晕车，也没觉得累。从苏北乡村走进繁华大都市，没有丝毫疲惫与不适，大上海的一切都让她感觉新奇。

文博会那样的舞台让她精神抖擞，兴致盎然，也给她注入了新的创作灵感。年近八十的人，日程安排得那么紧、那么满。11 月 28 日晚上抵达上海，直接开始布展，11 月 29 日至 12 月 2 日忙着展销，12 月 3 日就返回家里。

文博会现场，徐州馆以白色为主色调，勾以红色。在红白两色衬托下，虎头帽、老虎鞋这些徐州民间手工艺品，“真棒”、十二生肖这样的传统香包，喜庆，夺目，香气袭人。在自家香包展示区，王秀英胸前挂着蓝白相间的参展证件，上面写着：贾汪区潘安湖王秀英中药香包店 / 王秀英 / 负责人 / 参展商。

王秀英开心自信地笑着，一一寒暄，一一握手。与她握手的人，既有不同身份的购买者，又有不同层级的官员。“上海市委书记李强也来看我家的香包了呢！他一进展厅，就要找我。我给他脖子上挂上一个真棒，要送给他，他高兴的哟，对我说，不行，我得给钱。”

王秀英一一展示自己的香包，详细介绍各种香包的寓意和功效，引得参观者纷纷请求与她合影。一位中国矿业大学的退休女教授与王秀英相见恨晚，简直难舍难分。

“徐州香包是传统的民间艺术品，制作和佩戴香包的习俗在中国由来已久。希望通过自己的努力，让更多的人了解到香包这一古老瑰丽的手工艺术，也希望徐州香包能通过文博会走向全世界。”面对各路记者的采访，老太太说得真好。

“上海人民太热情了。我们娘仨还在回家的路上，要货电话就跟着来了。有一个上海老婆婆，买了个小葫芦香包送给儿媳妇。儿媳妇还想多买几个留着，她说我们做的东西太精致了，喜欢极了，都怕这种传统工艺会失传。”孙建回到家后，仍然无法忘怀上海和上海人的友好，“货还是带少了，在文博会上，除了不能销售的展品，其他货品都卖完了，尤其是小葫芦香包，本来就带的不多，刚拿出来就被一抢而空”。

王秀英也无法忘记上海。在上海的那几天，当她站在外滩，走在南京路上，那些在电视上看过很多次的地方，也让她感慨了很多次。“没

王秀英和她的中药香包

白活”“不服老”，老人家嘴上的“三字经”浓缩了过去几十年的奋斗生涯。

王秀英还拿到了一份上海自贸区国际交易品艺术中心的大订单。买方知道她们是手工制作，出货慢，于是有了一个宽容的约定：万件起步、不设上限，合作期限则是长期、无限定。

对王秀英来说，2018 年的年底，喜事不只这一件。这不，马庄村总投资 1600 万元的香包文创综合体项目已经全面完工，正式对外开放。香包博物馆里，清代荷包、如意绣球、虎挂、锦鲤等，制作精美雅致，让王秀英大开眼界，也深感自豪——她是中国传统手工香包文化的传承人、继承者。

香包走向了远方，老太太也带着全家走向了远方。她用中药和香包写出了带着香气的诗歌，香包成为她的诗歌和远方。

王秀英，是我们见到的最好的老人家之一。和她在一起，和她的家人在一起，令人愉悦轻松。她没有套路，不说套话，不是将自己封闭得严严实实的那类人。她对我们的信任，也引来了我们和她的亲密。初次见面，我们都敞开了心扉。

当我们坐下来写作的时候，那些人和事，在眼前浮来浮去，如同茶叶在茶杯里。我们需要时间让它们沉淀下来。

一个饱经沧桑的农村老太太，为什么能在 80 岁的时候成为网红？很多妇女不到 50 岁就放弃了自己，而她的事业和人生为何在耄耋之年抵达了高峰？

是内心的力量。是艺术的力量。

读着英国作家毛姆的小说《剧院风情》，两段话跳了出来：

“你应该有过这样的感情，但你只有在已经克服了这些感情之后才能表演它们。她记起了查尔斯有一次曾对她说，诗歌来源于冷静地回忆起来的感情。她对诗歌一窍不通，但是这话对演戏来说是正确无疑的。”

“你到那些博物馆和美术馆去，感到真厌烦之至，然后有一天，你万万没有想到，忽然发现你看到的某种东西竟大有用处。这证明艺术之类并不是浪费时间。”

对王秀英来说，当所有的苦难过去，冷静地回忆起自己的人生，她用针线和中药写出带着香气的诗歌。她的“博物馆”和“美术馆”又在哪里？在生活里，在家庭里。

在世俗的观念里，80 岁的王秀英活得精彩，活到了人生的巅峰。在“家门口”见到了过去只能在电视上看到的总书记，总书记跟她及她的女儿、儿媳亲切握手，向她问好，并掏钱买下了一个寓意“真棒”的香包，笑着说也要“捧捧场”。十几亿中国人，几个人有这种荣耀？

中国的乡村那么多，为什么是马庄村吸引了总书记前来调研？中国的老人那么多，为什么是孟庆喜和王秀英受到了总书记亲切接见？这又引起了我们的思考。

王秀英和孟庆喜都是传统意义上的农民，长期生活在乡村，但是他们的身上又有着和一般的农民或者说和大多数农民不一样的东西。

这个东西是什么？文艺，以及一颗文艺的心。孟庆喜年轻的时候就喜欢唱歌说快板，王秀英年幼的时候就在家庭熏陶下拿起了针线缝制香包。对艺术的爱好和追求，使得他们能够挣脱乡村日常事务对农民心灵的束缚和纠缠。

在乡村，劳作是沉重的，但孟庆喜和王秀英的心灵却是自由的、轻盈的，笑容也是明快的、爽朗的。如果说，皱纹在别人那里写满的是沧桑，到了他们的脸上则成了岁月里开出的一朵花。

文艺，让他们的生命较之于其他的农民，多了一重温润迷人的光辉，让他们在农民的质朴之中又多了一些灵气。是的，文艺不仅会赋予农民独特的生命之光，也会赋予每一个人——老师、技工、官员、学者——以开朗自信的人性之暖。这，便是文艺的力量。

世界级动漫大师宫崎骏说：“真正做艺术的人是温暖的，有人性支撑的。”

文艺，不仅能改变一个人的心灵，还能通过释放持久而巨大的力量改变一个家庭、一个家族的走向。你看，孟庆喜的儿子孟国栋放大了父亲对于音乐的爱好，走进了中国音乐学院的神圣殿堂。你看，王秀英的子女也超越了她对香包这一造型艺术的喜爱，拿起画笔摹写起心中的壮美河山，放开歌喉歌唱起远方的青藏高原。

中国乡村的家族和成员，多有致命弱点，木讷，保守，固执。孟庆喜和王秀英所做的，就是努力消除在他们身上留下的这些印记，尽量解开它们在乡亲身上的捆绑，让自己、家人和乡亲们成为更加轻盈丰盈的农民。他们做这些，也许是无意识的，也许是不自觉的，但却在家乡的田野上写下了新的希望。

音乐家谭盾小时候去美国留学，母亲对他说："不喜欢艺术的女孩子千万不要娶，不喜欢艺术的家庭千万不要去住，不喜欢艺术的国家千万不要去。"谭盾成名后，越来越觉得母亲的话有道理，"当你喜欢艺术时，这个国家就会充满了关爱、人情、人性，会对所有的山水、天空、大地都充满了感情，这就是艺术的巨大力量"。

写到这里，我们仿佛闻到了艺术的气息，正在王秀英家蔓延；看到了艺术的基因，正在各个家族的血管里传承；感到了艺术的力量，正在广袤的乡村里迸发。

中国有句古话：耕读传家久，诗书济世长。

岂能不信乎？

雷声忽送千峰雨

——新时代贾汪的文明实践

“四个意识要记牢 / 对党忠诚最重要 / 为党分忧多担责 / 为民解愁重实效。”六位红衣妇女打着快板，变换着队形，宣讲国家政策和邻里文明。

西大吴村“妇女主任”是个男的

2019 年 3 月 21 日，农历己亥年的春分节气。这个时节，乡村景色正好用“桃红柳绿”来描述。当然，还有黄色与绿色交相辉映——路边的油菜花开得正好。

在去西大吴村的车上，我们打开手机看了下地图，发现西大吴村在潘安湖的东南方向，和马庄村相隔不远。

我们与媒体的两位同志一起，来到了西大吴村，和贾汪区委宣传部的同志会合于村委大院。那里正进行一场“讲演”。

对于这种“讲＋演”的活动，我们在马庄村党委书记孟庆喜的朋友圈里看到过：贾汪区新时代文明实践讲习团“讲＋演”活动走进潘安湖街道马庄村。所谓“讲＋演”就是演出加演讲，把党的政策精神和当前社会形势、任务目标等内容，通过文艺演出和能人演讲的方式，送到广大农村基层，使群众在潜移默化中受到教育，容易入耳、入脑、入心。

舞台上，六位红衣妇女打着快板，变换着队形，正在宣讲国家政策和邻里文明。台下村民三三两两凑在一起，或蹲或站，欣赏着邻居们的表演。有的村民倚靠在三轮车上，面部表情显得更为轻松。

打竹板，响连天，平安法治来宣讲。

党中央，决策定，依法治国才盛强。

新时代，新思想，法制健全是保障。

政法改革新理念，全面深化好主张。

“五个统筹”是关键，“四个统一”要实现。

坚持人民来做主，健全民主好制度。

依法治国有保障，民主法治力量强。

郭声琨书记有指示，政法改革要抓好。

各项举措要抓实，形成合力见成效。

听着快板，绕过舞台，就是西大吴村的新时代文明实践站。“贴近群众需求，在服务群众中引导和凝聚群众”，墙上的几个字非常醒目。

什么是新时代文明实践？

贾汪区文明办主任黄学成介绍，建设“新时代文明实践中心”是党中央加强新时代文明建设的一件大事。通过各级基层组织积极探索实践，努力使新时代文明实践中心成为传播好声音、弘扬主旋律、开创新业绩、凝聚干群心的主阵地，促进人居环境美、乡风民风美、文化生活美，培育农村文明风尚。新时代文明实践场所，区一级的叫中心，镇街一级的叫所，村居一级的叫站。

边听，边看。边走，边问。

黄学成接着说，新时代文明实践中心建设是一项基础性、战略性的任务，目标是让习近平新时代中国特色社会主义思想深入群众的脑、进入群众的心。工作中，我们贾汪区重点强化顶层设计，突出“贴近群众需求，在服务群众中引导和凝聚群众”的工作导向，扎实推进理论宣讲、道德提升、文化惠民、帮扶关爱、乡风涵育“五大工程”，摸清群众需求，制定活动项目库，通过项目化推进，让文明实践工作落实落地。

我们频频颔首，目光落在墙上的一张图上。那是西大吴村新时代文明实践站的组织结构图。站长是村党总支书记毛飞，看上去年轻壮实，精明能干。文明实践联络员分 AB 角，A 角叫康微，一个秀气的女子，同时也是村里的劳动保障协理员。B 角叫李斌，是村妇女主任，一个帅气的小伙。

男妇女主任？是的。这个男“妇女主任”正在接受贾汪区电视台的采访，我们决定等他完成被访任务后和他谈几句。

只有西大吴村的新时代文明实践站是这样的吗？

不是的，贾汪区实施三级联动，区、镇、村三级党组织书记都兼任着中心（所、站）主任。同时明确规定镇级有二人、村级需有两人主抓这项工作，从而夯实建设责任。坚持书记抓、抓书记的思路，将文明实践列为“书记工程”“一把手项目”。区财政每年拿出 600 万元，每村配一名专职文明实践联络员，担任 A 角。村妇联主任或团支部书记协助管理，担任 B 角，确保村村都有 AB 角。同时，开发运行新时代文明实践管理平台，对中心、所、站的日常工作进行系统化、信息化管理。

我们见到了康微，一个笑意盈盈的姑娘。交谈中，知道她毕业于南京师范大学。她的家不在西大吴村，但是这个村子也不让她感到陌生。作为一名大学生村官，每天有干不完的活，也能遇到各种各样的新鲜事。除各类保险外，她每月能拿到 3400 元工资。

李斌走了进来，笑呵呵的，大方得体。他今年 35 岁，家在西大吴村。只有一个孩子，没什么负担，媳妇在市里上班，父母都纳入失地农民保障，他可以全身心地投入工作。

我们问他老年人的“地保”（农村失地农民养老保险）是多少。他记得清清楚楚，60 岁以上的老人每月补助 605 元。我们问他工作好开展吗？他说，网络化、信息化的情况下，村里的工作开展起来并不难。比如说“十必联”工作法，具体地讲，就是要求党员在联系群众的过程中必须做到十个方面：即群众家中有喜事、丧事、难事、急事、病事的必上门联系，群众家中有矛盾纠纷、信访诉求、当兵入伍、空巢老人、留守儿童的必上门联系。

黄学成接过话题说，“十必联”工作法是贾汪区的一项特色做法，也是一项发动组织群众的工作法，主要是通过基层党组织这条线，切实把群众组织动员起来，让每一名党员都能发挥好带头和带动作用，让每一名老百姓都能感受到党的温暖，从而实现听党的话，跟党走。我们通过完善工作体系，强化组织保障来推进“十必联”和“两包两联”工作法。什么是“两包两联”？就是乡镇干部包村、村组干部包片，村“两委”联系党员、党员联系群众。区委成立发动群众工作组，为文明实践工作提供坚强的组织保障。镇村两级紧紧依托基层党组织这个核心，全面推行“两包两联”工作法。

对于贾汪区新时代文明实践，黄学成的介绍条理清晰：

首先，在基层工作中贯穿新思想。将习近平新时代中国特色社会主义思想和习近平视察贾汪重要指示精神贯穿到具体工作中，统筹宣传、组织、文化、农业、科技、司法等 12 类涉农平台资源，把工作内容设计成主体活动项目和常态化活动项目，使之见思想、见精神，在

医疗志愿者进村开展诊疗服务

为民助民惠民中提升素质、涵养心灵。

其次，在宣传教育中聚焦新思想。统筹全区各类宣传教育平台，策划设置“学习进行时”专题专栏，组织新时代文明实践讲习团，开通新思想“直通车”“大喇叭”等，用通俗易懂的语言宣传党的创新理论成果，讲解党的方针政策，进行思想道德教育。

第三，在特色活动中融入新思想。创新开展“两富”（富口袋、富脑袋）讲堂、百姓金话筒巡讲、红石榴志愿服务、留守儿童代理亲人、乡村四点半学堂等特色活动，注重思想性和实用性相结合，让新时代文明实践活动有内涵、有温度、聚人气、可持续。在全区推广马庄村坚持 30 年的好做法，各村每月 1 日举行升旗仪式，举行国旗下讲话；每年全村照一张全家福，记乡愁、筑同心。

群众到哪里，新时代文明实践工作就延伸到哪里。作为全国新时代文明实践中心的试点县区，贾汪已经初步形成了区级中心、镇级示范所和村级示范站的服务体系。

目前，全区整合五大类平台资源，建设了文明实践基地 8 个、文明实践所 12 个、文明实践站 134 个、文明实践点 100 个，通过示范引领，辐射带动，全面提升新时代文明实践中心建设水平。

写写画画，艺为乡魂

中国先进基层党组织、中国重点镇、中国千强镇、中国婚育文明进万家活动先进镇、中国亿万农民健身活动先进镇、中国新农村建设百名典型镇、江苏省文明镇、江苏省新型示范小城镇、江苏省社会治安综合治理工作先进单位……这些，都是贾汪区大吴街道（以前设镇，区划调整后设街道）的“标签”。

“五一”节这天，我们再次来到大吴街道的新时代文明实践所。

大吴街道的新时代文明实践所，是在原税务分局的小楼内改建的。特别之处在三楼，这里被布置成一个当地农民书画家的作品展厅，里面的书画作品琳琅满目。2018 年 12 月 16 日，中宣部常务副部长王晓晖来贾汪参加“文化进万家”活动启动式，曾亲临这里参观大吴精品书画展，称赞道，大吴一个乡镇，涌现出如此之多的书画人才，而且作品种类齐全，水平也很高，的确很不容易。

习近平总书记在党的十九大报告中指出，文化是一个国家、一个民族的灵魂。传统的书画艺术作为文化的载体，最能彰显民族强劲的生命力。新时代文明实践工作开展以来，大吴书画协会将新时代新思想融入书画创作之中，用文艺作品抒发感情，歌颂祖国。

以文化人，成风化俗。大吴街道自新时代文明实践活动开展以来，深度挖掘文化资源，依托大吴书画协会成立了大吴街道新时代文明实践书画志愿服务队，广泛开展“送春联”“主题书画展”“书画免费培训”等志愿服务活动，充分发挥文化志愿者的作用，为乡村振兴和新时代文明实践工作持续贡献文化智慧和文化力量。

大吴书画协会成立于 1984 年，以老党员、老干部、老教师等书画爱好者为主，至今拥有会员 75 人，其中市级以上书协、美协会员 34 人。1996 年，大吴被江苏省文化厅命名为“江苏省民间文化之乡”，也是全市唯一的省级“民间艺术之乡”。

1996 年，大吴荣膺全省唯一的“民间艺术之乡”称号，书画协会可谓立下了汗马功劳。书画协会也是徐州市第一支成建制的乡镇级书画团队，早在 1988 年就在徐州市博物馆举办了全市首次乡镇书画展。30 多年来，协会多次在徐州市展览馆、工人文化宫等处举办书画展，马奎武、吴书英等还举办了个人书画展。会员作品发表在《人民日报》《新华日报》《中国书画报》《中国美术报》《农民日报》《中国青年报》《扬子晚报》《徐州日报》等报刊上。

原大吴文化站站长赵昌同是书画协会的倡导者之一，诗书兼工，曾写过一首诗记述大吴书画创作的状况，至今仍不时被人引用：满园桃李并榆槐，舍边群芳随处开。只缘农家庭院窄，枝枝蔓蔓出墙来。

解玉初，以前当过解台村支书，也是大吴书画协会的倡导者之一。他和赵昌同等一批老人，经常碰面切磋书画创作技巧。后来大家商议，要让大吴书画创作传统传承下去，必须重视下一代的书画艺术教育。他们分别在解台和周边 6 个村，连续 9 年开办“保萃学堂”“本善学堂”等公益书屋，免费为大吴及周边的市民开展书画培训。经过持续多年

贾汪区新时代文明实践中心

的努力，会员作品多次在省市级展览会、博物馆展出，受到了各级领导及书画界的好评。

从展厅作品可以看出大吴书画创作的全貌。在每一幅作品的背后，都有一双手，在临摹、在书写、在创作。在每一双手的背后，都有一颗文艺的心灵，追求着精神上的宁静和美好的寄托。在每一颗心灵的背后，都有一个富了口袋富脑袋的家庭，有着“耕读传家久，诗书继世长”的醇厚家风。

大吴农民的一双手，可收麦种菜，可煎炒烹炸，亦可磨墨临帖信笔书写。他们的那双手，从小拈笔，僵硬得很、沉重得很。随着年岁渐增，手越来越大，也越来越糙，但是拈起笔来却越来越轻、越来越熟。

他们在大红纸上写下“祖国万里春，江山千古秀”，贴在院门上自成道道风景。

大吴农民练字多写楷书，讲究横平竖直、方方正正、中规中矩。他们也喜欢写行书，有那么一点洒脱飘逸、行云流水。他们不写草书。草书是书法艺术的最高境界，是抽象，是自由，是天马行空，是无拘无束。大吴农民是朴实的、厚重的，他们在一撇一捺、一点一横中体会到为人的认真和正直，验证“不以规矩难成方圆”的古训。

李大诗是大吴书画协会的现任会长，今年61岁。李会长温和、谦逊。他是土生土长的大吴人，以前在旗山矿工会工作，退休后发挥余热，带动起当地一批书画爱好者。

他说，大吴有着丰厚的文化底蕴。以前有个名叫吴元溆的举人，晚清至民国期间成立过龙山诗社，办过保萃学堂。这也是“大吴”这个地名的来历，渊源清楚。改革开放后，当地涌现出瓦庄、赣榆等十几家煤矿，经济发展了，群众生活水平提高了，文化生活也更加丰富多彩了。

大吴为什么会有这么多各级书画协会会员？李会长强调的还是文化底蕴，当地出过举人出过秀才，有个名叫王步章的，据说当年家里就藏有苏东坡的画作。大吴镇有中国书协会员耿广敏、常征等人。李会长本人就在矿里工会干过宣传等工作，喜欢书画。

“大吴书画协会成立于1984年。筹划人是大吴镇文化站老站长赵昌同、解台村老书记解玉初。主要是他俩负责，我只是参与。”李会长谦虚地说。

“那就是赵会长的儿子赵孝春。”大吴书画协会副会长王兆普指了指旁边一位中年人。发福的赵孝春看上去敦厚、实在，他客气地笑笑，说我们一家人都喜爱书画，我们的家风是忠厚，乡人都尊重我们。“小辈也画画，我的外甥就跟祝培良、李守银这些老师学画画学写字，他才7岁。我妹妹在贾汪文化局工作。”

赵孝春的工作室在家里，叫“五平庵”。院子里种着木瓜，大缸里养着睡莲。木瓜已经结了拇指大的果子，只有一朵粉色的花还挂在树枝上。进门的客厅，布置成了画室。“有点乱”，赵孝春温和地笑笑。“工作室哪有不乱的”，大家凑趣地说。

参观过赵孝春家，大家又一阵风似地奔到解玉初家。一下车，巷子里阳光明媚，芳香扑鼻，气味怡人，让人忍不住深吸几口。一簇蔷薇越过围墙，泛着艳艳的玫瑰红，飘逸着满满的植物香。蔷薇并不孤独，那株30年的木香和它为邻，白色的花朵细细密密罩住了墙面。院子开阔、整洁，有独立的月季花，还有虬曲的枣树。最为独特的是，院门旁还有个花瓶式样的小门。

解玉初今年79岁，自己创办了本善书屋。本善书屋就在邻院。福由心造、方圆阁……院子里的匾额题字很有力量，不同凡俗。室内挂满学生的作品，一笔一画认认真真。“书屋一年举办一期，每周六上课，免费培训，纯公益性质的。到今年，我这个书屋已经举办了十期。”解玉初向我们介绍道。

从本善书屋出来，我们又赶到王兆普的工作室，三层临街小楼，既可作展览也可作画室，既能教学生也能自家住。

看过了赵、解、王三人的工作室，我们对大吴的书画氛围已经有了深刻体会，就如同浑身沾染的木香、蔷薇香。

谈到大吴书画的未来，会长、副会长们都充满了信心。李大诗向我们介绍说：

贯汪的民间书画骨干基本都在大吴，有国家级、省市级会员三四十人。我们也注重培养后备力量，积蓄人才。目前我们有两个培训基地，瓦店村一个，我这里一个。大吴书画协会延续了30多年，现在已经到了第三代。这么多年的实践证明，我们坚持走这个路子是对的。书画这杆旗，只要坚持住，一定能迎风飘扬。

大吴民间文艺的发展，与当地党委、政府的重视有很大关系。二三十年来，书画协会会员每个月都聚集一次，会员们当面交流。你的作品，我的作品，大家互相提提意见，这样一来水平就容易提高。如今，每月20号，我们准时在二楼活动室集中，这里有展室、画室，镇里还免费提供纸砚。另外，徐州、宿迁等地有书画展览，我们也会组织会员去观摩，在观摩名家作品的过程中得到提升。一般是几个人约了自行去，人多了就租车去，经费由协会解决，有时政府也补贴一点。

在服务群众上，我们书画协会年年春节都组织会员到各村去写春联，每个文明站书画协会的活动都搞得很好。你看，我们现在正在筹备庆祝新中国成立70周年书画展，政府还会出资给我们提供奖品和装裱费用，参加书画展的也都有工作餐。

在新时代文明实践建设过程中，如何利用书画协会？李会长的回答很有条理：

书画艺术要想提高得快，那是不可能的，得慢慢培训。在文明实践中，我们能够发挥好书画艺术的力量，第一，借助文明实践站的书画室，为孩子提供免费培训，让他们及时受到艺术熏陶。当然，各村的“四点半课堂”也发挥了作用。第二，我们各村村史馆的装饰，比如那些门头和口号标语，我们就不用印刷体，都是由当地书法家书写。如“从文明走来”那几个字，就是由本地书法家书写的，这样村民看着有亲近感和荣誉感。第三，我们通过举办一些主题性的书画展感染村民影响村民，比如新中国成立70周年书画展，大家写一些昂扬向上的作品，歌颂党，歌颂祖国。

家庭里，书画对家风的养成起什么作用？对镇风起到什么作用？李会长说：

对家风起到塑造、传承、提高的作用。这支书画队伍，对群众的精神面貌和心灵塑造起到很大作用。与吟诗、音乐相比，书画对提高思想境界、道德修养不会那么快，是潜移默化的作用，过程需要一定的时间。我们也希望书画协会能做出文化产业，做出“大吴书画”这个品牌。

说到这里，李路插话说，用传统文化营造大的氛围，开展“文化进万家”活动。孩子从小参与进来，家庭自然会参与，对孩子的熏陶会投射到社会上。书画追求到极致，做人也一定不会差。

李路，1991年出生，干净、利索。他不是书画协会的负责人，而是大吴街道的副主任。年纪轻轻，做事稳当。

“孩子王”志愿者

2019年6月1日，正是星期六，又是儿童节。我们再次来到大吴街道，李路把我们带到了街道广场，那里正在举办庆祝中华人民共和国成立70周年暨“六一”儿童美术展，由一家名叫七色鹿的美育中心承办。

广场上，一张白色墙布上签满了孩子们的名字，个性突出。有个叫王梓豪的孩子把“豪”的下半部分写出了猪的样子，活灵活现，令人忍俊不禁。旁边还有一个签名是陈香燃，一个非常好的名字，也许

贾汪区新时代文明实践中心

是女孩子的名字吧。孩子的名字都取得这样好，你不得不佩服大吴街道的文化氛围。

粉笔画、钢笔画、水彩画挂在几堵装饰墙上，螳螂、猴子、树枝等题材童趣盎然。家长和孩子来了不少，有的在看画，有的在拍照，有的在观看节目。舞台上的女主持人正在说话，她是七色鹿美育中心负责人鹿路路的妻子。

鹿路路介绍说，这些参展的儿童画多是 5 岁到 7 岁孩子的画作，有些老师的画作和书法作品也掺杂其中。

边看边走，我们跟随李路和鹿路路来到了桌子前，几个女老师正在展示扇子和丝巾，扇面是孩子一笔笔画上去、写上去的，丝巾是孩子们的扎染作品。

李路说，这些儿童画已经成为大吴街道的特色，大吴正打算把儿童画制作成伴手礼推广出去，就像马庄村的香包那样，走出贾汪，走向全国。

随后，我们提出要去七色鹿美育中心看看。美育中心离广场不远，也就几百米的路程。

还没进门，鹿路路和他的同事张孝坤就解释说："里面太乱了，实在不好意思。"为布展，他们七八个老师熬了个通宵，房间还没来得及收拾整理。这七八个人都是大学本科毕业，是鹿路路从各地召集来的贤才。张孝坤，就是鹿路路从苏州引来的。"学历虽然不能代表什么，但四年大学教育一定会留下印记，所以我们聘请的老师必须拥有本科学历。张老师就毕业于江苏师范大学，还有的老师毕业于广州美术学院。"鹿路路说。

进入大门，一块贾汪团区委颁发的奖牌进入我们的视线，鹿路路被评为2018年度"贾汪区优秀青年志愿者"。

鹿路路说，我们这里不局限于绘画，采用的是大美术的概念，手工、陶泥、书法、拉丁舞各个门类都有。我们也不仅是老师，还是大吴街道文明实践站的志愿者。

鹿路路带着大家去二楼、三楼参观画室和手工室，张孝坤和我们聊了起来。

他说，出生于1989年的鹿路路，毕业于郑州轻工业大学。这里有学生300多名，很多是从市内来的，因为喜欢我们这里的小班化办学。鹿路路不是商人，他是个有理想的人，他不想只当个老师，还想学些管理。他对老师很好，谁有困难他都会悄悄帮助，所以这个团队很有闯劲。他对孩子也好，要求老师必须热爱孩子，残疾儿童、困难儿童、单亲家庭的孩子，都全程免费、全部免费。他对画室的期望也大，大吴是个启发点，也是个出发点。

等鹿路路下楼后，我们一起走入一楼的一间画室，那是专为自闭症儿童准备的。自闭症儿童不能忍受吵闹和混乱，他们需要绝对安静。鹿路路拿出自闭症儿童的画作，一张张为我们介绍。我们看到，在画作奇特的想象和丰富的色彩里，还藏着孩子的情绪，从一开始的认真投入到后来的极不耐烦。

走出画室，我们问起鹿路路将来的打算。他说：

我们每天都有干不完的事，不仅要完成教学任务，还要举办一些展览，参与到大吴街道的文明实践活动中去。比如今天的展览，因为太匆忙，我最多只能给60分。我们这群年轻人，希望依托大吴的文化氛围走进贾汪，走到市区，当然也想用自己所长为大吴街道做贡献，把审美教育融入乡村振兴。大吴街道墙上的画你们看到了吗？都是我和几个老师画的。我们在墙上画画，村民总是关心地问“累不累”，大人小孩都来看我们。我们参与文明实践，自己也受到了锻炼。美在每一个角落，这样才能去实现自己的艺术梦想。

文明实践“望”贾汪

因为关注贾汪，我们也关注一场大会。

2019年5月28日那天，全省新时代文明实践中心建设试点工作推进会在徐州市贾汪区召开。

前一天下午，与会人员考察了贾汪区新时代文明实践中心、所、站建设情况。我从新闻里看了看考察点，发现了不少自己到过的地方，亲切感油然而生：马庄村新时代文明实践站、贾汪区新时代文明实践中心、瓦庄村新时代文明实践站、小吴村新时代文明实践站、大吴街道新时代文明实践所。房上村新时代文明实践站、大泉街道新时代文明实践所、磨石塘村新时代文明实践站，这三个地方我还没去过。

全省新时代文明实践中心建设试点工作推进会，为什么选择了贾汪？真“旺”的贾汪又让参会人员“望”到了什么？

近年来，习近平总书记曾多次强调“精神文明”的重要性。2018 年 7 月，习近平总书记主持召开中央深改委第三次会议，做出了建设新时代文明实践中心的决策部署。

如今，这项事业正在全国范围广泛推进。徐州在贾汪、邳州、铜山三家试点地区先行示范的基础上，正在积极探索把文明实践中心建设向全市推广延伸，力争尽快形成城乡全域推进、满城开花的生动局面。目前，徐州已先后成立县级新时代文明实践中心 3 个、镇级文明实践所 59 个、村级文明实践站 738 个，组建各级各类志愿服务队 2400 多支，开展志愿服务活动万余场次。

而江苏的这场大会，更是吸引了全省的关注。江苏省委常委、省委宣传部部长王燕文强调这次会议在徐州市贾汪区召开，具有特别意义。

2017 年 12 月 12 日，习近平总书记在贾汪区马庄村视察时指出，农村精神文明建设很重要，物质变精神、精神变物质是辩证法的观点，实施乡村振兴战略要物质文明和精神文明一起抓，特别要注重提升农民精神风貌。

2018 年 8 月，徐州市贾汪区等 27 个县（市、区）先后被列入全国和省级试点。贾汪区牢记习近平总书记的重要指示精神和殷殷嘱托，将新时代文明实践中心建设与马庄经验的总结推广有机结合，大力推

乡村记忆

进新时代文明实践“365 工程”，取得明显成效。

对于徐州推进新时代文明实践中心建设的做法和经验，徐州市委书记周铁根说，抓好新时代文明实践中心建设试点工作对徐州有着非比寻常的重大意义。徐州主要做了四个方面工作：构建强有力的推进机制，建成全覆盖的阵地网络，组建高素质的志愿队伍，开展接地气的实践活动。

那么新时代文明实践中心，到底是个啥模样？都有什么功能呢？

简单地说，新时代文明实践中心是新时期统筹开展各类精神文明创建的综合性活动阵地。

通俗地说，它像网上购物，又是润滑剂，还是好帮手，也是大舞台。

百姓有需求，可以像网上购物一样“下单”，在这里寻求专业志愿者团队的帮助。

东家长西家短，有问题有矛盾有纠纷，可以在这里协调沟通，自然成为乡里团结的润滑剂。

孩子放学早，家里没人照顾，可以到这里的“四点半课堂”来，家长们有了好帮手。

喜欢歌舞和曲艺的乡亲们，可以到这里看各种演出，兴致来了也可以自己上台过把瘾。

遄行于家乡和异乡

“五一”那天，我们听到了年长者对大吴文化建设的贡献。“六一”这天，我们又体会到了年轻人对大吴文化建设的付出。

无论老人还是年轻人，他们都说，政府对我们的支持很重要。李路说，新时代文明实践也需要依托这些民间机构，调动志愿者的积极性。

就这样，认识了一些人，了解了他们独特的经历，为之感动，并从中获取力量。多是偶遇，却也说得出渊源。

年轻的他们，如同一块璞玉，需要打磨，需要雕琢，方能扛得起信任与期待的担子。年长的他们如同那些摆放在橱窗里的文物，经历了岁月，愈加艳丽，而蒙尘只是暂时的。

康微、李斌、李路、鹿路路、张孝坤……这是一群乡村年轻人的名字。

笑着告别前，彼此加了微信，从此互相关注，却也互不打扰。世间奇缘，原来那么美妙。

他们工作在基层，干着烦琐、细碎的活，却有着明朗的笑容和饱满的精神。一个好的城市，一个好的地方，必能吸引年轻人，塑造年轻人。

看着他和她，我们的心里有个对比。身边有些年轻人还没长成就已经衰老了，好吃懒做，贪得无厌，衣服不洗，书本不翻，等着吃浮食，想着走捷径，心中满是算计，满嘴都是钱。

背景。镜头。

2018 年秋天，去南京参加省作协举办的报告文学作家读书班。

在那个周日的课堂上，无法遏制地起了归心。没带书，没带琴，没带电脑，在先锋书店买的书也一鼓作气先快递回家了。怅然，迟钝，如同爱烟的人突然戒了烟，却牢牢记得鲁迅文学奖、紫金山文学奖评委丁晓原教授的话：写作的人不要什么奖都想得，作文先做人，要知道人的有限性。

知道人的有限性，也就好调整自己了。一旦认识了自己，也就能找到出路了。

微风细雨中，乘坐公交车去先锋书店；胡思乱想着，又乘坐公交车回到住地钟山宾馆。不是不舍得花那个打车钱，而是想一站一站坐着看，尽量拉长“看”的时间。

下了车，慢慢走回宾馆，看到敬业的人们还在灯光下忙着，旧的会标已经撤下，新的条幅正在挂起。从未像那天似的，强烈感觉到宾馆与车站就是人世间的缩影与隐喻。

宾馆里。一拨人热热闹闹走了，一拨人熙熙攘攘来了，走的看不到来的，来的不知道走的。这，很像前生与来世。只有同期抵达或日期交叉的才能相见，这，很像今生。

车站里。一辆车轰隆隆走了，一辆车呼啸着来了，走的乘客见不到来的，来的乘客不知道走的。这，很像前世与来生。只有在候车室停留的人才能相见，这，很像今生。

当然，宾馆或车站的某个人乘车离开了，也可以说他剥离了今生，奔向了来世。

次日。中雨。

在南京南站，我们看到了一个人，脚上戴着黑色镣铐，头上遮着黑色甩帽，伛偻着并不高大的身子，趿拉着一双黑色拖鞋，脚上的皮肤白得触目惊心！黑色的人，黑色的人生啊。

那些罪与罚的背负，为那些美与好的毁灭。每个生命，每段生命历程，经历了欢乐颂，能不能写下忏悔录？在嘈杂的车站里，想起了《红与黑》里的于连，想起了《罪与罚》中的罗季昂。于连甘心赴死，罗季昂甘愿接受惩罚，因为自知需要忏悔，因为懂得必须赎罪。

开始检票了，该回家了。回家真好，自由多好啊。一群人迅速消散，像鱼一样，潜到自己的水底。一列火车，顺着洋流，或逆着洋流，完成一些出发，一些抵达。

从异乡到家乡，虽然我们一直怀疑自己有没有家乡这个概念，但家国的感觉却始终强盛。如果人生能够重新开始，我们一定选择让“我”与家国的联系更为紧密。

从此岸到彼岸，长途越度关津，又何惧遄行不遄行的。只是，这个忙碌的春天，给了我们善意提醒：心有些不甘，力亦有些不足。人到中年，忙到“不能容针”，三头六臂不够用，还得拥有十八般武艺，而那十八般武艺也要样样精通。没时间抱怨，没精力纠缠，尽量绽放，尽力担负吧。

在这座城市居住了很久，疲惫的感觉挥之不去。在一个地方工作了太久，与我们相伴的总是沉默寡言。

迎春成片，玉兰新绽。每次午饭后，我们都到办公楼附近去看看

最美不过夕阳红

那些名叫草木的好友，下雨去，不下雨也去。每年春天，我们都到那棵名叫桃的树下站一站，看她绽放，或等她绽放。无穷生机，氤氲在风雨中；无限压力，释放到自然中。因为我们知道，大自然拥有人类的一切美德。

人间正道是沧桑。感谢贾汪的年轻人，感谢贾汪的老年人，让我们更加坚信“正道”，让我们从此不惧“沧桑”。

“不管别人怎么看，怎么想，按照自己的命运活着。人的最佳状态是明亮、有香气。”女作家庆山说。

是的，万物闻香止恶。

是的，万物有灵且美。

高鸟倦而犹飞

——新农民有新爱好

“农家院，是中国乡村的细胞。”在贾汪，我们看了赵家，访了解家，不禁有感而发。

赵孝春家

赵孝春是贾汪区大吴街道解台村的会计，家就在大吴街上，出门是车辆川流不息的通港大道，南边不远是京杭大运河。临街小院里，种着一棵木瓜树，树下置一大缸种着睡莲。院门上挂一木匾，上书“五平庐”三个大字。这是他父亲赵昌同的手迹。后来，我曾专门问孝春“五平庐”是什么意思，他回复我是平安、平凡、平顺、平静、平常构成了“五平”。

在大吴，略通书画的人，没有不知道赵昌同的。他原先是乡镇文化站的站长，酷爱书法。大吴书画协会第一届理事会里便有他。他是当时成立书画协会的积极倡议者之一。现在，忠厚腼腆的赵孝春承袭了父亲的爱好，也担起了在乡间弘扬书法艺术的责任。

他在客厅旁边的偏房里给自己布置了一间书房，又开了一个门直接通到路边院子里。书房里，一块大木板放置在一张窄小的破桌子上，上面铺一层毛毡，案上散乱地摆着书、笔墨、纸、镇纸。案上，一卷长纸用于“描红”，半舒半卷着。南面墙上，有他画的墨竹，也挂有他写的字。他写“月”字，总喜欢把左边那一撇写得长过右边的折钩，不像有些人常常把右边写得比左边那一撇稍稍长一些。我更喜欢后一种写法。

从墙上挂着的、桌上摊开的、地上扔着的纸上可以看出来，他是在努力地研习种种字体，小篆、楷、魏碑……我问过好多人，既然大吴有那么多的书画爱好者练习者，那么应该有不少父子书法家或者爷孙书法家吧。当时，孝春却老实地摇摇头说：“没有，除了俺家是的。”

赵孝春写字不怕人。人们可能不知道，有一些书法家是不愿意当着众人写字的。当众写字，气氛热烈，书法家的心难以静下来，这一点，我能理解。书法嘛，本来就是一项“宁静致远”的艺术。但是，当众静下来，更能表明一个书法家的心态。

我们让赵孝春写几个字看看。孝春马上从纸堆里抽出一张来，裁，叠，展，抻，写。他写字的状态特别轻松，又特别认真。“不忘初心”四个字，饱满，安静。落款“墨人”，组合起来看又像一个“赵”字。

客厅高阔，墙上仍然挂着许多书画作品，东墙是山水，北墙是梅花。梅花的两侧是徐州著名书法家祝培良的手书对联，而梅花则出自徐州著名画家周长海之手。墙边的花架上，有赏石，有花盆，有花瓶。地上的大瓷缸里，插着几轴书画。这样的布置，虽然简朴，却也营造出不同于其他农家的书画气息。

刘梦得有句“斯是陋室，惟吾德馨”，大概和孝春的书房差不多吧。

解玉初家

解玉初今年 79 岁了，不过身体很好。中午吃饭还能喝几杯酒，说话口齿清晰，耳朵也不聋，走路还挺快。他原先是村支部书记，不过现在退下来了。

大吴街道新时代文明实践中心二楼，被布置成了一个书画展厅，陈列着当地书画爱好者的作品。进门处悬挂一幅很大的繁体楷书“寿”字。这便是解玉初的作品。

解玉初现在是大吴书画协会的顾问。他的家，离赵孝春家不远。从赵孝春家出来，沿着小巷拐了几拐，就到了一户人家，院墙上蔷薇垂挂，空气里花香怡人。解玉初说：“这是我大儿子家。”老先生住在儿子家前面，也有一个院子，除了蔷薇花，老先生家还种了一株木香，30 年的老树蓄积起繁盛的花朵。白色的花朵，像好奇外面的世界一样，越过院墙和院门，点缀着窄窄的村巷，与蔷薇花互相呼应。

解玉初的老伴，热情地招呼我们进屋坐。她忙着介绍：“我们家姓解。可是总有人把我们的姓写成谢谢的谢。还有人看到我们的姓，念成解放的解。我们这儿离解台闸近，我们的解就是解台闸的解。”

解玉初在家里开设了“本善书屋”。一进院子，发现院子用透明的玻璃钢瓦封了顶，这样也就淋不着雨了。院子里拴了根绳子，绳子上挂着一沓沓毛边纸，纸上不是用毛笔点出的点，就是画出的横，撇出的撇。每一沓都有几十张。解玉初老人说，这是他的学生练习的书法基本笔画。他一期培训班只招十个人，今年已经开办到第九期了。他教学生也都是免费的，从不收钱。

墙上一纸《本善书屋学生课堂守则》引起我的注意，抄录如下：

为了使学生更好地学习提高书法知识，本善书屋特制定学生学习行为规范：

一、要做到不迟到不早退，有事向班长请假。

二、遵守课堂纪律，不要在课上讲话，影响到别的同学学习。

三、尊敬老师，团结同学，上课认真听讲和观看示范。

四、认真做好课间和家庭作业。

五、班长安排好值日人员，清理好学习用品及地面卫生。

六、做好途中安全。

2019年3月2日

从“守则”的笔迹看，应出自小学生之手。教室的墙上，墨迹斑斑，每一期学员的“毕业作品”都夹成一叠纸挂在墙上。教室里的书桌、用品都很简陋，没有空调，也没有风扇。眼下是春天，我们甚至能感受到夏天的奇热和冬天的酷寒。在这样的环境里，无论是施教还是学习，如果没有发自内心的热爱，是很难坚持每周来一次、每次两个小时的功课的。

时间太紧，看过解玉初开办的免费书法课堂，欣赏过院内院外飘香的木香后，我们辞别解家。回首之际，又突然发现他家门楣上挂着一块匾，上书“本善堂”。细辨之下，落款写着“沈鹏”。

沿旧路返回，又经过他大儿子的院子。解玉初停下来，说：“我儿子门前种的竹子，也好。”一丛茂盛的竹子里，有两尊小石狮。左首那个底座上刻着“文墨传家远”，右首那个底座上刻着“正气照后代”。

白云横而不渡

——一心，一艺，一生

“人们过度专注于生存，忽略了生活中不经意的美与好。”我们总是这样对朋友说。

有人问我们，你们工作那么繁忙，是怎样坚持写作的？还有人问我们，你们写作那么繁忙，是怎样坚持工作的？我们说，无他，用心就行。其实，你不努力，都没底气和优秀的人站到一起；你不正直，善良的人都没勇气和你站到一起。

“十年坐下，俯伏受教”八个字，是唐代诗人王维用三千多个日日夜夜修来的。

看某些作协群里的聊天，忍不住想说几句。有些作者动辄抱怨领导不支持，指责作协不给力。对别人愤怒、为自己委屈的同时，却期待着“天上掉馅饼”式的扶持，梦想着“朝为田舍郎，暮登天子堂”的闻达。实际上，写作可能是最难扶持的“工作”，每个成功的作家都付出过不为人知的艰辛努力。青灯孤影、遗世独立、淡泊名利、皓首穷经、殚精竭虑……都是他们的标签性描述。你和人家的区别在哪？你用大量时间发牢骚，人家挤出点滴时间去努力。

“莫向外求”四个字说起来容易，做起来太难。但是，这四个字确实适用于写作和写作的人。君不闻，“文章憎命达，魑魅喜人过”？

写文章如此，做香包如此。弹琴如此，唱歌如此。经商如此，从政如此。

2018 年发生了很多事情，可谓喜忧参半，冰火比肩。这些事情，很容易让我们将它们归成一类——把事情或事物归类，几乎是人类的本能，人们通过发现其中的某些共同特质找到规律性的东西。在这里，我们要讲讲一系列父与子的故事，既有家族传承也有个人超越，既是一心一意也是一心一艺，既是一事有成也是一世有成。

徐永与徐海鹏的师生缘

“主人有酒欢今夕，请奏鸣琴广陵客。月照城头乌半飞，霜凄万木风入衣。铜炉华烛烛增辉，初弹《渌水》后《楚妃》。一声已动物皆静，四座无言星欲稀。清淮奉使千余里，敢告云山从此始。”唐代李颀的诗句，初看不说琴，却字字与琴相关。

那么，琴是什么？琴是情，琴是心，琴是一个人的心灵空间和美学宿命。

还是先从学琴说起吧。

也是事发偶然。春天的一个晚上，朋友约我们去吃饭，就在云龙湖边一家土菜馆里。受邀的还有另一对夫妇，都是 30 岁出头的样子。席间，一交谈，原来男的弹古琴，叫徐海鹏；女的学茶艺，叫刘璟。就在吃饭的那会儿，我们还不懂古琴和古筝到底是不是一回事呢。海鹏于是就说，咱们快点吃，吃完了到琴社去喝茶、听琴。于是，一桌人风卷残云，很快就离席奔云龙山东坡而去。

海鹏的琴社，叫彭韵——“彭”是城市，“韵”是艺术。“彭韵”在云龙山东坡文化广场里面，进出必先经过徐州的财神庙。“彭韵”

凤鸣海

占地不大，一开始给人局促的感觉。待我们扶梯而上，到了二楼，豁然开朗起来。门口左首是茶室，铺着茶席，摆着茶具，那是刘璟的“领地”。对着门口的地方低了下去，摆了两张古琴，那是徐海鹏的“阵地”。

如果想向一个不懂古琴的人做最高效的介绍，最好的起始点便是谈论《流水》——原来，知遇之音便是从这神奇的乐器中发散出来的。

古琴，有瑶琴、丝桐等别称，千百年来一直是中国文人、士大夫手中爱不释手的器物。它以美与高雅的品质，引起人们的无限向往和无止境的追求。古琴作为中国最早的弹拨乐器，是中华文化中的瑰宝。1977 年 8 月，美国发射“旅行者”2 号太空船，里面有张录制了人类代表性艺术的镀金唱片，其中便收录了长达 7 分钟的古琴曲《流水》，用以代表中国音乐与人类智慧。2003 年，古琴被列入人类口头和非物质文化遗产，成为西方人心目中东方文化的象征。

刘璟煮茶的时候，海鹏当即弹奏了一曲《流水》。散音松沉而旷远，让人起远古之思；泛音则如天籁，有清冷入仙之感。一曲终了，海鹏让我以手抚琴，试听其弦，细辨其声，发声果然不同于其他乐器，容易让人体会到静，也容易让人感觉到远。

这不是我们第一次见到古琴——以前也曾为“摆拍”“乱弹琴”，但在琴家指点下抚弄古琴还是第一次。这才想起以前看庆山的《得未曾有》，书中所写的四个人中，便有一位苏州老太太是弹古琴的。当时由于不了解古琴，所以书也看得囫囵。

庆山就是安妮宝贝，她在书里写到一些人生况味，比如弹古琴的苏州人叶老太太。“一些对古人的精神世界有共鸣和寻求感的人，试图学习它，与之产生连接。它仍牵动人的情思。美的事物，生命力刚强，不会无故消亡于这个世间，仍会在不同时空的心灵之中传递和影响。”庆山这段话值得玩味。如果你不了解古意和朴风，他们的生活对你来说就是“冰”，而你就是“夏虫”，所谓“夏虫不可以语冰”是也。

说起中国传统文化，常常说琴棋书画，无所不能，其中琴排第一，是历史久远的一项传承，也是特别雅致的一样爱好。

民间是咋说古琴与古琴爱好者的？哈哈，小众。宝玉是咋说黛玉手中的琴谱的？嗯嗯，天书。

海鹏从小就学琴吗？是不是一直以琴为生？

海鹏告诉我们，他小时候先学美术，高考参加美术考试，结果没考上理想的美术院校。大学里学的是英语专业。毕业后在金融机构工作了 8 年，2006 年还被评为“江苏省用户服务满意明星”，当年徐州金融行业只有两个人获得此项荣誉。后来，枯燥透顶的数据、报表，终于让他放弃了朝九晚五的工作。

说起学琴，海鹏说，他是“童子功”，从小就在琴声中长大。父亲从不逼着他学古琴，而是培养他对传统文化的兴趣。大概在父亲的心里，自己的儿子不好教，父子关系会影响学艺吧。后来，父亲在确定了海鹏学琴的决心之后，终于决定亲自教他，于是父子成为师徒。那是2003年，海鹏正式向父亲磕头拜师，称呼也变了，从“父亲”改为“师傅”。

海鹏的父亲，名徐永，是徐州的一位著名琴家，同时也擅斫琴、绘画、中医。当我们了解到这些的时候，不由得感慨：在我们的生活中，有许多像徐永这样的人，身怀多项技能而不能闻名于“市”。他们沉浸在自己的世界里，也活跃于一个又一个小圈子里，在专业领域享有盛名盛誉。他们的低调与从容，更容易引起人们的猜想和崇敬。

父亲言传身教，挖掘了儿子身上的艺术潜能，让他潜心习琴，了解关于琴的一切，既培养了儿子的艺术才能，也培植了儿子“吃饭的本领”。我们始终觉得，有一门安身立命的技艺，是最为幸运的，既能养家又可养心。职业作家、书法家、琴家或茶艺师，都是这一类的幸运者。

“窈窕淑女，琴瑟友之。”《诗经》里的这句话，很多人都会背，我们也不例外，但是它所传达的友好和美好，直到今天我们才深有体会。“古琴藏虚匣，长剑挂空壁。”我们读台湾作家张大春的《大唐李白》，被这句话打动，虚空之说韵味无穷，而左琴右书更是中国知识分子的理想生存状态。

古琴与中国的文化一脉相通，甚至可以称为中国的文脉；古琴也与国人的气节一脉相承，以至堪称国人的脊梁。《孤竹君》一曲，孤竹君固然令人感慨，他的儿子伯夷叔齐“不食周粟”的铮铮硬骨更是令人唏嘘。

是的，有人居庙堂之高，有人处江湖之远。曾经，王维的《送元二使安西》变成了古琴曲《渭城曲》和《阳关三叠》，李白的《秋风词》、姜夔的《长亭怨慢》进入了古琴曲，今天，《红楼梦》组曲也被移植，成为古琴曲。

金陵，金秋。每一条巷陌深处都藏着有趣的风物，每一栋楼房高处都住着有趣的人物。秋日午后，在秦淮河畔一栋居民楼里见到了葛勇先生，他是古琴版《红楼梦》组曲移植演奏者，也是世界非物质文化遗产中国古琴金陵琴派代表性传承人。

两个多小时的时间里，听他弹古琴，说昆曲，唱红楼梦，有一种深深的震撼与触动。“古琴真正的内涵还是在古曲当中，我有那么多曲目，但自己在家里弹的除了‘红楼梦’全是古曲。好的音乐作品没有古今。”他真诚地说。

琴曲是古人的语言，既要颗粒感，又要飘逸。抚琴为修身养性，会让人性格更好、品质更好。中国古琴学会副会长、南京幽兰琴馆负责人马杰先生说。

《山水情》《梅花三弄》《醉渔唱晚》等古琴曲，应该是马先生所说适合修身养性的曲子。还有一类是彰显中国人风骨的曲子，最有名的应数“纷披灿烂、戈矛纵横”的《广陵散》。

梅曰强和梅士军的广陵派

提到《广陵散》，想起广陵派。南京的梅曰强就是古琴广陵派传人，但是他的儿子梅士军却说他们不弹《广陵散》，因为此曲过于杀气腾腾。

徐永的琴，就是向梅曰强学的。说到梅曰强，但凡知道古琴的人，无人不知这样一位名家。徐海鹏曾给我看过几封他父亲与老师梅曰强当年的通信。

信中处处充满老师的无私、真诚和随和，也处处洋溢着学生的认真、执着和崇敬。在泛黄的信笺上，蓝色的笔迹开始漫漶，但是徐永第一次拜访老师回徐州后的去信，为我们重现了梅曰强的慷慨之举。

20 世纪 80 年代初，古琴爱好者徐永到南京进修中医，第四次前往梅家才见到了老师。其时，梅曰强正在家里吃晚饭，见到徐永，把碗一推，就开始与徐永谈琴。梅老师见徐永学琴心切却又买不起琴，就把一张心爱的清代古琴借给徐永，殷殷叮嘱："别告诉别人是老琴就行了。别人不懂，不会偷的。"当时，梅曰强只知道对方姓徐，这琴一借就是一年。这样的慷慨之举，今天想来仍令人感动。

琴人的技艺我们可能不太懂得，但是这样的义气肯定在我们心中激起了回响。等到我们心动学琴的时候，海鹏也是二话不说，将一张琴交给我们带回家。这样的慷慨，不正是梅曰强老师艺德的传承吗？

梅曰强当年在南京第二机床厂上班，工厂就在秦淮区下浮桥的西南。梅曰强在厂里的工会工作，做统计和美工等杂事，直到退休。梅曰强的一位学生曾经回忆："到了先生的家便想到了《陋室铭》，其居所狭小简陋，很难想象这是一代琴学宗师的住所。屋里放满了古琴、琴谱及有关琴的书画。"梅家就住在工厂的来凤街宿舍里。

2018 年国庆节，海鹏夫妇和我们一起到南京游学，拜访梅曰强先生的长子梅士军先生。我们依据高德地图的导引，先是穿过来凤小区，看到金粟庵后，沿着五福路往左走。空气中有香火的味道，有桂花的

茱萸寺泉

味道，也有熟食的味道。走着走着，突然便听到路边楼上有人招呼。原来，梅士军老师一直在楼上盯着呢。

一群人沿着陡峭的楼梯上到五楼，室小而陋。这应该是梅曰强留下的房子。虽是初次见面，梅士军热情地给我们一杯一杯地倒他自己煮的保健茶，然后为我们弹琴、讲琴。他把自己会弹的琴曲名，全部抄写在一把折扇上。“哗”的一声，扇子打开了，就像打开了一扇门，让我们隐隐窥见古琴艺术的风貌。房子的里间，放着一张大床，他说，外地的学生来跟他学琴，如果住不起招待所，便可以在他这里将就一下。

在拜谒梅士军先生之前，我们也刚刚拜访过南京城的另一位著名琴家，相比之下，梅士军的生存状况令人唏嘘。谁能想到一代名家之后，竟然蜗居在父亲生前的宿舍里。但是，梅士军的慷慨开朗又让我们以

大洞山

崇敬之心取代了同情之心。甚至，我们觉得，他就应该这样生活下去，而富有，对于他的人生和艺术，简直是一种讽刺。

梅士军邀请我们去饭店吃饭，无私地拿出他的山水画作供我们挑选，体贴地在金粟庵门前和我们一一合影，分手的时候又真挚地将我们送出老远，在远处还不断挥手和马路对面的我们告别。

如果一个人右手的指甲长、左手的指甲短，你一定要想到他可能会抚琴。徐永、徐海鹏，梅曰强、梅士军，都是在指甲上具备这种特征的人。

我们都未曾得见梅曰强和徐永先生，只和梅士军有过一面之缘，但这不能影响我们对梅曰强先生的崇敬，也不能影响我们对徐永先生的亲近。我们在他们下一代身上，看到了他们，感受到了他们——执着、勤奋、真诚、随和。子承父业、子承父德、子承父志，这大概是中国父子间除了血脉之外的第二种、第三种、第四种遗传吧。

2018 年秋天，一个叫吴军的人发了篇《不要把你的焦虑传给下一代》的文章，其观点引起了我们的注意。

他说，给后代传递的经验越多，越让后代继承了自己的焦虑心理。要防止一代一代步入死循环，最好的办法就是让每一代人之间有一些隔断，以至于以新的方式开始新的生活。

他还说，在美国有一个怪现象，很多艺术家的孩子学工程，而很多工程师和企业高管的孩子却学艺术，为什么会出现这样的交叉呢？很大程度上就是每一代人将生活相对隔断后，以新的方式过自己的生活的结果。艺术家通常比较穷，他们的孩子看到老爸只会搞设计，不会做东西，赚不到钱，而邻居是工程师，挣钱多，于是就要当工程师，把设计出来的东西做出来。而工程师的孩子，觉得自己老爸的艺术细胞不够，做出来的东西太难看，就要学艺术。最后，无论是从小有工程熏陶的艺术家，还是有艺术熏陶的工程师，做东西都能做得比较好，用今天的话说，叫“T 型人才”，但这有一个前提，就是下一代要从上一代的生活中走出来。

这位先生的说法，我觉得也有一定的道理。

“对我来说，身外的风景差不多已看尽。不是眼睛看尽，是心已看尽。我在人海中起伏，生命中流过种种经历。敲过各式的门，最后找到一心一意的路。”阅读中，看到安妮宝贝的文字，觉得适用于文中的“儿子”们。他们，都是推敲过各式各样的门，找到了一心一意的路。

一心一意，一心一艺。

我们为什么要花那么长篇幅来介绍这些亦师亦友的父子？因为我们就要说到父亲和儿子、故乡和他乡、传承和超越，而那是贾汪区给我们的启示录。

白日放歌须纵酒，青春作伴好还乡。
——[唐] 杜甫《闻官军收河南河北》

贾　　汪　　真　　旺

故乡与他乡

贾汪真旺

已识乾坤大

——离得开也回得来的故乡

“在每一个村庄里都有一个中国。”熊培云《一个村庄里的中国》中有这么一句话。

我们家的书架是开放式的。所有的书都排放在一层一层的钢木书架上，一目了然，抽取方便。

有一天，我们在书架前随意站着，有一搭没一搭地说着话，目光无意识地滑过那些书脊。突然间，我们有了一个激动不已的发现。

我们从书架的不同位置上抽出三本书来。

一本是刘亮程的《一个人的村庄》。一本是熊培云的《一个村庄里的中国》。一本是梁鸿的《中国在梁庄》。刘亮程的村庄在新疆沙湾，熊培云的村庄在江西修水小堡村，梁鸿的村庄在河南穰县梁庄。这三个村庄，分别以散文、政论和田野调查的体裁，出现在我们的视野里。

熊培云在书中说：“在每一个村庄里都有一个中国。”其实，他们三位都想在自己的村庄里发现一个属于自己的中国。这中国于他们而言，是生动的、行进的；是微小的、个体的；是温暖的、亲切的、诗意的；也是鲜活的、苦涩的、艰难的。

是的，村庄确是一个好题材，能够让我们以微小而独特的视角观察中国，洞察一些事物，发现一些秘密。

马庄村和作为样本的马庄村

当我们意识到村庄对于当下中国所具有的重大意义时，一个千载难逢的机遇突然降临。2017 年 12 月 12 日至 13 日，中共中央总书记、国家主席、中央军委主席习近平将党的十九大之后的首次地方调研选定了徐州，选定了贾汪，选定了马庄。

聚光灯下，贾汪一下子亮了。空间、时间，情感、物件，口袋、脑袋，活动、习俗，过去、未来……马庄被所有的镜头和笔头记录并传播。

人来人往，马庄红了。报纸、电视，广播、微博，微信、客户端……大众媒体和自媒体上都在疯传着马庄的故事。

也许没有人会想到，这个小村庄有一天会迎来那么多代表团、媒体团、考察团、学习团，会迎来那么多官员、记者、学者、游客。

所有来人，都在仔细打量这个潘安湖畔的小村庄。每一个人都试图从自己的位置去发现马庄的亮点并予以评价，每一个人都愿意以自己的经验去记述并分享马庄故事。毫不夸张地说，马庄人不仅生活在自己的土地上，还活跃在全国所有的主流媒体上，活跃在微信朋友圈里。

马庄人是见过世面的。他们的脸上总是带着笑。这笑里，有一种骄傲自豪，也有一份大方客气——迎接随时对准他们的镜头。

马庄是中国的一个缩影。

以社会发展的眼光打量，马庄的发展经历了从农业生产到工业生产再到第三产业的各个阶段。在我们——两个作家的眼里，矿与村的马庄、父与子的马庄、艺与人的马庄，则另具一种样本意义、标本模式。

我们一次又一次地到贾汪去，采访了孟庆喜、孟国栋父子，采访了王秀英、孙建母子，听到了胡本臣、胡大贵父子的故事，听到了胡大贵、

徐州卧龙泉抗战景区全貌

胡军英兄妹的故事。很多事情只是一个偶然，但我们确实从父子、母子、兄妹间的故事里，发现了一些具有独到价值的东西。

这些东西的价值，蕴含在极细微的家庭故事里、生活细节中，很多甚至是从记忆深处艰难打捞上来的。它们显影了中国家庭里的传承纽带，不仅是血缘、基因、伦理、道德等要素，还有性格、命运、情趣、文化等因子。

就说父与子吧。

每一位父亲，都是一头拓荒的牛，奋力向前，负重而行。起初，我们以为，他们的每一次努力都是为自己。后来，我们发现，他们所开拓的疆域是那么广阔，不仅属于他们，而且也给他们的后代留下了巨大的空间。他们在开拓中所展现的精神和意志，不仅照亮了自己的人生，也照亮了他们的后代。所以，每一位父亲，必须成为一头拓荒的牛。

换一个角度看，我们得到的这些故事里，作为“子”辈的主人公都有一个“离家—回乡”的人生轨迹。这是一种偶然，还是一种必然？这样的轨迹，不是能够提前设定的，也不是我们所能改写的。我们只是发现它并记录它。

你看孟国栋的人生轨迹——少小离家，从马庄出发，到北京求学，回到徐州城里工作，最后回家“接”了父亲的班。子承父业，是血脉之外的另一种遗传。这样的家族传承，横跨了农业社会、工业社会，在当今的信息社会依然不会绝迹。子承父业的家族传承之中，不仅手艺得到延续，处世之德、待人之道也会一并得以传续。

你看胡大贵的人生轨迹——从矿区出发，走进徐州城里做生意，闯出了一片大天地，生意有成后又折回来，在贾汪创办了卧龙泉景区。

你看，在城里当过音响师的孙建也回来了，帮助老母亲王秀英料理香包方面的事情；城里的胡军英也把家搬回了乡村，在父亲战斗过的土地上为后人讲述抗日故事，传承红色文明。

贾汪区里，在走得出的勇气、回得来的情怀和干得来的事业之间游刃有余的，或许远不止这些人。这些人的来去之间，冥冥之中到底是谁在引领？这些人的再回首，到底是因为个人所求，还是形势所引？

一度，我们非常关注历史上中国文官的两个方向，像王维、苏轼、王安石，等等。清代状元李蟠是徐州人，他的人生轨迹很分明，线条清晰，恰可视作古代众多文官的生存模式和生活范本：前半生走出去，做官济世；后半生走回来，出世退思。

一个名叫比尔·波特的美国人在《空谷幽兰》一书中写道：“隐居和从政被看作是月亮的黑暗和光明，不可分而又互补。隐士和官员常常是同一个人，只是在他生命中的不同时期，有时候是隐士，有时候是官员罢了。在中国，从来没有体验过精神上的宁静和专注而专事追名逐利的官员，是不受人尊重的。”

我们笔下的这些人，有时是农民，有时又不是农民；曾经离开村庄，如今又回到村庄；虽然回到了村庄，可带给村庄的气息气象又大不一样。巧合的是，他们和退隐文官的方向一致、目的地相同，只不过，动机和动力已有云泥之别。

当很多人在矫情地感叹“故乡回不去”的时候，我们却通过粗略地回顾孟国栋、孙建、胡大贵三人的人生轨迹，发现了“离得开与回得来的故乡”以及“离乡—还乡”的人生闭环。

分析他们的人生轨迹，对于探索贾汪真旺的真正原因，无疑是有意义的。出走，是因为外面的世界很精彩？回来，是因为外面的世界很无奈？出走，难道不是他们的本意？回归，难道不是他们的自觉？他们的内心曾经进行过怎样的挣扎？乡亲们又如何接纳这些见过世面的游子？

另一个发现则更绝。他们的今天，都与一个字有关：文。

你看，孟国栋是文化兴村，孙建是传承非物质文化遗产，胡大贵是兴办文化旅游。回到故乡的他们，都着眼于本地文化资源富矿，作了不同于他们父辈的纵深开掘，使文化在他们的手中氤氲出水分、滋养出脂分，他们自身的事业与人生也因“文”焕发出了奇异光彩。难能可贵的是，他们都成功了。这样的成功，是个人眼光抱负与时代发展之势、地域禀赋之气的天然融合。

天时，地利，人和。真的应了那句话。这得益于中国乡村前进的时代动力还是几千年农业社会的固有魅力？这是个人择业的偶然还是

昔日采煤塌陷地，如今成了湿地公园

时代发展的必然？

疑问太多。我们决定与孟国栋、孙建和胡大贵一一深谈，将这些问题逐个拉直问号。

孟氏父子与马庄农民乐团

腊月十五。大寒节气。在马庄村老孟书记家里，聊了整整两个小时。既是采访，也是学习。

我们走进了孟庆喜家的客厅。

孟庆喜是马庄村党委的老书记，也是马庄农民乐团的创办人。现在，他肩上的重担已经移交给儿子孟国栋。

孟庆喜介绍说这房子建于20世纪80年代，已经很旧了。顺着他的手指，我看到墙上一处一处的漏痕，泡起了当年的贴纸和木制墙裙。客厅很大，北面墙上立着两组用石板粘贴而成的展示柜，上面陈列着不少工艺品，其中最多的是紫砂壶。那些紫砂壶，没有光泽，甚至有一点薄尘。显然，他没有“养”过它们。靠西墙，一溜儿放着些盆花，将一个硕大的紫砂壶掩映其中。孟庆喜笑着说，以前每次出差，都喜欢淘一些当地的小工艺品带回来。

客厅的东墙上挂着一幅巨大的峡江秋色图。在我们看来，这幅巨作与孟庆喜的人生极为吻合：有高远的天空、深幽的丘壑、激越的溪水、绚烂的秋树，视野开阔、层次分明。巨画旁边又挂三幅作品，其中两幅郑正的水墨画，一幅程大利的“艺无止境”书法作品。

郑正，生于1925年，是本地有名的书画家，曾经师从萧龙士。程大利，徐州走出去的著名画家，曾任人民美术出版社社长。我没有见到想象中的孟庆喜与各级领导的合影，客厅里一张都没有。唯一的一幅大照片，是他们的全家福。

那些他领取“中国好人”“中国最美家庭”称号的绶带，不多，也随意挂在展示柜上。一些奖牌、奖杯，并不显眼。你走进去的时候，可能会觉得这不是一个农家客厅，里面弥漫着浓郁的艺术气息。他与你想象的村干部气息不吻合，与这样一个明星村书记的身价也不甚吻合。可以看出来，孟庆喜宁愿把家布置得艺术一点、轻松一点，也不想布置得那么郑重其事、那么官气十足。

宾主双方坐下，孟庆喜拿起手机给儿子打电话，问他能不能过来。孟国栋正忙于筹办春节期间的民俗活动，无法抽身。

孟国栋当年在中国音乐学院学习，毕业后分配到徐州市区的江苏省梆子剧团工作，实现了“农二代”的首次出走。离开乡村，走进城市，不用再像祖辈那样面朝黄土背朝天了。后来，他为了马庄回到马庄，成为马庄农民乐团的灵魂人物，如今是马庄村党委书记，人称“小孟书记”。了解他出走与回归的经历，恰是我们想见见他们父子的主要原因。

冬日的阳光透过门前走廊的玻璃窗照在老孟书记的脸上，和我们一起听他讲述自己和儿子，过去与现在，离开与回归：

国栋是我让回来的。

2001 年，矿关了，村里的收入一下子减了五分之四。突然之间，各类社会矛盾都暴露出来了，工资发放不及时，工资数量也减少了，队员纷纷跳槽，打工的、走穴的都有，最后只剩下七八个人。

看到煤矿关闭、市场低迷、队员流失，有的人就提出农民乐团不要弄了，解散算了。我想来想去，马庄之所以发展起来，就是农民乐团打出的天下，因为文化立村才有这么一支队伍。

马庄离权台矿近。每次发生矿难后，权台矿就演戏、看电影，鼓舞士气。马庄乐团要是解散了，马庄也就完了。经济滑坡是暂时的，思想滑坡可就真毁了。借着文艺这个平台，正好给百姓解释国家政策，宣传、发动、组织群众。

有的地方关矿后就出现了抢矿的状况，我们这里的矿却没少一根灯草棒，大伙素质都很高。文化搭台唱戏，经济发展了，精神文明建设也起来了。在经济最低迷的时候，有人见面了不问经济，就问马庄现在还举行升国旗仪式吗？升。周末舞会还跳吗？跳。

矿关了，捏着脚脖子哭能哭出钱来？不能！这时我就打算让国栋停薪留职，回到马庄帮忙。国栋回来后，靠人格魅力和友好关系，把乐团的老队员都召回来了。以前，乐团是马庄村养起来的，国栋回来后却要“以文养文”，要搞文化产业，市场化运作。

人们还是仰慕马庄农民乐团的，毕竟是个品牌。附近村的年轻人结婚，头天晚上请来马庄农民乐团演综艺性节目，当天再弄个迎亲演奏会，把这个当作一生的荣耀。

不到一年时间，市场就打开了。乐团不设门槛，根据需要“随行就市”，大活也接，小活也干，一晚上万儿八千的都行，只要不闲着。除了演出，灯光、音响、文化大篷车都可租赁，节目主持人也可借用。国栋做事和我一样，重信誉，要求严，农民乐团很快就恢复了元气，走出了低谷。

“人无远虑，必有近忧。”1995 年和 1996 年那两年，我们把音乐学院的老师请来指导，马庄农民乐团的表演上了东方时空。2007 年，马庄农民乐团参加意大利第八届国际音乐节，拿到第二名。

老孟起身为我们倒茶，我们被老孟的文艺心打动，感慨了几句。难道老孟小孟父子俩实现职务的传承，就是因为那颗文艺的心？老孟把一次性纸杯推到我们面前，重新坐下来让我们感受一种力量：

我认为，贾汪真旺，与年轻人回来有关。他们在城里锻炼过，接触过世界。他们见了那么多人，跑了那么多国家，先进的管理经验模式，学习了不少。

2007 年，组织上看好国栋，任命他为马庄村副书记。之后经过了一些曲折。面对困难，我对自己也对国栋说：“咱们不是给谁干的，是给共产党干的。”2016 年，村党委换届，我 70 岁了，身体不好，我想退休。组织上想让国栋接任书记，我担心人家说我搞“封建世袭”，极力不同意。不要看我满头光环，到处鲜花掌声，实际上受的委屈甚至屈辱，只有自己知道；酸甜苦辣，个中滋味，只有自己知道。但是，最后，还是国栋担任了马庄村党委书记，是他回到马庄15年后的事，他在原单位的两次晋级机会都错过了。

我当时对国栋说了三点，在农村工作，要做到吃苦、吃亏、吃气，还要具备鹰眼、兔子腿、草包肚子、画眉嘴。国栋很争气，干得不错。

妇联曾到我们这里调研空巢老人和留守儿童情况，我说你们得到别处去，马庄都是就近务工，不存在空巢老人和留守儿童。

不知不觉间，我们和孟庆喜聊了两个多小时。我们抓住机会，问老孟书记，快板的唱词都是谁写的。他说，都是马庄人。邻里团结、平安法治、文明实践、喜迎十九大、新思想引领新时代……什么内容都有。比如快板“新思想引领新时代”：

打起竹板热情高，满堂欢聚乐陶陶。

今天不把别的表，学习十九大最重要。

对！学习十九大最重要！

十九大报告绘蓝图，跟着党走信心足。

新思想引领新时代，璀璨文明展情怀。

十九大报告讲得好，“四个伟大”很重要。

实现伟大中国梦，伟大事业激励人。

筑就伟大中国梦，前所未有大工程。

伟大事业考验大，使命时刻牢记心。

新思想引领新时代，“十四条方略”要明白。
坚持党的好领导，人民向往是目标。

坚持创新不停步，协调发展显成效。
改革开放增动力，绿色共享新理念。

坚持人民来做主，健全民主好制度。
依法治国有保障，民主法治力量强。

践行核心价值观，文明诚信有内涵。
改善民生补短板，维护稳定长久安。

治理环境遵自然，生态文明保资源。
守住绿水和青山，就是金山和银山。

总书记报告是明灯，坚持文化大繁荣。
没有文化大兴盛，就没有中华大复兴。

实现“两个一百年”，发展兴国摆在前。
创新发展生产力，建设经济新体系。

对照报告看马庄，文化兴村好方向。
以文养文促发展，全国文明好村庄。

依托潘安湖好环境，推动发展上水平。
传承美德讲党性，不忘初心牢记使命。

党员教育讲实效，党务公开很重要。
信息电教一体化，电子大屏随时看。

村务财务都公开，村民群众心明白。
真正当家做了主，人心所向才稳固。

深刻领会十九大，惠民政策份额大。
农村农业和农民，党对咱们最关心。

土地延长三十年，百姓吃了定心丸。
撸起袖子加油干，小康路上走在前。

共同实现中国梦，承前启后责任重。
“全国文明村”马庄人，紧跟时代共奋进。

对！“全国文明村”马庄人，
紧跟时代共奋进，共奋进！

日头西斜，该告别了。孟庆喜客气地将我们送出院门外。我们站定，握手，回首间突然看到院门上方的一簇木香，尽管叶子已经落尽，但是仍然难掩繁茂之姿。

孟庆喜告诉我们，这一丛木香已经“二十五六岁了”。那一瞬间，我们仿佛看到了小巧的花朵装点了整个小院，浓郁的香气溢出了整个小院，在村巷里四下弥漫。我们又获得了一个标识，下次就循着这香气再进马庄，再访孟家。

孙建与王秀英中药香包店

辞旧，迎新。转眼又是一年。

2019 年元月 20 日，又是一个难得的周末，我们再赴贾汪，来到潘安湖景区，走进王秀英中药香包店。

一开门，一个女孩示意我们小声些。原来，湖南卫视专程来到这里正在采访王秀英。我们悄无声息地走进店里，王秀英的儿子孙建接待了我们。孙建陪同母亲刚从北京领奖回来没几天，他的母亲得到了一个颇具分量的称号：2018 中国非遗年度人物。

与王秀英一起并列榜单的，都是些耳熟能详的名字，比如中国民间文艺家协会第九届名誉主席冯骥才，国家级非物质文化遗产项目昆曲国家级代表性传承人蔡正仁，国家级非物质文化遗产项目苏绣国家级代表性传承人姚惠芬等。

孙建为母亲骄傲。他从里屋拿出“2018 中国非遗年度人物”的银色奖牌给我们看，把那天领奖的情形叙述给我们听。随后，他平和地回忆起那些往事。

2012 年，王秀英一家来到潘安湖景区的商业街上开店。几年下来，其他人都没能干下去，就他们一家坚持下来了。2017 年 12 月习近平总书记到来前，他们的经营情况也很不乐观。总书记来了之后，他们的生意陡然好了。

总书记视察马庄的第二天，天还没亮，王秀英中药香包店外就有人来敲门。人们在店外排起了长龙，一直拐过街心排到另一条街上。这些人都是头天晚上看了新闻后连夜赶来的。

面对如此多的顾客，香包店不得不规定：每人限购一个。即便采取了“限购”措施，仅用半天时间，店内的香包还是被抢购一空。王秀英负责现场赶制香包，“做一个，卖一个”。孙建负责维持秩序，“出去五个人，进来五个人”。除了本地人，山东、南京、北京、上海等地的顾客也蜂拥而来，有的开车，有的坐高铁，还有一个哈尔滨人是乘飞机来的。远道而来的顾客对孙建抱怨：“你这个香包比茅台酒还难买，1000 多元一瓶的茅台酒我能买到，30 元一个的香包我却买不到。”

为了满足顾客需求，王秀英的三个女儿和一个儿子都来到香包店，分别负责销售、采购、设计、制作。为了扩张店面，店内过去为了补贴生意而划出的卖雪糕和饮料的区域全部拆掉，隔壁的店铺也被盘下来重新装修。孙建还花 20 多万元买了一辆 7 座商务车，换掉了那辆开了十多年的小轿车。

以前，香包做出来卖不出去，现在是不够卖的。香包热销起来，很多人提出做代理，但孙建拿不定主意，下不了决心，因为产量是最大的瓶颈。

王秀英几次加班到深夜，身体有点吃不消，母子俩终于下了决心：如果靠机器大规模生产，那么香包作为非物质文化遗产的手工特性就没有了，香包制作还有什么意义呢？既然 24 小时不休息也做不出顾客要求的数量，那还不如静下心来专做精品呢。

孙建说这些话的时候，几次强调做精品是“为了让母亲开心”。

湖南卫视对王秀英的采访告一段落。趁老太太休息的时候，我们问了一个问题：当时孙建愿意从徐州回到乡下吗？

老太太说，潘安湖景区给了门面，让她开店卖香包，她一个人实在忙不过来。人家买香包，要收据，她不会开，心想让儿子回来帮忙吧。她儿子孝顺、听话，很快就辞职回来了。

儿子儿媳妇当时在城里工作得挺好的，到农村卖香包其实挣不到多少钱。没办法，他就拍古装照、拧棉花糖贴补家用。对，门口那块儿，当时就摆着古装。后来有一天，孙建的同事来玩，一见就问："孙建，你辞职就为了回来干这个？"孙建当时羞得脸通红。

王秀英说，她都是教孩子做好事，不要学坏，不要学奸，不要白吃白喝。现在日子好过多了，孩子们也在徐州城里买了房子。

2019 年春天，泉山区文联召开代表大会。我在会上见到了汉纳国际演艺中心的总经理刘晓女士，提到从她那里辞职的孙建夫妇，她肯定地说"那两口子人都不错"。

香包是"马庄三宝"之一。80 岁的王秀英是国家级非物质文化遗产项目香包（徐州香包）市级代表性传承人。应该感谢这项制度，使得众多宝贵的非物质文化遗产传承突破了家族传承的局限，使更多的人得以学习享用这一技艺。

要知道，王秀英的这门手艺，就是从祖母母亲手中得来的。现在，她将这一技艺传授给了更多的人，其中既有马庄村的数百名妇女，也有不远千里从外地赶来的仰慕者。这种无私的情怀令人敬佩，它使得中国文化中国技艺的传承，突破了狭窄纤细的家族链条，从而在今天变得粗壮起来。

我们想起了在宁波天一阁参观时听到的故事。

天一阁自范钦创立伊始，便定下了一条规矩：代不分书，书不出阁。

大规矩下还有许多小规矩，比如书库钥匙由各房共同掌管，非各房齐集不得开锁，外姓人不能入阁，女性不能入阁，族人不得领亲友入阁，不得借书给外房他姓等。这些规矩让天一阁充满了神秘色彩，传承了十三代之久。

据说，当年一位爱读书的女子听说天一阁藏书甚丰之后，便向父母请求，主动向范家提亲。她天真地以为成为范家的儿媳妇便可以自由出入天一阁，从而饱读各类藏书。然而，待她嫁入范家，才知道现实是那么残酷，女性是绝无可能进入天一阁的，不管是范家的儿媳还是范家的婆婆。

从这个极端的事例，多少可以看出，中华民族的悠久传袭，大概也正是因了这种封闭性。另一方面，它也造成了国人的某种狭隘，不肯将知识文化作为天下财富交流传播，不愿把手艺技能作为大众福利广泛运用。

对于自己的“独门绝技”，自称“老农民”的王秀英却不这样。她态度坦率，语言质朴：“我还得干，我又不老，嗯，才 80 岁。再说，如果我不干了，她们怎么学做香包？我就得把香包制作这个手艺传承下去，让她们都能挣钱，都有个乐趣，都有个奔头。”

边看王秀英用毛巾缝制“毛娃”帽子，边用手机记录她的讲话。“没白活”与“不服老”，支撑起她的美丽人生。

待王秀英跟随湖南卫视的记者到山上拍摄摘松果时，我们也起身告辞。

为何去拍摄摘松果？当年过年时，王秀英用捣碎的松果给孩子们缝制香包，因为“松果不用花钱，山上就有”。

胡大贵与运河支队抗日纪念馆

初见胡大贵，正是一年中最美的金秋时节。人届中年的胡大贵，也正处于一生中最美好的时光。

2018 年 11 月初的一个周日，我们来到了徐州卧龙泉抗战景区。

暮色四合时，副馆长胡军英领着我们来到了景区内的银杏林，金黄灿烂的银杏叶铺满了石桌石凳。游客过来了，我们主动帮一家四口拍照，他们满意而去。

随后，胡军英大姐让我们先欣赏银杏，自己不顾双腿膝盖疼，裹着厚厚的护膝，一路小跑，下坡去找胡大贵。过了一会，她领着一位先生过来了。

胡军英介绍说："这就是胡总。"稍停，看向我们又加了句："跟个老农民样。"胡大贵并不生气，反而笑着说："工地那边在干活，我得盯着。"

站在银杏树下的胡大贵，戴一副黑边眼镜，穿中式上衣，个子不高，精神十足。我们在深秋的寒意里握手，他的手粗糙，温暖。

简短的几句交流之后，他知道了我们的来意，并表示欢迎。初次见面，我们甚至觉得他有些木讷。

如果正式介绍胡大贵，一般都会用这样的一段话：原江苏省政协委员、徐州市工商联副主席，现为徐州市收藏协会副会长、卧龙泉生态博物园董事长、徐州运河支队抗日纪念馆馆长。

40 岁后，在城里经商的胡大贵，作出了一个令许多人都看不明白的决定——回到家乡贾汪区江庄镇，开始他的文化新事业，创办红色文化景区，兴建运河支队抗日纪念馆和徐州会战纪念馆。每天，他混

马庄村全景

杂于景区建设的工人中，成为众多建设者中的一员，体现出既是指挥员又是战斗员、既是包工头又是农民工的多重身份。

56 岁的胡大贵和 55 岁的胡军英是同宗兄妹，兄妹俩一个是运河支队抗日纪念馆的馆长，一个是副馆长。两人为创办运河支队抗日纪念馆已经奔波忙碌了十余年。

胡大贵的父亲胡本臣，是 20 世纪 50 年代初的大学生，毕业于哈尔滨工业大学。受父亲影响，胡大贵从小爱好学习、喜欢读书。初中毕业时，他以全乡第一名的好成绩考入高中，因受当年高考制度的限制，未能考入大学。

按规定，在徐州矿务局任高级工程师的父亲可以安排一名子女到系统内工作。但胡本臣却没给任何人打招呼，坚决不找任何关系，于是 18 岁那年，胡大贵到徐州矿务局张小楼煤矿下井。但凡了解煤矿的人都知道，下井工人是最苦最累的，也是最危险的。

下井的人被称为“煤黑子”，干干净净下井去，满脸黢黑上井来。这个工作不仅脏累，而且危险，瓦斯爆炸、冒顶、透水都是极大的威胁。胡大贵在井下一干就是三年。工作之余，读书看报成了他唯一的消遣和精神寄托。人下井了，心却不愿沉到最暗的巷道里去，人生也不能就此沉沦下去。1983 年，不甘沉沦的他苦读三个月，考入了徐州广播电视大学。

电大毕业，他被分配到先前单位的计划科。这个科室是单位里最轻松的，待遇也不错。“坐办公室”这种令人羡慕的工作，他干了两个月后又主动辞了，按部就班、看报喝茶的清闲日子无异于对青春和热情的谋杀。胡大贵怀揣远大理想，他的人生词典里没有“安逸”这个词。

1987 年，他回到自己的家乡江庄，在三间破伙房里，花 500 元创办了一家文化用品厂，开启了创业生涯。一度，他窘迫到极点，仅靠一锅水煮土豆度过了一星期。父亲无法原谅他自作主张地抛弃“金饭碗”，父子关系差点断绝。有几年，胡大贵甚至不敢去见父亲。

胡大贵接着说起的一件事，引起了我们的注意。

他很早就到铜山去看过杨氏石碑，佩服杨家后人把传承了几个朝代的珍贵碑刻捐献给了国家。从那以后，他就一直思考有钱后该干什么，所以，他 40 岁前做企业，40 岁后做文化，不计报酬，不计回馈，不计效益。

我们跟着胡大贵，听到了“湖山杨氏石刻”的故事。

嘉庆二十三年（1818 年），徐州铜山籍的杨映权因丁忧返回原籍，不复为官。他历任山西绛州知州、宁武府知府等，为政多有佳绩且乐善好施。宦海沉浮，嗜爱书画，收集有明代晋王府所藏而易世后散存民间的岳飞书《出师表》，以及唐代欧阳询、虞世南所书《阴符经》《道德经》等墨本，又有曾为南宋内府所藏苏轼《楚颂帖》、前后《赤壁赋》等帖。

回到家乡的第二年，杨映权便出重金聘请一代金石良匠刘永清、郭成恩、高龙川、高龙渊将这批书帖摹勒上石。至道光十一年（1831 年），历时十二年的勒石方才大功告成，此时杨映权已经 71 岁。

唐欧阳询书《阴符经》石刻 16 方，前有唐太宗序及唐明皇御题，原为南宋内府所藏，钤有“德寿之玺”“雪浪斋”“晋府世子图书”“商丘宋荦书画府印”等收藏印鉴。

唐虞世南书老子《道德经》石刻 9 方，上有“晋府世子图书”“商丘宋荦书画府印”两个收藏印鉴。

宋苏轼书《楚颂帖》石刻 9 方，《前赤壁赋》石刻 7 方，《后赤壁赋》石刻 6 方，跋语 2 方。

宋米芾七言律诗《重会九郡按》石刻 4 方。

署名岳飞书诸葛亮前后《出师表》石刻 26 方，在正文之前有明太祖朱元璋御书 2 方。

勒成之石共 82 方。在这些石刻的诸家跋语之后，杨映权多附刻“古彭兰圃杨映权上石”“道光十一年五月古彭杨映权上石”等语。刻石完成后，杨映权将碑刻嵌于自家花园的东西长廊之中，长达数十丈，洋洋大观，于是便将花园更名为“帖园”，并欣然撰写《帖园记》一并勒碑。

马庄村文化礼堂

杨映权在帖园建成后的第四年，即道光十五年（1835 年）谢世，卒年 75 岁。不久，由于杨氏家境衰败，墨本与碑刻分离，杨映权后裔更加珍视刻石，轻易不肯示人。

“七七”事变后，徐州沦陷，日本侵略者为便于观摩和捶拓这批碑刻，专门从徐州向东南修了一条公路通到湖山。杨氏后裔将其从长廊拆下埋藏保护，才免遭日本侵略者劫夺。抗战胜利后，于右任先生曾专程去杨氏故园观赏这批石刻。1951 年，杨氏后裔杨启栋等人欣然将这批珍贵碑刻捐献给国家。

杨家故事，令胡大贵感慨万千。他从杨氏石刻想到了个人志趣与地方文化的关系，想到了家道盛衰与民族兴亡的关系，想到了文化遗产与家族财富的关系……作为随着改革开放成长起来的民营企业家，他将如何回报社会？作为贾汪江庄的抗日英雄后人，他将如何带动地方发展？作为胡家走出的新一代，他将如何传承家族的忠诚与奉献精神？

如果说杨氏石碑是他的精神源头，那么卧龙泉就是他的精神源泉；如果说杨氏石碑是他的文化基因，那么运河支队抗日纪念馆就是他的红色基因。

他获得过“红色文物保护感动人物”和“为红色文物保护做出特殊贡献的优秀企业家”两个称号。这两个称号是由北京新四军暨华中抗日根据地研究会、中国文物保护基金会红色文物保护专项基金管理委员会、北京师范大学历史学院、新四军纪念馆主办的“永恒的丰碑——2017 北京·红色文物保护公益宣传活动”表彰大会授予的。

“他从小听着运河支队的故事长大，是怀有浓厚红色情结的企业家，更是熟知抗战时期运河支队历史的专家。他投资千万，付出心血，创建全国唯一的运河支队抗日纪念馆，使之成为揭开尘封历史的大书。他筹拍三集大型文献纪录片《运河支队》，为这个英雄群体扬名立威。他的大善义举，功德无量。”这是大会给胡大贵的颁奖词。

这支名为运河支队的地方抗日武装，由八路军 115 师于 1940 年批准组建并命名，抗日战争期间参加了大小几百次战斗，被罗荣桓元帅称作“敢于在鬼子头上跳舞的部队”，被陈毅元帅赞为“可以写一部大书”。

从 2008 年决定创建运河支队抗日纪念馆起，胡大贵就为选址、设计而奔波，花了三万多元购买建筑方面的参考书。徐州是两汉文化发祥地，抗战纪念馆设计为汉式建筑风格，白墙青瓦大屋盖。而纪念馆正门的窗户一边四个，两边加起来共八个，寓意明确：运河支队隶属于八路军，也隶属过新四军。

回顾往日建馆的艰苦岁月，胡大贵动情地说：

十年间，我从来没有过节假日，吃住都在工地上，办公室就是我的卧室，旧沙发就是我的床铺。我酸甜苦辣都尝过，累了病了也会掉泪，不过天一亮又浑身是劲。夏天我六点上工地，冬天我七点上工地，都是先安排好工作再吃早饭，晚上七八点才吃晚饭。由于吃饭不定时，得了糖尿病，医生专门跟我谈了两个小时，让我把身体当回事。生病的人，对生命意义多了些思考。生命再长，也就是多个十几年，和金钱比起来，生命的意义更值得重视。那我为什么还在乎多活十几年？我怕我没完成这个事就倒下了。

胡大贵自己省吃俭用，但购买抗战文物时却一掷千金。一本小小的日军调查报告要两千元、日军战场实物动辄上万元，他都毫不犹豫地出手买下。只要听说哪里有珍贵文物，他都会星夜兼程赶过去，带着煎饼卷咸蛋泡在文物市场里。

他付出的不仅仅是金钱，还差点付出生命。2011 年 7 月 26 日深夜，他们采访完八一电影制片厂导演后，遭遇北京罕见的特大暴雨，行进在齐腰深的雨水中，时刻都有被洪水冲走或掉入窨井的危险。

功夫不负有心人。2011 年，运河支队抗日纪念馆正式建成并对外开放，成为全国唯一一座全面反映苏鲁边界运河支队抗战史实的大型专题纪念馆。慢慢地，纪念馆的名声传了出去，引起了中国八路军、新四军研究会的高度重视，罗荣桓元帅之子罗东进，陈毅元帅之子陈昊苏、陈小鲁，邓子恢副总理之子女邓建生、邓小燕，粟裕大将之女粟惠宁等一百多位开国元勋的后代都来到这里考察调研。

人说，在中国民间博物馆领域，西有樊建川，东有胡大贵。

樊建川最初是开发房地产的，但是被外界熟悉却是因为他的抗战文物和“文革”文物收藏，特别是建川博物馆聚落。他的建馆目的清晰明了：为了和平，收藏战争；为了未来，收藏教训；为了民族，收藏传统。

作者与运河支队几任支队长后人合影

胡大贵最初是做印刷的，后来兴建了卧龙泉生态景区。继主打抗战文化的运河支队抗日纪念馆后，胡大贵又陆续建成了徐州会战纪念馆、淮海民俗馆、红色记忆馆、贺成美术馆等系列场馆。景区因规模宏大、展馆众多、收藏丰富而居全省之重，成为徐州红色旅游的靓丽名片，成为贾汪文化产业的有机组成部分。

浮云吹作雪

——老孟书记的朋友圈

“老孟书记说的话都很有哲理，他是一个挺有思想的人。”凤凰文艺出版社编审蔡晓妮对我们说。

和老孟书记交上朋友，是最近的事。2018 年 11 月 25 日，我们第二次到马庄村去，见到了老孟书记，加上了他的微信。

第一次去马庄村是 11 月 11 日，也是星期天，到处静悄悄的。

只见村头矗立着一座水塔。高大的水塔如今已经被创意改变。塔身油漆一新，赭黄色的塔身上像温度计一样标着一些年份，从 1986 开始，中间有 1988、1989、1992、1995、1999、2001、2003、2007、2013，到 2017 年 12 月 12 日止。这些数字如同密码，标示着每一个重要的时间节点。最后一个日期是毫无悬念的——那一天，中共中央总书记、国家主席、中央军委主席习近平来到了马庄村。

回到家，我们才顾得上看老孟的微信，发现他始终是个文艺男——从文艺青年走到文艺老年。

他的微信名叫“梦清溪”，一看就是“孟庆喜”的谐音，再看又有很多意味。个性签名是：文化立村，文化育民，文化兴村，文化惠民。

“一组新老照片按年龄顺序排列。第一张是 1970 年任大队团支部书记、民兵营长时的照片。48 年过去，弹指一挥间，当年咱也可以称为靓男。”文字之外，还有两个“龇牙而笑”的表情。

要了解一个人，方法之一便是翻看他的朋友圈。11月的最后一天，早上醒来，如往常那样浏览朋友圈，看到孟庆喜的微信，忍不住笑起来，郑重地给他点了个赞。

“走在乡间的小路上”“水中的云”“刚拔下的萝卜”“顶鲤膜拜”“抱团取暖”“冬韵”“初冬”“冻柿”“天更蓝，地更绿，水更清”“身边有粮，心中不慌”“种豆得豆，种瓜得瓜，种地瓜得地瓜”……他的朋友圈还开设了专栏“清溪随拍”。

这几天虽然连续降雨，来自全国各地、各行各业到马庄参观考察的人依然络绎不绝，图为中国名村陕西省韩城市晨钟村的党员干部来马庄村重走总书记视察路线，共享幸福时光，进行主题教育。

这是他2018年11月9日发的微信。

今天下午和国栋在一起，参加江苏电视台《美好时代》专访栏目的节目录制，播出时长半小时，播出时间待定，届时将预报通知。

这是他2018年11月11日发的微信。

马庄农民乐团经过多日的刻苦排练，于今天下午在江苏电视台演播大厅正式录制节目，受到编辑、导演、工作人员和观众的一致好评。

这是他2018年11月16日发的微信。

应邀为徐州市彭园园林管理处以“党建引领，文化立村，产业富民，推进乡村振兴全面发展”为题做演讲报告，受到处领导和与会同志们的热烈欢迎。

这是他2018年11月19日发的微信。

南京电影制片厂郭厂长、厉导演等一行六人来马庄采风，为马庄拍摄纪录片和故事片做前期准备。

潘安水镇

这是他2018年11月20日发的微信。

中央党校干部培训班来马庄村考察社会治安创新工作。

这是他2018年11月22日发的微信。

今天上午，江苏电视台融媒体新闻中心举办的“我们的40年——百姓故事演讲大赛‘潮起扬子江’”，在马庄村文化大院现场直播，马庄农民乐团现场演出助阵。

这是他2018年11月28日发的微信。

抵达婺源，参加2018中国农村博物馆年会暨严田博士论坛。

这是他2018年11月29日发的微信。

江苏省委宣传部给马庄农民乐团新配送的文化大篷车抵达马庄。

该车顶棚能升降，舞台的拓展全自动化，在全国的村级艺术团体，也是唯一的一辆。

这是他 2018 年 12 月 2 日发的微信。

江苏省委党校举办的省级“党校名师”培训对象培训班（第二期）历时三天，圆满结束。

这是他 2018 年 12 月 7 日发的微信。

12 月 10 日是徐州市贾汪区马庄乐团成立 30 周年的日子，这支来自乡村的乐团将在运河文化带开展百村交流巡演活动，同时国家级非物质文化遗产马庄香包博物馆正式揭牌，马庄村在建设文明乡村中的经验，将得到更为广泛的传播。

这是他 2018 年 12 月 10 日发的微信。

马庄村再次走进中央电视台《新闻联播》。今天上午，由中宣部、中央文明办、国家文化旅游部、国家广电总局、中国文联举办的“2019 我们的中国梦”——文化进万家活动首场演出和启动仪式，在马庄村文化广场隆重举行。

这是他 2018 年 12 月 18 日发的微信。

本人有幸接受采访，做客本栏目。12 月 17 日至 24 日，每晚 19:24，锁定央视社会与法频道，看纪录片《四十不惑》，有我们共同的经历，有我们共同的故事。

这是他 2018 年 12 月 18 日发的微信。

中宣部常务副部长王晓辉在马庄村举行的 2019 年元旦春节期间“我们的中国梦”——文化进万家活动启动仪式上的讲话节选：2019 年元旦春节期间“我们的中国梦”——文化进万家活动启动仪式在马庄村举行，就是落实总书记的重要指示精神，带来了党中央对基层群众的真情关怀，也带来了广大文艺工作者对基层群众的深情厚谊和发自内心的良好祝愿。

这是他 2018 年 12 月 18 日发的微信。

时值纪念改革开放 40 周年之际，《环球人物》杂志 2018 年度人物习近平总书记上了封面，本期文章内容以《马庄老书记把农民乐团玩到欧洲》为题，报道了改革开放后马庄村的典型事迹。这期杂志有意义啊！正值改革开放纪念日，和总书记同上一期杂志，感到无比温馨、幸福和自豪！我们一定要甩开膀子加油干，改革路上再出发，在乡村振兴战略实施中，做出新奉献，再创新辉煌！

这是他 2018 年 12 月 19 日发的微信。

昨天，江苏省庆祝改革开放 40 周年座谈会在南京召开。吴政隆省长主持，娄勤俭书记讲话。马庄村被表彰为“为江苏改革开放做出突出贡献的先进集体”！

这是他 2018 年 12 月 19 日发的微信。

……

老孟书记的关注点和快节奏，在微信中一目了然。

老孟书记人退休了，不过他的心和眼没退休，体育场、停车场、幼儿园、村妇联入了他的眼，香包、娃娃、乐团、老照片入了他的心。他也回顾马庄村创业的艰辛，也转发各级媒体对贾汪的报道。每次转发，老孟书记都要加上自己的体会、感想。

比如转发“江苏大讲堂”关于马庄村获奖的喜报，他是这样说的：继 2018 年荣获“中国美丽休闲乡村”大奖之后，又获 2018“全国基层理论宣讲先进集体”殊荣，全省名列榜首！

这是转发“徐州品牌”关于“权威省报 16 个版面赞徐州”的消息：

从“大风歌”到“铜管乐”，看徐州如何蕴发振兴精气神。国家历史文化名城、汉文化的发祥地……徐州从古至今，都带着深深的文化烙印。

“马庄香包不仅是徐州的一张文化名片，也成为江苏的重要文化名片之一。”这是“聚焦首届长三角国际文化产业博览会”这一报道的导语。

当然，老孟书记也关注“好人品”“幸福感”这样的心灵鸡汤，也喜欢“对比式”的表达方式，比如“要自律不要自戕”“与其后悔过去，不如奋斗将来”“聪明人未必幸福，但智慧的人会看到幸福；灵巧者未必幸福，但豁达的人会找到幸福”之类。

最有意思的是他对退休生活的记录。

午饭。鱼锅贴杂面喝饼（当地面饼），只要在家，就变着法地让他们吃好。

现在退休了，一般都是我在家做饭，家人反映我的烹饪手艺还不错，能达到二级厨师的水平。

老孟书记的文字中，配发了“九宫格”，九张照片令人馋涎欲滴：“今天整整忙活了一个下午，按照配方要求选料、剪切、调制佐料，然后入缸，腌制了大半缸杂锦辣椒，如自己吃的话也足够一年。去年腌制的辣椒，几乎没过春节就被人家要完了，不说别的，就看这腌辣椒的家伙什，荷缸，虽不是什么老物件，但也属于艺术品，你的食欲也就上来了……这样腌制出来的杂锦辣椒，味道好极了，无论是卷煎饼、卷烙馍，还是喝稀饭，都是非常好的爽口菜。如炒其他菜，也可以放腌制的辣椒。”

正“品味”着老孟书记的杂锦辣椒，想象着他的退休生活，突然从他的微信里看到了一个熟悉的身影。蔡晓妮！她是凤凰文艺出版社的编审，也是我们的好朋友。她来马庄干吗呢？

蔡晓妮说，南京电影制片厂拍的纪录片很不错，《诗画江南》就在江苏卫视和中央电视台播过，这次他们又到贾汪拍摄纪录片，她是编剧。“老孟书记说的话都很有哲理，他是一个挺有思想的人。”她说。

在老孟书记的微信里，我们和蔡晓妮相遇。纪录片里的老孟又会遇见谁呢？我们期待着蔡晓妮的“老孟剧本”。

12月13日上午，在南京大屠杀死难者国家公祭日纪念活动中，工、农、商、学、兵、侨六名代表合力撞响和平大钟。老孟是农民代表，他感到无比庄严、无比凝重、无比神圣。这也是我们在老孟的微信里看到的。

一年快收尾了，马庄村又被命名为江苏省改革开放先进集体，老孟书记很开心。2019年又将是怎样的一种开始，老孟书记很期待，我们也期待着。

2019年上半年，老孟书记的微信专栏除了“清溪随拍”外，又多了一个“晨练随拍”。老孟书记一如既往地关心国家大事和马庄大事，生活情调似乎更浓了。他说，火龙果花既可煲汤也可做菜，还具有药用价值，降血压降血糖。没听说过吧？不仅如此，他还用火龙果花爆肉，自称“色香味儿俱全”。你不信？人家老孟书记可是有图有真相。

夏季到了，老孟书记写道：“少年强则国家强。暑假期间少先队员们来到马庄村重走总书记视察路线，重温幸福时光，进行暑假社会实践活动。”

2019年7月，我从老孟书记的朋友圈看到了这么一条喜讯：徐州市贾汪区潘安湖街道马庄村列入文化和旅游部发布的第一批全国乡村旅游重点村名录，江苏省共有13个乡村入选。

这几年，马庄村依托潘安湖景区旅游发展的蓬勃态势，大力发展香包、农家乐、特色民宿等产业，而马庄农民乐团和民俗文化表演团，又向全世界彰显了中国新时期农民的风采。

是的，马庄村当之无愧。我们对老孟书记说。

五省通衢

世味煮成茶

——孟庆喜和他的家人

“打扫厕所工资不高，没人干。党员要带头，我就动员我的家属下。她文化水平低，是贤妻良母型的。”孟庆喜对我们说。

为了采访，我们一次次地进出马庄村。终于有一回，我们注意起村里的道路了——不宽，平坦，两边新挖的沟已经埋入管道并填平。路的两边，有等待来年春天绽放的迎春和吐绿的柳树。就是这样的朴素村路，将马庄的孟家张家李家王家孙家一户一户地联结起来，然后将小小的马庄接入大大的世界。正是从这样的平实小路上，孟国栋孙建们走了出去，又走了回来。一代代的马庄人从这样的平实小路上，走入一个崭新的世界，又回来创造一个新的传奇。

走在这样的路上，如果你不是一个马庄人，是难以感受到那份平实和亲切的。

老人矍铄而健谈，中年稳健而敦厚，青年努力而热忱，采风中所接触到的每个人都给我们以鼓舞。

一天的奔波虽然疲惫，但我们的心灵因为他们的谈话而充盈着朴实的快乐。

2018 年 11 月 25 日，冬天已经来临，寒冷尚能忍受，我们又一次来到马庄村。这一次，马庄村不再静悄悄的，到处停满了车辆，我们的车子也无法开进村委会的大院里了。

今天有什么活动吗？

几十个农民正在排练马庄锣鼓。男男女女，老老少少，穿着喜庆，神采飞扬。孟国栋手持话筒，对乡亲们喊着叔婶，提醒他们注意站位和脸上表情。他是老书记孟庆喜的儿子，现在接过了父亲肩上的担子，成为这个全国闻名村庄的党委书记。

院子里锣鼓喧天，有位装扮好的妇女说老孟家属也在队伍里。我问是哪一个，她看了看四周，茫然地摇摇头。另一个妇女凑过来，说最外围第三个人就是老孟书记的家属。我往远处看了看，一个个头不高，看上去比较瘦弱的老年妇女正在那里敲着锣鼓。后来经人介绍，我才知道那个和我说话的妇女，是村委会主任张淑平。

在咚咚锵锵的锣鼓声中，老书记举起手机拍照。他的老伴儿也在锣鼓队中，快 70 岁的人了，劲头不输那些四五十岁的。

几位电视台的记者开始拍摄。一个戴席夹子（当地草帽）的男人看上去像是个领头的。听人说，他们是江苏卫视的，来为即将举办的“我们的 40 年——百姓故事演讲大赛”提前准备素材。

我们避开人群，跟随老孟书记到了二楼的一间会议室。关上门，声音被隔在外面，立刻安静了不少。墙上，有村委会几个人的照片和简历。我注意到，张淑平出生于 1958 年，今年应该 60 岁。我心里有个疑问，这个看上去普普通通的女性，是怎样在老少两代书记的光芒下工作的？

谈话是我们挑的头，我们从他的家属打扫厕所问起。以下是孟庆喜的叙述：

我当上马庄村党委书记后，定下了奋斗目标：两年小变化，三年中变化，五年大变化。村办企业发展起来，人人有活干。

以前厕所由村民轮流打扫，各家都有份，也都需要肥料。后来，没人要肥料了，打扫厕所工资又不高，就没人干了。党员要带头，我就动员我的家属干。她文化水平低，小学才上了三年，她是贤妻良母型的。一起打扫厕所的还有生产队队长家属，外加另一个群众。三个人的活不轻，每天都要打扫三个煤矿、一个砖厂的厕所。

姐弟俩在徐州上学，不同意妈妈干这个活。妈妈拉个大粪车，不像样子。我就解释：一是打扫厕所真没人愿意干；二是妈妈真没文化，当会计她会算错账，倒贴钱，当幼儿园老师会误人子弟；三是家里有七八亩地，打扫厕所从早上五点干到八点就行，还不耽误照顾家里、种地。我说这是高尚的工种，分工不分贵贱。这件事对子女也是个教育。

我干了 30 年书记，她打扫了 15 年卫生。安排工作时，有些村民挑三拣四，就有人说话了："你看人家孟书记的家属！人家那就是个榜样！"

她腰肌劳损，腰椎间盘突出，卧床了一段时间，从那以后就不干了。有人给了个偏方，用山西老陈醋热敷。我亲家正好在山西长治，有正宗的山西老陈醋，我们用土法给她治疗，她后来就好些了。舞会、大秧歌这些，都是全民参加。她虽然不识几个字，但受家庭熏陶，乐感好，后来打起了锣鼓，身体逐渐好了。

她叫胡立芳，快 68 岁了。

我有两个孩子，闺女徐州医学院毕业，分配到徐州烟厂职工医院，女婿安徽医科大学毕业，也是徐州烟厂的厂医。女儿女婿都是党员。职工医院取消后，他们就在烟厂干别的。

儿子儿媳是中国音乐学院的同学，同一个导师，学声乐。毕业后，儿子到江苏省梆子剧团，儿媳到徐州市文化艺术学校。后来他们都不干了，儿子国栋回到马庄村，儿媳赵艳芳就在徐州开起了培训班。

我的祖父、父亲都是本分人，不识字，和外界很少沟通，只会干活。我喜欢音乐，和启蒙教育有关。我家距马庄小学不到100米，冬天河水结冰，从河上过，更近，只有50米。学校一唱歌，上音乐课，我就兴奋，往那跑，学生还没学会，我就学会了。上小学前，已经学会了很多歌曲。

我一年级时上音乐课，那些歌我都会唱。有个歌咏比赛，一选拔我就被选上了。老师让选参赛歌曲，《东方红》大家都会唱，我就想唱个难点的《歌唱二郎山》（话音未落，老孟唱了起来：二呀二郎山 / 高呀高万丈 / 枯树荒草遍山野 / 巨石满山冈 / 羊肠小道难行走），老师很高兴，同意了。拿了奖，奖励了一个绿色的旗子，镶着黄边，在屋山头挂了很长时间。我都上四年级了，还挂在那里。到了初中，我就当领唱了。

八岁时，村里话剧团上台唱快板。我那时记性好，文言文背得堂堂叫（呱呱叫）。村里排了几个样板戏，我全本都会背。有人忘词，我就“啪”地提词。

国栋小时一闹人，谁也哄不好，我只要在家，拍拍他，给他唱歌，他马上就不哭了。国栋大些，就主动要求“爸爸吹口琴”“爸爸拉二胡”。《霍元甲》主题曲，国栋听两遍就会唱了。

1988年，他13岁，是马庄农民乐团第一批老队员，也是年龄最小的。有演出时，就向学校请假。临场演出经验，小时就有了。机遇加巧合，他先上的是徐州市文化艺术学校。那天，我家来（回家）吃饭，他拿张报纸，推给我看徐州市文化艺术学校的招生简章。我想让他考大学，还没看就训他：艺校是弄什么的？

“爸，你看看，报名到今天就截止了。”我一看，凡是被录取的学生转为城市户口，干部待遇，定向分配。好，身份、工作、饭碗都有了，去报名吧。文化课过了，专业课都是全程录像，报省里，很严格。

我姊妹五个，我是老大……

说到这里，老孟的电话响了，是他妹妹打来的。他90岁的老母亲正在青山泉镇医院看病，情况不太好，他是老大，姊妹急等着他去拿主意。采访暂停。

后来，我们到老孟家里去，发现一位在院子里拾掇的老人家，那就是老孟的母亲。老人家挺过来了！这令我们欣喜万分。

国栋为什么从城里回到了村里？我们急切地想得到答案。我们问张淑平能接受采访吗？老孟书记当即拿起手机打了个电话，很快放下手机说“她回家了”。

2018年12月，“上观新闻”陈抒怡的一篇题为《习近平“捧捧场”买了王秀英的手工香包后》的文章，也从另一个角度给了我们答案：

“真棒、真旺、捧捧场、贾汪香包、潘安湖……”在习近平总书记考察徐州马庄村的第二天一早，孟国栋让同事赶紧去工商局注册了与马庄香包相关的七八个商标。

这位毕业于中国音乐学院的村支书和其他的村支书不太一样。在采访中，最让他津津乐道的是马庄农民乐团。1988年，马庄村成立了苏北首家农民铜管乐团，13岁的孟国栋成了第一批团员。在一张马庄村的老照片中，他和另外几个几位团员一起参加了1988年的马庄村文艺乘凉晚会，他吹奏的是当时大多数人还不太了解的中音号。

马庄农民乐团给这位未来的村支书进行了音乐启蒙，之后他考上艺校，学习二胡演奏，后来又考入中国音乐学院，主攻声乐，大学毕业后进入江苏省梆子剧院工作，成为二胡演奏员。由于煤矿产业调整，马庄村集体收入锐减，村里的农民铜管乐团也面临解散的困境，孟国栋被自己的父亲，也就是马庄村的老村支书孟庆喜叫回村帮忙，至此走上了村干部的道路。

而马庄村也有了新的打算，下一步将打造文创综合体，集中徐州地区的非遗产品、文创产品和电商，吸引更年轻的创业者，通过网上平台和新媒体，为马庄的文化旅游产业再推一把力。“没有年轻人的乡村振兴，就不算是真正的乡村振兴。你说是吧？”孟国栋反问记者，但显然心中已有了答案。

我们对小孟书记有了这么多了解，又怀着那么多好奇，却还没机会和他坐下来聊天。我们知道他忙着举办习近平总书记视察贾汪一周年纪念活动，所以一直没有约他。

只是，从那以后，我们的耳边一直响着马庄快板，那欢快的女声，那干脆的节奏：

十九大精神要落实，自治法治和德治。

乡村综合来治理，保障稳定为小康。

如今我们马庄村，风清气正聚人心。

文化兴村占阵地，黑恶势力难存身。

说马庄，看马庄，“三治合一”落实强。

强富美高新目标，富美佳淳事业旺。

从中央到地方，把马庄经验来推广。

乡村振兴做表率，构建和谐新榜样。

村党委，班子强，“一强三带”书华章。

产业兴旺是基础，乡风文明做保障。

民事调解“乡贤会”，社会贤德有威望。

违法犯罪全杜绝，村民纠纷不出庄。
每月一号升国旗，爱国教育记心里。
周末舞会竞答题，寓教于乐树正气。
每年法治宣传月，浩浩乾坤正气扬。
人人知法又懂法，依法治村责任扛。
马庄充满正能量，幸福马庄美名扬。
文化强村作载体，乡村振兴奔小康。
总书记视察俺马庄，对咱马庄寄厚望。
领导关怀铭记心，撸起袖子创辉煌！
创！辉！煌！

不拘一格降人才

——大运之河在贾汪

2017年6月，习近平总书记对建设大运河文化带作出重要指示：大运河是祖先留给我们的宝贵遗产，是流动的文化，要统筹保护好、传承好、利用好。

在百度地图上，大运河是贯穿南北、连接京杭的一根蓝色线条。北京、天津、廊坊、沧州、衡水、邢台、德州、临清、聊城、济宁、滕州、微山、沛县、铜山、贾汪、邳州、新沂、宿迁、淮安、扬州、镇江、常州、无锡、苏州、嘉兴、湖州、杭州，这大大小小的城市，像一粒粒或大或小的珠子。如果没有珠子，项链不成其为项链。当然，没有那根线，散落的珠子也难成项链。运河和城市，永远是谁也离不开谁的关系。

这是一条古老的河，悠悠河水已经流淌了2500多年。

这是一条不老的河，两岸芳草碧树，青黄交替，生生不息。

这是一条空间之河，也是一条时间之河；这是一条文化之河，更是一条文明之河。无论是一条什么样的河，它的命运，全在于流动——流动的水，以及随它而流动的人、物、生活、时间的光影、历史……

千百年来，悠悠运河水，流过了多少村庄，穿过了多少闸涵，亲吻过多少桥桩，载过了多少商旅，运送了多少粮食。有形的物资尚可计数，而无形的情思呢？多少欢欣惆怅、多少思念忧伤，都随着那悠悠河水入江入海，从此无际无涯！

一条运河，造就了两种人家、两种生活。

在水上搞营生的，是水上人家，靠水吃水，跑个船，运个货，打个渔，摆个渡……过一种浪里水上的生活。在岸上搞营生的呢，是庄户人家，种粮，种菜，种桑，过一种安定的生活。行船的，常年在河道里跑，看岸上的村庄和庄户，心想一辈子守着那么一个村子过，不知道外面的世界有多大，这多无趣啊！而那庄户人家看着水上跑船的，唱着歌，喊着号子，心想，一辈子的时光都和河水一道流走了，一生都不能安定下来，多么辛苦啊。所以啊，岸上和水上，是两种生活，两种人生。岸上的人看水上的人，以为那是一种风景，不是一种真切的生活，像故事。而水上的人看岸上的人呢，也抱着同样的好奇和不解。

一条河，既是生意，也是生活；既是阻隔，也是连接。

让我们看看大运河在徐州境内的行踪吧。它一头连着的是微山湖，一头连着的是骆马湖。当然，你也可以说它一头连着的是黄河，一头连着的是长江。

一条流淌了2500多年的河，饱经世故，可谓见多识广、阅历丰富。在时间的长河里，似乎每一滴水都是历史的见证者、参与者。

每一滴水，都是一条河。

一条河和一个人

180年前，也是一个己亥年。

大诗人龚自珍在北京城里实在混不下去了，他既痛恨官场的黑暗艰险，更痛恨到处撒播流言的小人，于是辞了官，只身一人，带着一车书卷，沿着京杭大运河一路南下。他此行的目的地是京杭大运河的南起点，也就是他的老家杭州。一路行来，两岸风光、南北风情次第映入他的眼帘，触动他的隐痛。最终他写成了315首诗，结集而成《己亥杂诗》。

今年，又是一个己亥年。

让我们隔着180年的光阴，重读这些作品。诗卷中，有一些是我们耳熟能详的，比如《己亥杂诗·其五》：

浩荡离愁白日斜，吟鞭东指即天涯。

落红不是无情物，化作春泥更护花。

又有《己亥杂诗·其一百二十五》：

九州生气恃风雷，万马齐喑究可哀。

我劝天公重抖擞，不拘一格降人才。

315首诗，简直写尽了一个失意文官的315种心情——离愁，别怨，愤恨，期待，感恩，思乡……从这些诗作中，我们可以读出极其微妙的人心。一个人，情绪瞬息万变，如果不借用文字加以表述和流传，我们又凭借什么载体去认知一颗敏锐而多变的心灵？

既然龚自珍是乘船沿着大运河南下，那徐州一定是他无法绕过的。尽管徐州赋予了很多文人墨客以灵感和情思，像李白、白居易、萨都剌、苏轼等人，但是，心情晦暗的龚自珍或许没有心思放飞自己，只是作了一首相当平实的叙事诗。此诗列《己亥杂诗》第279首，是这样写的：

此身已坐在山泉，涓滴无由补大川。

急报东方两星使，灵山吐溜为粮船。

（时东河总督檄问泉源之可以济运者，吾友汪孟慈户部董其事，铜山县北五十里曰柳泉，泉涌出，滕县西南百里曰大泉，泉悬出，吾所目见也。诗记孟慈，并寄徐镜溪工部。）

“吐溜”是诗人形容水流的。三国嵇康《琴赋》中有句“蒸灵液以播云，据神渊而吐溜”。《文选·潘岳〈射雉赋〉》中也有句“天泱泱以垂云，泉涓涓而吐溜”。从龚诗中可以看出当时徐州北郊的柳泉和大泉吐水之盛，汩汩泉水注入了京杭大运河。单单从这一点看，曾经拥有柳泉和大泉的贾汪，另有一名“泉城”，是有足够的理由的。

一条长河，渡（度）过了得意者，也渡（度）过了失意者。谁也不能肯定地说，得意者得度获益多还是失意者得度获益多。但是，在今天看来，我们和大运河共同记住的，恰恰是那些失意者。也许，大运河注定还是属于失意者的。它的千里烟波，它的晨风夕照，可以抚慰那一颗颗受伤的心灵，并给予诗人以云霞一样灿烂的灵感。今天，我们能记住龚自珍，并不是因为他与林则徐的交好，也不是因为他的京城绯闻，而是“落红不是无情物，化作春泥更护花”的自许和“我劝天公重抖擞，不拘一格降人才”的他许。

成功的诗人，响亮的诗篇不必多，就像唐朝落魄文人张继夜泊于枫桥，从大运河的水声里得到启迪，写下了“姑苏城外寒山寺，夜半钟声到客船”的名句。

失意和诗意，统统都交给那一河长水吧。

时间是最好的安排。

一条河和一个村

一条大河，会将许多美好的品质赋予亲近它的人们，比如勤劳，勇敢，善良……当然河水本身没有勤劳不勤劳、勇敢不勇敢、善良不善良的本质，而是人们从与河流的长期共处中汲取到了各种正能量。

为什么会这么说？因为我在贾汪听到了这样的故事：

抗日战争期间，胡大勋率领军民在苏鲁交界的运河两岸、微山湖畔，进行了艰苦卓绝的反“扫荡”、反“蚕食”斗争，沉重地打击了驻守在贾汪和枣庄的日寇，谱写了一曲抗日救亡的英勇之歌。

战斗中，胡大勋痛失儿子胡霖、弟弟胡大毅。两位亲人的牺牲，固然令胡大勋悲恸欲绝，也更加激起了他的斗志。1944 年，胡大勋被秘密吸收为中国共产党党员。1945 年，日寇投降，运河支队整编为解放军鲁南军区十八团，胡大勋任团长。至于转业后到地方工作，在废黄河滩上开荒种树，那是后话了。

贾汪大吴境内的运河边上，有一个村子，叫瓦庄。乡贤董昌彦早年便在这里开馆办学、行医救人，为从事地下活动的共产党人提供保护和帮助。

1946 年 7 月，国民党军队对铜山县（原运河县）解放区发动了全面进攻。次年，铜山县委撤到鲁南山区，县委负责人王建平同志主动要求回铜山开展敌后斗争。他在王台（今大吴街道建平社区）一带组织群众反征税时被敌人发现，与敌人激战后不幸被俘。敌人将他吊在树上严刑拷打，他毫无惧色，不停地痛斥敌人。敌人恼羞成怒，用刺刀将他的嘴划开，他仍然骂不绝口，最后被敌人残暴杀害。那是 1947 年 5 月 1 日晚。

当地百姓无不落泪，家家户户不动烟火。国民党白色恐怖严重，收尸困难，王建平的兄长王守本知道董昌彦先生在乡里德高望重，特地前来家中拜请帮忙。董昌彦先生二话没说，毅然前往，同王氏家人一道将王建平收殓安葬。1949 年，执教近 50 年的董昌彦先生休教，1970 年元月，董昌彦先生在 88 岁的高龄上逝世。乡人感怀其品德，特制巨幅挽幛以悼：“一生辛苦培育英才春风桃李满天下，春光顿歇雪冷霜寒乡亲挥泪吊英魂。”

董昌彦的侠义情怀不由得让我想起了京杭大运河另一端的一次义勇收尸行为。那是1142年的除夕，岳飞以“莫须有”的罪名被杀害于杭州。狱卒隗顺正好当值，他冒着杀头的风险，将岳飞的尸体悄悄背出监狱，埋葬于城外一座古寺旁。隗顺临终，岳飞仍然没有平反，他告诉儿子，岳帅必有冤案昭雪的一天！20年后的1162年，宋孝宗即位，为顺应民意，降旨为岳飞澄冤昭雪，并以高价征寻岳飞遗体。至此，岳飞的遗骨才得以迁葬杭州西子湖畔。

大运河赋予人民以义气，以勇气。

瓦庄的董月祯（又名徐益三），1938年参加国民党苏鲁边区抗日游击队，1939年被介绍到鲁南抗大分校学习期间，成为中共地下党员。抗日战争时期，在鲁南打游击时，因战况紧急，夫妻俩只能背着孩子渡河，孩子不幸被湍急的河水淹死。解放战争时期，他随军南下，后历任广东省惠阳地区革委会保卫组长、中共惠阳地区公安局党组组长、惠阳地区公安局局长、广东省人民检察院二处处长等职，1983年离休。

如今，董昌彦和董月祯的事迹都被写入了瓦庄村史，展示在村里的新时代文明实践站里。和他们的名字写在一起的，还有董月祥、王世芬等革命先辈。他们为国家和人民奉献一生的精神，感召着一代又一代瓦庄村民见贤思齐。

京杭大运河把瓦庄分成了河南、河北两块儿，村民们往来只能靠摆渡。瓦庄渡口是全市唯一的“学生渡口”，因瓦庄小学在运河北岸，运河南岸村民子女上学只能靠“学生渡口”。但是，运河也为瓦庄带来了船只、货物、生意和富足。一个小小的村子在运河边拥有两个港口，煤炭、水泥、黄沙在这两个港口装卸、中转和储存，为瓦庄人解决了生计问题，也为村集体带来不菲的收入。

我们在村史馆里看到了瓦庄发展大事记：

明洪武二年（1369 年），山西洪洞县、山东邹城迁来大批移民到铜山地区虎山村、坊上村，瓦庄境内逐渐形成陈台子、孟巷口、王巷口三处居民聚居地，村民在此劳动、生息、繁衍，瓦庄村逐渐兴旺繁荣起来……

1911 年—1948 年，瓦庄村先后隶属铜山县小吴寨、屯河乡管辖。

1948 年淮海战役开始，11 月 8 日国民党军队张克侠、何基沣两位将军（佩剑将军）在贾汪率部起义，瓦庄村随之获得解放，并建立了村级人民政权。

1949 年—1952 年，瓦庄村先后归铜山县瓦庄乡、瓦店乡管辖。

1954 年，瓦庄村建成南砖窑厂，是村办的第一个企业。

1958 年 9 月，大吴乡人民公社成立，瓦庄村划归大吴公社。同时，瓦庄大队成立。

1958 年 11 月，瓦庄村辖区内的瓦庄矿井、新庄煤矿合并为新庄煤矿。

1978 年 1 月，瓦庄村集资修建水塔，家家吃上了集中供水。

1979 年，瓦庄村建成北砖窑厂。

1980 年，瓦庄村敬老院建成使用。

1988 年，瓦庄港口建成投入使用。

2014 年，徐贾快速通道——徐州科教创新区（瓦庄村）出入口正式通车。

2016 年，瓦庄村西环路建成通车。

2018 年，瓦庄村村委会搬迁到新庄矿旧址内，自此拉开了崭新的篇章。

这一行一行的文字，仿佛压缩了岁月，累积起一个运河边村庄的深厚底蕴。今天，我们从中看到的是瓦庄人为了改善生活和创造美好未来所付出的艰辛努力，一步一步，步步如踏石留印。

风浪，在自然的河流里，也在英雄的人生里。

一条河和一座城

元世祖至元三十年（1293 年），京杭大运河全线通航。而徐州则在十年前，也就是 1283 年，就提前进入了“京杭大运河时代”。从那时起到 2019 年，大运河已经与徐州这座古城相伴了 736 年。

736 年啊，多少人在徐州登岸，离岸；多少货在徐州启运，抵达；多少落寞惆怅在徐州发酵沉淀；多少欢欣鼓舞在徐州随风飘扬！

1797 公里啊，这是京杭大运河的全程，其中流经徐州市的河道约 181 公里，恰为十分之一。在它流经的八省市中，大运河在徐州盘桓的里程最长。

是的，大运河对徐州情有独钟。

漫漫长河，凝聚着徐州人的血与汗，倒映着徐州人负重前行的身姿。泱泱水流，也奠定了徐州独特而重要的交通枢纽地位。

黄河与运河，同时流经徐州，这种情形在全国众多城市中并不多见。有趣的是，在徐州的黄河与运河，长期以来就像一对冤家，始终处于一种彼此纠缠的状态。从京杭大运河通航的第一天起，大运河徐州段就面临着“黄运一体”“借黄行运”的复杂局面，直到 19 世纪中叶黄河再次决堤北去，大运河徐州段才告别了滚滚泥沙。

告别了滚滚泥沙的大运河，也挥手告别了潘季训、靳辅、朱衡、李化龙、盛应期、潘希曾、费瑄、郭升、梅守相、张镜心、王绍元、张志周、茅国缙……一代又一代的治水官员们为解开黄河与运河的死结一直努力着，最终他们在历史的天空下名垂青史，而他们的事迹也牢牢地刻印在这座城市的记忆深处。

中华人民共和国成立后，大运河徐州段新建了 57 公里长的湖西航道，运力强大，风光优美。与民国时期相比，今天的运河徐州段行洪能力提高了 11 倍，航运能力提高了 13 倍，京杭运河徐州港的年吞吐量接近 1 亿吨，相当于千万个徐州人每人都吐纳了 10 吨的货物。

初夏，一个星期天的上午，天气晴好，和风温煦。我们和李路、吴连营、李礼站在普洛斯徐州基地的院子里。

李路是大吴街道办事处的副主任，上次我们在瓦庄村新时代文明实践服务站认识，吴连营说他是个“肯承担的街道干部”。吴连营是贾汪区双楼物流园管委会主任，李路说他是全区“学习强国”积分第一名，或许由此可以看出他是一个努力上进的人。

李礼也是个得体的小伙子，是普洛斯徐州项目的负责人。

在吴连营的眼中，以草作为 LOGO 标识的普洛斯是相当重要的客户，在整个物流园区里举足轻重。这家中国最大的现代产业园提供商和服务商，最早启动了智慧物流及相关产业。普洛斯和环普都是其品牌，遍及全国 42 个战略性区域市场，管理着 336 个物流园、工业园及科创园，物业总面积达到了 3740 万平方米。

普洛斯徐州物流园项目位于徐州双楼物流园区，西边紧挨着 206 国道的通港大道运河大桥。这个园区占地约 400 亩，总投资达 5 亿元，将建设约 12 万平方米的高端仓库。从空中看，这些仓库成一个“凹”字形，沿着运河岸线铺展。

我们一边谈论着这个项目，一边走进了高大的库房。陪同我们参观的普洛斯徐州项目负责人李礼骄傲地告诉我们，普洛斯的这个基地，是亚洲第一、全球第二。

低头看脚下，地面平整。李礼说，这个仓库的地坪，水平度的平均误差只有2毫米，库房净高在15米，大型集装箱运输车可以直接停到门口，车厢底板正好与库房地面平齐，装卸一气呵成。这样的标准仓库，可满足所有生活类、生产类的客商需要，也可适应最为严格的物流机器人作业需要。

一期项目占地约118亩，建设约4.5万平方米仓库。从2017年5月签约到现在一期工程完工，中间也就用了一年时间。现在，这个庞大的工程正在进行第二期的建设。

在普洛斯项目工地的院墙外面，一个长达一公里的滨河公园即将动工兴建。我在一张航拍的照片上看到，这个地方以前是一个煤炭的堆场，黑黢黢的一大片，极像一块长久难以愈合的大地伤口。触目惊心！吴连营后来给我传来了这个滨河公园的景观设计方案，方案有一个文艺范十足的名字，叫“不可或缺的一公里”。

泰晤士河，那是伦敦的母亲之河。塞纳河，那是巴黎的灵魂之河。查尔斯河，那是波士顿的命脉之河。京杭大运河，那是贾汪的家园之河。滨河公园项目的设计，一下子就瞄准了国际名城中的知名河流，以同等的关系来考量京杭大运河与贾汪的关系。我不得不佩服项目设计者的眼光之高。

一页页地浏览着项目设计，方案做得很新潮，也很细致，既包括大的功能和分区设计，也包括步道用什么材料、灯光如何使用、垃圾如何分类……事无巨细，皆有考虑，并且处处体现出健康、共享、绿色的当代理念。

看了这个设计方案后，我才知道，在老吴他们这些基层干部的心目中，要考虑的不仅仅有普洛斯这样的产业项目，还有滨河公园这样为老百姓造福的民生项目。基层的干部们就这样时时统筹着发展和民生的大事。

谁敢说在绿色低碳的时代潮流面前，农民没有权利站到最前头呢？

大吴过去是乡，后来成了镇，现在成了街道。单从这一点就可以看出中国城镇化进程在徐州贾汪的具体化。

大吴的名头在徐州很响。不仅在徐州，在全省也都是响亮的。这个总人口不到 8 万的街道，位于贾汪最南端，过了京杭大运河就是徐州经济技术开发区的地盘了。因为靠近城市、拥有煤矿等因素，大吴一直以来就是经济强镇。现在，它头顶着全国重点镇、全国千强镇、全国最具投资潜力乡镇 500 强、全国新农村建设百名典型镇、江苏省文明镇等数个桂冠。

大吴人在贾汪，很有一点苏州人在江苏的意味——富裕知礼，脑子好用，懂得享受，尊重文化。

一直以来，大吴人的生活水平和眼光都是胜出一筹的。镇区建得跟城市一样，全国大名鼎鼎的绿地集团，正在这里开发建设运河小镇。虽然这里离徐州不到 20 公里，街道上仍然跑着三轮车、电动车，但是这里已经显现出不可限量的未来。高档的小区越建越多，人们的穿着也越来越新潮了。大吴人开始追求与城市无差别的生活环境和生活模式。

当地的决策者们也意识到，在农村小区化、镇区现代化的进程中，场所精神和社区文化必须予以足够的重视。因此滨河公园的建设逐渐由念头变成了蓝图。设计者将此处的京杭大运河定位为一条值得让人花时间漫步徜徉的河川，自然的，宁静的，开阔的，活跃的，社交的。

滨河公园的建设将令当地市民重归水岸生活。

公园由西向东，是一个逐渐由动向静的过渡，东西一公里的空间范围内分别规划了桥下悦动空间、小众舞广场、舞动广场、篮球场、足球场、秋千主题区、森林攀爬区、儿童动动乐园、儿童滑梯区、极限挑战区、网球场、老年健身区、户外棋室、阳光草坪、森林会客厅。老的，小的；男的，女的；雅的，俗的……每一个人都可以在这里找到属于自己的空间，也可以找到自我。

而植物的配置，恰好是我们感兴趣的。滨河公园采用徐州本土的垂丝海棠、樱花、银杏、栾树、香樟等树种，既体现出运动性、可持续性、多样性，也体现出本地化、自然性、低造价的特征。

另外，令我们大开眼界的是通港大道运河大桥下面空间的设计。这样的桥下场所，过去常常被各种各样的垃圾占领，人迹罕至，难以实现其运动、社交、娱乐的价值。而这次，设计者却和国际接了轨，他们在分析了芝加哥滨水步道、多伦多高架桥下公园、瑞典哥德堡社区公园以及墨西哥 Gomez-Farias 运动中心等案例的基础之上，巧妙而有效利用桥墩和不断重复出现的承重梁柱以及小型开放空间，在几何形态中统筹运动的人、流动的水、富有生机的绿植等元素，打造一处不受天气情况限制的体育活动场所。

绿化，色彩，照明，通风……我们开着车，从桥下栈道走过，风悠，花香，景美，人醉。多么美好的经历啊，简直令人难以忘怀。

一个苏北的街道办事处，以这样的眼光来规划建设大运河边上的休闲运动公园，他们的眼界和品位令人佩服。即使将这个公园南移四五百公里，在苏杭也足以成为媲美人间天堂的风景。

京杭大运河在贾汪区横贯东西 36 公里，从货物运输的经济学角度看，这堪称是一段“黄金水道”。

我们沿着平坦宽阔的疏港大道，驱车进入了双楼物流园区的港口作业区。土地和岸线资源是港口枢纽型物流园区建设的关键因素。双楼物流园地块沿京杭大运河北岸呈东西向分布，东西长约 5500 米，南北纵深最窄处 650 米，是发展集港口装卸、仓储堆放、临港加工、市场交易、商贸服务于一体的现代物流产业的理想之地。

双楼通用码头是徐州城区范围内规模最大的多用途公共码头。站在高大的桁架之下放眼远眺，宽阔的河面波澜不起。习习凉风里，一艘货轮满载着集装箱正在缓缓驶离岸边。

吴连营向我们介绍，苏北段的大运河已经全部改造成二级航道，2000 吨级的货轮可以自由往来于这一段。现在，从这里开通了往上海洋山港和江苏连云港港口的固定对开航班，每周四期。从徐州、宿迁南下，到淮安，到扬州，进入长江。进入长江后，上行可以到达九江、武汉、重庆，下行可以到达太仓、南通、上海。从徐州到扬州，要三天；到上海洋山港要四天半。走水路的话，综合物流成本约 3500 元 /TEU。

这里应该向我们的读者介绍一点集装箱运输专业知识。

现代物流业的发展催生了专门运输货柜的集装箱船的暴发式增长。吴连营所说的“TEU”，指的正是堆集在码头上的那一摞摞 20 英尺标准集装箱。现代集装箱船正向大型化、高速化、多用途方向发展。近年来，中国 TEU 级集装箱船订单不断增加，制造规模也越来越大。

吴连营指着远处停泊的几艘敞口货船说，这些旧船的装卸和运输方式极易对沿途环境产生污染。随着生态环保理念的增强和相关政策的收紧，以后这些船都将被现代化的集装箱船所取代。就像在公路运输中，过去那种不加覆盖或密封的货车走一路洒一路，现在采用厢式货车或集装箱车后，运输方式也变得绿色了。

徐州本来就是交通枢纽城市，有“五省通衢”之称，公、铁、水、航空以及管道运输，在现代经济发展中各显其能。由于水上航班运输费用低、运输时间稳定，一些大宗货物的客户正在改变他们的运输方式，集装箱量和水运都大幅增长。

2017 年 1 月 12 日，双楼港通用码头上，徐州市政府和中远海运集运公司举行了徐州至上海运河航线首航仪式。从这一天起，徐州港开行了至外高桥、洋山港支线的定期班轮航线，标志着徐州双楼物流园区正式开通集装箱运输业务，更意味着徐州运河实现了内河航运通江达海，直接对接“一带一路”，货物直达海外。

现在，大庙、塔山的大米、黄豆、麸皮，利国的生铁，丰县、沛县的罐头，从这里源源南下；山东济宁的金针菇、安徽阜阳的成品纸、安徽萧县的耐火建材、河南商丘的面粉等，也从这里转运天南海北。徐州周围 200 公里的范围内，各式货物在双楼港上了船，远走他乡。

说话间，刚刚启航的轮船已经消失在水天交界处。

吴连营介绍，一个港口吞吐量的快速增加，不仅与新航线的开辟、最大停泊吨位和停泊数有关，还与园区自身的区位优势、接驳能力密切相关。这个园区的区位优势可谓得天独厚。“你看我们大吴，”他指着一幅示意图说，“它位于徐州市行政区域中心位置，距离徐州主城区、新城区、贾汪区均为 15 公里，与中心城区保持在公路短驳运输的经济半径之内。与国家级徐州经济技术开发区、省级徐州工业园无缝对接，是徐州市最适宜发展现代物流的黄金区块。”

徐州市的十大开放平台之一、淮海经济区大宗物资分拨分销与集散平台、物流衍生性生产服务业集聚与孵化平台，非双楼物流园区莫属。

它的未来如何？

这座以服务周边经济为目标的综合型物流园区，正以徐州港双楼作业区通用码头为基础，凭借铁、公、水交汇的交通优势，构建起多元、立体的交通运输格局，将成为京杭大运河苏北段集公铁水联运、内外贸兼顾、第三方物流、电子商务为一体的国家级示范窗口，向新型临港产业集聚发展平台大步前进。

“2017 年要完成 33 公里的疏港公路建设，方便车辆进出园区。铁路专线 2017 年 9 月开始动工。铁路一旦接入园区，公、铁、水集装箱多式联运的优势将无可比拟。你看，从这里出发，水运转陆路可以直接抵达中亚、欧洲，陆路转水运也可以直抵欧美。目前，园区已经具备了海关、国家进出口检验检疫部门入驻的条件，与‘一带一路’直接对接的目标近在眼前。”吴连营将目光投向远方，那里既有航线的延伸，也有生命和时光的延伸。

站在繁忙的码头上，抬眼尽是码得高高的集装箱。我们蓦然想起，古老的大运河在今天再次焕发出生机和活力，不正是因为有李路、吴连营、李礼等这样一群年轻人吗？年轻的梦想、年轻的活力、年轻的干劲、年轻的头脑，也赋予了运河年轻的色彩。龚自珍如果穿越而来，还会写出“我劝天公重抖擞，不拘一格降人才”这样的诗句吗？

如果说运河是一条自然之河，它几十年来、几百年来或许只有些许的改变。如果说运河是一条历史之河，它每一天、每一秒都在随着与它一起前进的人，在变化，在变幻。

大运河是一种文化符号，更是一种生活方式。自古奔流而来的泱泱大河啊，延续着农耕时代维持漕运、沟通河海的辉煌，在今天又流淌进现代人的生活和文化之中，流淌出波涛滚滚的文化，流淌出细浪连连的生活，流向我们无限向往的远方。

车子往回疾速行驶，码头快速远去，园区快速远去，滨河公园正在迎面而来。我们仿佛看到繁忙的水面上一艘游船正悠悠驶来，载着来自五湖四海的游客。我们又仿佛看到不远处的广场上，一位追风少年正玩着轮滑，而他的身边，几位白发苍苍的老人正在闲适地散步……

世界上有520条运河，把近3000座城市璀璨的文明连接在一起。古老的文明，总能启迪未来。大运河摊开了一张“活化”的地图，沿岸中华儿女，正深入挖掘以大运河为核心的历史文化资源，奋力书写新时代里的大运河壮美新篇章。

徐州这一章，或将写满“旺”字。我们期待着。

大运河的话题，大运河的崛起。我们期待着。

一条河和一篇文

“曾经贯通京、津、河北、山东的通惠河、北运河和南运河，已基本丧失航运功能，部分河段经修复后，只能发挥城市景观和输水渠道的作用。其他的古代运河状况更不理想，如河南、安徽境内有战国时期开挖的鸿沟，该段运河历经秦汉汴渠、隋唐通济渠的演变，曾是全国大运河的重要组成部分，但由于南宋之后黄河夺流，及政治中心转移带来的治理缺乏问题，至金、元时期便已湮塞。”运河网上，王健、姚乐这样写道。这段文字，没有提及徐州。

“文化遗产是运河文化带的价值依托，大运河江苏段的物质文化遗产非常丰厚，在大运河申遗工作中做出了巨大贡献。2014年6月22日，大运河申遗成功，第一批列入世界文化遗产名录的有58个遗产点、27段河道，其中江苏段有22处遗产点、6段河道，占全国总量的

33%，总数在 8 个运河沿岸省市中位居首位。”入选的 6 段河道、22 处历史遗存，还是没有徐州。

“运河江苏段通航里程最长，航道的整体等级也最高。新中国成立之初，国家就将恢复大运河航运功能一事提上日程。为使徐州地区产出的大量煤炭能及时南运，满足华东地区工农业生产的需要，国家大运河建设委员会将徐州至扬州的苏北运河列入第一期扩建工程，自 1958 年至 1961 年，投资 2 亿多元，按二级航道标准新开了不牢河，并整治了淮阴至淮安、高邮至邵伯、湾头至六圩等河段，新建船闸 7 座。”

而大运河徐州段的扩建，部分得益于徐州作为煤炭基地、交通枢纽的地域优势。提到大运河文化，作者说：“江苏涉及中原、淮扬和吴越三大文化高地建设，这其中，中原文化高地在江苏就是以徐州为中心的楚汉文化。”

作者提到了徐州与运河的关系，以及目前徐州段运河的现状。还有人不知道徐州有运河，也有人不知道徐州运河的壮观。

隔日中午，我到了徐州，到了徐州城南的窑湾。窑湾，本是荒野一片。很久以前，随运河通来，几户人家顺水而至。然后，人烟袅袅，鸡鸣狗吠。日子如水，路过的船多了起来，投靠的人密了起来，便积攒起苏北“小上海”的盛名。镇子排场甚大，尽是老街、老屋、老树、老庙、老作坊、老门楼、老学堂。跨进山西、山东、江苏、福建几大会馆，繁复的明清建筑群，无一不高楼深院，还原昔日“移民”云集的商埠盛况。

……

窑湾的声响和颜色，似乎别处少见，溢出大码头的气场与遗风。进得一家洁净的小店，品尝鲜蔬、鲜鱼、鲜豆腐。汤足饭饱，众皆开开心心，乘兴去往运河码头。而我沉默，心里的喜悦只愿独享，而不肯急着说给旁人。

跨上几级石阶，仿佛一下傻掉，难以置信的景象撞眼，长长宽宽的运河，居然成了连串船舶的锚地。然而又即刻自叹，竟生出这等低级错觉。大小载重船只均未静止，都运动着，且呈疾速之状。

心头疑窦丛生，这是大运河吗？怎有如此的生龙活虎？

徐州李雷，运河里嬉水长大，少年怀揣的理想，是成为一名运河的守护者。升学时阴差阳错，让他学了中文。毕业分配又善解人意，让他“归队”进了运河徐州航道管理站。30 年过去，已成为站长的李雷说起大运河，语速平稳，词句简约，让人听不出惊叹的调子。因河道的宽度、吃水的深度、桥梁的高度等诸多因素，徐州至扬州段的苏北运河，被定位为二级航道。但是，包含所有一级航道在内，盘点全中国，乃至全世界的版图，苏北运河的繁忙，首屈一指。

“这怎么可能呢？”我无知，又极孟浪，甚而想到，热爱家乡，大不必作如是登峰造极的美言，于是质疑脱口而出，近乎无礼。然李雷不以为忤，稳稳当当地说出两个数字：“与国内一级航道中的老大比较一下吧。2018 年货物运量，长江三峡枢纽 1.44 亿吨，而苏北运河呢，3.17 亿吨。”

我相信李雷。但我惊诧莫名。

从贾汪的大运河回来，我们正震撼未减、感慨良多时，突然在中国作家网上看到了一篇文章，题目是《去看一条河的真身》，来源于 2019 年 6 月的《解放日报》，作者任芙康。

我们对作品感兴趣，也对作者感兴趣。我们上网搜索了一下，知道作者是四川达州人，中共党员，1975 年毕业于南开大学中文系，中国作家协会会员，当过兵，当过编辑，现任天津市文联《艺术家》《文

贾汪石磨塘村

学自由谈》主编，编审，天津市写作学会副会长，天津市文联副秘书长。

文中，徐州城南的“窖湾”，应是作者笔误，实际是指新沂市的窑湾古镇。这个古镇我们也去游玩过，知道这个古镇在运河边，但是真没想到那里运河的货物运量竟然超过了长江三峡。

作者用先抑后扬的手法，对比徐州运河和运河南北两头的北京和杭州。他文笔灵动，先写了北京运河、杭州运河，得出京杭大运河消失的结论。然后笔锋一转，来到了徐州。看完文章的前半部分，你就会为徐州骄傲。因为，徐州的运河还存在着，徐州还有运河的存在。

这条河还有吗？众多不曾与运河谋面的朋友，可能不会嫌弃我这份无心插柳的禀报。大运河成为世界文化遗产，并非整体凝固成了化石。其活蹦乱跳，展现出巨大的传统价值、观赏价值、资源价值、功能价值。

最终，不是由我们为运河献上景仰的凭吊（永远不是），而是大运河将庇佑、恩惠陪伴人们，甚而福延子孙，在这块悲喜交加的土地上，执拗地延续下去。

说起大运河，自然想起了歌剧《运之河》。我们在南京听过歌剧片段，也在徐州看过全剧。

记得台湾散文作家张晓风女士说过，女子所爱的是一切好气象、好情怀，是自己一寸心头万顷清澈的爱意，是自己也说不清道不尽的满腔柔情。而徐州“大湖”“大河”这样的好气象，“山多”“水多”这样的好情怀，恰是徐州营造的清澈爱意与满腔柔情。

从山形看，“古徐州形胜”。历史上的徐州，是“山包城”。十多年前，变成了“城环山”，而今，“城”与“山”相依相恋。

说起“山”“城”，自然想到萨都剌的《彭城杂咏》：“城下黄河去不回，四山依旧翠屏开。”“黄河三面绕孤城，独倚危阑眼倍明。”

提到“山”“河”，怎能绕过《彭城怀古》的“空有黄河如带，乱山回合云龙”——依然是萨都剌的作品。

当年从彭城打马而过的青年才俊，怎能料到他的不经意之作，成了今天徐州市歌《一饮尽千钟》。

从水系看，今天的徐州属淮河流域。沂河、沭河、京杭大运河、故黄河穿境而过，骆马湖、微山湖分布南北。

京杭大运河，古泗水；故黄河，古汴水。看到“古泗水”“古汴水”字样，想起“京杭大运河”“故黄河”的过往，白居易的《长相思》才下眉头，当代历史歌剧《运之河》浮上心头。

“汴水流，泗水流，流到瓜洲古渡头，吴山点点愁。思悠悠，恨悠悠，恨到归时方始休，月明人倚楼。”“白居易”的思妇，思念是慢慢悠悠的，怨恨也是慢慢悠悠的，像汴水，像泗水，幽怨却也悠远。

“这是一条河，千里长河，连两江三河可通四海，船行天下物畅诸国，将承载着大隋国运，将流淌着万民的福泽。修一条河哟，一条梦中的河，这是我此生最美的宏愿。”“隋炀帝”的唱词，唱的是一条大河的诞生以及两个朝代的兴替，霸气十足却也失却人心。

“修一条河哟，一条梦中的河”，隋炀帝大概没想到他用无数生灵和一片江山换来的一条大河，寄托的却是唐代诗人的美好情愫和唐代妇人的刻骨思念。

如今，大运河焕发出勃勃生机，承载的不再是怨恨和苦难，而是富足和赞美。

开车返家，贾汪段京杭大运河陪伴着我们，也就想起了那年夏天一家人开车去合肥的情形。平坦而拥挤的高速公路上，突然出现了一座疏朗的大桥，桥下是开阔而平静的水域。当我们看到“中国南北分界线”的巨大字样时，才意识到那片水域原来是淮河。南去时，那字是“中国南方欢迎您”，北归时又成了“中国北方欢迎您”。一南一北，一去一来，都是欢迎，都是欢喜。

一条大河可以“准确”地划分地域之南北，如此简明如此清晰，对京杭大运河的情感却难以如此简单处理，得失成败从来不会这样明白无误。

淮河对徐州来说，是远方又不是远方，就看你对远近的定义了。曾经，我们认为远方很近，如今，踏遍千山万水，历经风霜雨雪，我们终于承认远方真远。

我们很少故地重游，也不期待故人邂逅，因为明白自己怀念的不过是那些逝去的时光，故地重游从来无济于事，故人重逢也于事无补，所以只是执着于记忆的铺陈和刻画。一个“重”字，就多了不自然，少了不经意，更坏了“人生若只如初见”的意境，那种与之俱来的纯白和青涩。

人这一生，会去向哪里，有太多的偶然。一段时间，你可能在这里，和这群人在一起；另一段岁月，你可能在那里，和那个群体互动频繁。而人生，是个逐渐走向寂静的过程，哪怕你身边每天都珠环翠绕。如果你已有足够的能力和耐性享受寂静，那么你的人生一定会渐入佳境。

而京杭大运河，却不需要故地重游，也从不以热闹缠绕行旅，它只是静静地以流动的姿态出现，以新鲜的面貌呈现，从北往南，从古至今，不言沉重，不说繁荣，你可以邂逅，也可以忽略。怎样都行。

历史长河奔流不止，灿烂的中华文明独树一帜。党的十八大以来，以习近平同志为核心的党中央站在新的历史方位，从留住文化根脉、守住民族之魂的战略高度关心和推动文化和自然遗产保护工作，做出一系列重要指示和全面部署。

2017 年 6 月，习近平总书记对建设大运河文化带做出重要指示：大运河是祖先留给我们的宝贵遗产，是流动的文化，要统筹保护好、传承好、利用好。

高瞻远瞩，谋篇布局。高屋建瓴，深厚绵长。在习近平总书记关心指导下，中央和地方整体规划、有序推进，一条“文化玉带”串联起沿岸无数物质和非物质文化遗产，为经济社会发展提供新能量。

文明之光，已然照亮复兴之路。

不能忘记山东台儿庄。那里游人如织，古意盎然。我们曾于盛夏游览，一家人徜徉在大运河畔，说说笑笑，走走停停，美好的回忆镌刻至今。

而贾汪段的运河，我的父母、孩子还都不知道，也都没看到。我们要带着他们来看看，走走，寻找安宁，寻找希望。

过去、现在、未来。

想着京杭大运河——这条贯穿南北五大水系、流经八个省市的人工河道，想着贾汪——这座历史悠久、人文丰富的热土，浮上心头的却是台湾诗人周梦蝶的诗句：行到水穷处，不见穷，不见水——却有一片幽香，冷冷在目，在耳，在衣。你是源泉，我是泉上的涟漪，我们在冷冷之初，冷冷之终相遇……

犹怜草木青

——那一面叫潘安的湖

“一潭碧水，用人工的方法，补救了另外一次人工的失误。”台湾著名散文作家张晓风如是说。

西段庄的人能穿白衬衫了

2019 年 6 月 15 日。

我们驱车来到潘安湖街道办事处时，正是上午九点钟。虽是周六，办事处的人还是正常上班，车辆整齐地停在车位里。我们站在院子里等张涛，两株广玉兰开得热烈，白色灯盏一样的花散发着浓烈而独特的香气。

刚过而立之年的张涛下楼来了，看上去年轻、稳重。他把我们带到三楼小会议室，先简单介绍自己从事的宣传工作，接着说起潘安湖街道的情况。2011 年潘安湖景区开始建设，2013 年 8 月潘安湖街道办事处正式成立，下辖6个村、3个居委会，面积35平方公里，人口2.56万。

正说着，西段庄社区的孔令民和刘秀齐来了。问起他们的职务，孔令民说自己是打杂的，并开玩笑地称刘秀齐为“老干部”。

后来在西段庄村新时代文明实践站的墙上，我看到孔令民的名字旁写着“村两委委员”。而“老干部”刘秀齐既不老，也不是干部，但这并不影响他发挥余热。

出生于1962年的刘秀齐，是潘安湖边西段庄村的居民。他的一生，是跟煤矿的兴衰联系在一起的。年轻的时候，他跑运输，经常开着高大的拖挂货车，南来北往地“拉炭”，东到连云港，南到无锡、广州等地。后来不再年轻，煤炭也少了，村里（当时还是西段庄村）又需要驾驶员，他就回来了。最近几年，孩子大了，都成家了，刘秀奇并没有真正“退休”，他像“老干部”那样继续在社区忙碌，负责社区的后勤和小区的污水处理。

无法在采煤塌陷地上生存，西段庄村的居民统一搬迁，集中安置到湖畔小区一期。正是因为有了集中居住，当地老百姓用上了干净卫生的自来水，用上了方便快捷的天然气，有线电视和天然气都免除初装费。

刘秀齐骄傲地说，我们喝的水和你们城里人喝的水是一样的，都来自骆马湖。骆马湖在徐州新沂和宿迁市交界的地方，是京杭运河必经的航道。他们所说的，正是徐州市前几年刚刚完工的一项大工程，引骆马湖水进入市区，成为市民饮用水。

村民的生活用水，每天都要经过污水处理。处理好，达标（二类水的水质）后，才能排往潘安湖。小区开展污水处理已经将近四年，从上房开始，区环保局就常来检测。

刘秀齐对这份工作十分认真，他知道机器一旦停转，污水将直接污染潘安湖的那一池碧水。

我问他，一天大概能处理多少吨生活废水？他说污水处理以集中居住区为单位，大概在100吨左右吧。

后来我们专程去了一趟西段庄的湖畔小区。

小区都是五层楼的建筑，楼间距很大，处处干净整洁。我们走进

潘安湖

社区服务中心，里面的设施齐全，规章制度挂在墙上，党员活动室、残疾人健身室、儿童活动室宽敞明亮。

在儿童活动室里，一个年轻的女人正带着两个孩子玩耍。孩子们玩着精致的玩具，跟城里的孩子没有任何差别，他们不再和泥巴打交道，也不是一副泥猴子的形象。我注意到，玩具和室内装修都没有发出任何异味。

社区文明实践站每年有计划，每月有活动，每日有志愿服务者。经常有文艺演出，也经常放电影，居民出入景区不要钱，出示身份证就行。

小区内有健身器材、娱乐室、幼儿园、医院等，3000平方米的广场区，专门办理红白事的大厅，一排就能坐一两百桌，桌椅板凳、“招呼”（指餐具）一应俱全。“生活起居，行。”孔令民的说法干练朴实。

孔令民出生于1968年。按照农村的风俗，他说自己53岁，虚了两岁。孔令民也住在西段庄社区，他骄傲地自称是孔子的第76代孙。

说起煤炭开采的日子，孔令民说：“我们农村人那时从来不敢穿白衣服，到处都是黑灰，一天下来，领口、袖口全部黢黑一片，晒个衣服、被褥啥的，很快就脏了。你看现在多好啊，我们也敢穿白衬衣了，以前想都不敢想。”

西段庄社区位于运河北，西边与马庄连接，北边与唐庄、白集连接，东边与西大吴村、南边与瓦店接壤。权台煤矿就坐落在村庄的西南部。310国道横穿而过。

孔令民头脑清晰，先向我们介绍西段庄的地理位置。随后，他笑着说，我们这个村，就处在矿脉最深处，也就是锅底的最底部，最深的煤层就在我们村下面，所以从1956年权台矿建矿以来，我们村受害最多、受益也最多，如今没有一寸土地。煤矿红火的时候，我们村民的日子也红火。矿关了，村民们一下子没有了生活来源，挖鱼塘、搞养殖虽然解决了一部分劳动力，但70%左右的青壮劳力还是选择外出打工，年轻的到黑龙江、山西、广州、深圳去，年龄大的就在附近干干建筑、倒腾蔬菜挣点零花钱。

随着土地治理、景区建设、民居拆迁，西段庄发生了翻天覆地的变化，从村变成了社区。

当年开始开发修复潘安湖景区的时候，村民们很不理解，虽然人均只有分把地，但还是认为不如继续种地，即使给予补偿费用，也不愿意。而景区的建成，不仅给他们创造了新的就业机会和岗位，给他们带来了丰厚的收入，也让他们深深地感觉到环境好了，日子好了。绿水青山，就是金山银山。现在，老百姓纷纷伸出了大拇指。

让孔令民高兴的事还有，居民住上了楼房。湖畔一期共 5 层，带地下室，是地面式的。占地 130 多亩，容纳居住户 570 户，2300 多人。楼房配备车库，基本上每家每户都有车。如今，湖畔二期正在建设，最高 11 层。房子两证合一，可以上市买卖。

孔令民还说到一个现象。以前干部围着村民转，自从搬进湖畔小区，居民吃完饭溜溜玩玩，以养生、娱乐为主，锻炼的多了，吵架的少了，争地边的没有了，打架斗殴、欺行霸市的没有了，比原来在庄子里住时的和谐程度高了。

矿关了，人走了，这里变得静悄悄

政策好，生活好，很多村民从外地回来了。景区带来了就业机会，收入也比较高。潘安湖景区的建设，给村民带来了很大的利益。干保洁的很多，年轻的、有技术的就投入到景区建设中去。没文化的，做个小生意，卖玩具、卖小吃。比如说夏勇媳妇，就在潘安湖景区做小生意。

夏勇晚到了一会，40 岁左右，是宝丰钢厂的车间主任，毕业于南京农业大学的成人教育班。夏勇说，俺媳妇不是天天去摆摊，平时在家玩，只在节假日和星期六、星期天做生意，卖小吃和小玩具，即便以这样的频率，每年的收入也在四五万元。当然，村里在潘安湖开店的（有固定门面房）就有十几家。

说起一家人的生活，他平和、骄傲、满足。他说自己没负担，有两个孩子，他父母除了锻炼身体还是锻炼身体，因为 60 岁以上的农民都有失地农民最低生活保障金（他们简称“低保”）。“低保”一直在涨，从当时的 200 多元涨到了 600 多元。他的表情轻松愉快，仿佛写着“没负担”三个字。

他说他的弟弟在景区里面当保安，一个月几千元，离家又近，很方便。弟媳妇也在附近的潘安水镇当女保安，看监控，工资不高，但是不费力。弟弟就一个孩子，拆迁时分了两套房子，也没什么压力。他们一家人的生活，与潘安湖景区的繁荣紧密联系着。

“我们是新型市民。”他说。

是的，当地失地农民，在失去了土地的同时，得到了另外一份礼物——工作。

夏勇也是潘安湖街道西段庄村的居民。在社区的公示栏里，我们看到了他的名字旁写着“社区两委委员”。我们说起最近正在开展的环保检查，他说他的企业很重视环保设施的建设和运行，如果不到位的话，企业就无法运转。看来环境保护的意识，在企业和居民的心中都已经扎下了根。

我们和他们开玩笑说，以前你们靠着矿——权台矿、旗山矿、韩桥矿——靠矿吃矿。现在，矿没有了，你们也“吃”不成了。但是，幸运的是，现在规模空前的潘安湖景区建好了，成了又一个“富矿”。你看这些失地农民，仍然被景区吸附着，仍然勤奋努力，又演绎出一出“靠山吃山、靠景吃景”的人生好戏。

最后进来的是个小伙子。

33 岁的唐晓斐长着一副娃娃脸，他是潘安湖街道规划中心的工作人员。2011 年 3 月，景区开始建设的时候他就到这里工作，当时他刚从徐州建筑学院毕业不久。

几句话下来，我们发现他思路清晰，业务熟练。他说，当时外面的道路环境很差，既没有绿化带也没有路灯，大车来来往往，行人很不安全。后来道路经过了拓宽，两边增加了慢行通道、绿化带和照明系统，这一带的人居环境得到了综合提升。接着他们又着手改善居民住宅、基础配套设施，建设了停车场、公共绿地。以前乡村规划是一个空白，随意性很强，住户零散。现代规划理念介入乡村建设之后，各项工作做得很细，规划也很多，说明老百姓的生活在向着精细化、系统化的方向转变。

唐晓斐介绍说，2009 年开始，潘安湖湿地公园起先是作为省里的一个土地复垦项目在建设的，当时的思路也很简单，就是把网络性鱼塘进行整合，做成一个湿地公园。

我们发现，潘安湖街道年轻人很多，且都担当着重任。唐晓斐说，年轻人大约占了办事处工作人员的一半。

年轻人做事情，青春的力量迸发出来。现在他们开始规划建设一个42平方公里的潘安新城，马庄村是其中的一个部分。与潘安湖景区一路之隔的南边，一片大工地上各种机械正在轰隆隆地忙碌着。这里是潘安湖科教创新区，江苏师范大学科文学院正在建设中。

我从窗外看到一片别墅群。灰顶、红墙、起脊，小阁楼隔热防漏。十年前，这样的别墅15万元一栋都没人买，因为当时就靠着矿边，脏得不行。如今，潘安湖景区开放，环境好了，200万元都买不来了。

不远处，是权台矿废弃的铁路和建筑。楼房的窗户没有了，成了空洞。铁轨依然延伸着，生锈了。煤矿大门紧闭，牌子悬挂着。

这里已经成为遗迹，成为历史。这里有过辉煌，有过伤痛。这里曾经沧海，这里凤凰涅槃。这里燃烧过，这里清寂着。

没什么可遗憾的，因为新的历史正在被创造、被书写。这不就是我们对待过往最好的态度吗？

潘安湖上静悄悄

临近中午的时候，我们登上了一艘画舫。一上船，阵阵凉风便从宽阔的水面上远远地吹来，36℃的高温下却感觉不算太热。

开船的是一位女子，将自己包裹得严严实实的。为我们讲解的，也是一位女子。她们俩的家就在附近的村庄里。我看着她们，不禁想到，以前本应该拿锄头拿镰刀的手，现在拿起的却是话筒和方向盘。如果人生有奇迹，那她们身上的奇迹也正是因为潘安湖的建设和运行。

画舫缓缓向前，波浪无声荡开。导游告诉我们，这条船是电动的，很环保，不会污染水体。这里所有的船都是电动的。湖水清碧，导游

潘安湖

说可以达到三类水体的标准，也就是说稍微加工一下就可以直接饮用。

“贾汪区作为徐州煤炭工业发源地，煤炭开采历史达 120 余年，而潘安湖位于贾汪区西南部，”导游并不隐瞒潘安湖的来历，“潘安湖是塌陷地形成的湖泊，权台矿、韩桥矿和旗山矿采煤塌陷区域，总用地 1.74 万亩，是全市最大的采煤塌陷地。”潘安湖的水体是和京杭大运河相通的，平均水深三四米，最深处八九米，虽然是塌陷地，却是活水。

不一会儿，船的旁边出现了一个小岛。不规则的岸线，是由一根一根的木桩定型的。

导游告诉我们，这样做既有利于塑造岛的形状，也同时可以防止岛上水土流失。你看，那些芦苇就是顺着木桩种植的。每一根木桩，

潘安湖古镇

都有 12 米长，深深地打入水下。潘安湖中，这样的小岛有八九个，可只有这一个小岛是四面环水的。这是一座鸟岛，岛上面有各种各样的鸟儿，野鸭、鹈鹕、斑鸠……一只鹈鹕据说要 8 万多块钱呢，每天能吃三斤鱼。

巧合的是，两三只白色的鹈鹕鸟正聚集在一起，向我们这边观望。

“这水里有鱼吗？”

“肯定有。你看那岸边的荷花，有一些都被鱼吃了。”

“能不能打捞或垂钓？”

“以前呢，都不让打捞。现在，划定了区域，可以垂钓。”

导游不讲解的时候，我们就随意地交流。她告诉我们，景区里，95% 的员工都是附近的村民。就拿她自己来说，每个月有 3000 多块钱的工资，公司还给她办理“五险一金”，收入是不错的。

那个开船的女子，一路上都不说话，但是把船开得极稳，靠岸靠得紧密。

“最忙的时候，一天跑了多少趟？”我们问。

导游替她回答说：“十五六趟吧。”

“游客最多的时候有多少人？”

导游再次利索地替她回答：“十五六万吧。”

我们从景区的东门进去，车停放在停车场，然后乘上了电瓶车，到潘安湖游船码头上船，在池杉林码头下船，再乘上电瓶车，整个行程大概用了半个多小时。导游说，省领导来，走的也是这一条线，大家都一样。

我曾经看过一些潘安湖原址的旧照片。灰蒙蒙的空气，笼罩着一棵棵孤独的树干。水面七零八落，杂树丛生，毫无规划，完全可以用“脏乱差”三个字来形容。所谓脏，是水脏、空气脏、环境脏，养鸭子的、养猪的、养鱼的，污染着周边的环境。乱，是各种矮小的工棚窝棚，建筑低矮破旧。差，是道路塌陷狭窄，污水横流，黑泥遍布。

今天的潘安湖景区里面，路是路，桥是桥，水是水，岛是岛，亭台楼阁，水榭画舫。人工赋予了大自然以神奇的力量，让它们按照人们的意志呈现出美丽的面貌。

我们的船从一条木栈道下面经过，右手就是荷花岛。导游说，从鸟岛沿着木栈道就能走到荷花岛，呈现的是鸟语花香的境界。荷花岛有十余种荷花，七八月份是它最美的时候。

船行到又一个小岛，导游告诉我们说，这是一个封育的小岛，除了必需的工作人员之外，其他任何人都不能进去，现在里面正是野鸭孵鸭蛋的时候，大概有一万只鸭子在里头。

正说着话，一只白色的鸟飞了过去，导游说那就是白鹭。哈哈，古时诗人写“一行白鹭上青天”，今天我终于看到了一只飞上青天的白鹭。

船继续往前，旁边出现了一个砖瓦厂的微缩版，用来纪念以前的乡村生存方式——贾汪曾经乡乡都有砖瓦厂。

一座三层楼的中式四合院出现在右前方。导游说，这个岛叫醉花岛，那边的是茶舍，不过一般不开放，只在重大节日才启用。北方建筑风格再加上民俗喜庆元素，也适合举行民俗婚礼仪式和开放式婚庆活动。船从茶舍旁经过，我看到一朵白莲正在水中怒放。一朵，就那么一朵。

一声鸟叫，打破了宁静。导游说，这是孔雀的叫声。

孔雀的叫声。飞过的白鹭。白色的鹈鹕鸟。躲起来的野鸭子。一朵兀自开放的睡莲。

是的，不仅在这个岛，在许多岛上都在上演着鸟进人退、兽进人退的好戏。我们问导游，觉得这份工作枯燥吗？她说，不枯燥，因为一年四季景色不同，就连解说词都要随季节变化。

“看那边，池杉到了冬天就变成红色了。池杉是从美国弗吉尼亚州买来的，很贵。”我们顺着导游的手看过去，一片绿莹莹、细密密的树正站立在水中。

变红的池杉是个什么样子啊？我们期待着春天再来看看。

池杉变红是不是就叫赤杉？我们心里存了个疑问。

南有云龙湖，北有潘安湖

南有云龙湖，北有潘安湖。

潘安湖古镇雪景

从徐州去贾汪，注定绕不过那一面大湖。就像说起徐州，话题也绕不过云龙那面大湖一样。

那一面大湖，是贾汪的风景，是徐州的盆景。

那一面大湖，与中国历史上的第一美男子同名。其得名之始，却是因为湖边原先有一个小村落，名潘家庵。后来，人们喊顺嘴了，大概也是出于旅游营销的缘故，就取名潘安了。

那一面大湖，叫什么或许不那么重要，重要的是它的来历，它的前世今生。它的身世向我们昭示了人类和自然应该以一种什么样的方式和谐共处。

中国最美的乡村湿地、中国最美的和谐乡村、国家级乡村民俗产业基地、全国煤矿塌陷地农业生态自然旅游目的地……这些都是那面大湖的别称。

怎样向人们介绍它呢？

江苏省潘安湖采煤塌陷区综合整治工程，是贾汪区抢抓省委、省政府振兴徐州老工业基地的历史性机遇，2010 年实施的新中国成立以来首个单体投资最大的土地整理项目。

贾汪区以集“基本农田整理、采煤塌陷区复垦、生态环境修复、湿地景观开发”于一体的全省首创，拉开了潘安湖湿地公园建设的序幕。在全国具有示范性作用的重大项目，列为徐州市“三重一大”的重中之重和贾汪区经济社会发展的头号工程。

2010 年 12 月 12 日，潘安湖湿地公园总规划和景观规划通过徐州市第二十八次规委会审查确定。按照“宜农则农、宜水则水、宜游则游、宜生态则生态”的原则，潘安湖风景区管理处确定了“学西溪，超溱湖，打造全国采煤塌陷地生态修复先行示范区，建设中国最美乡村湿地”的发展方向。

西溪湿地，在杭州，我们去过。溱湖湿地，在泰州，我们去过。潘安湖湿地，会是什么样子呢？

那是一面大湖。

那一面大湖，岛屿众多。那一面大湖，鸟儿成群。

那一面大湖，是贾汪的眼。那一面大湖，名叫潘安。

潘安湖，还是一个集湖泊、湿地景观及各种建筑设施为一体的休闲公园。以人为本、绿色生活的设计原则，先进的景观设计理念，塑造出了建筑与景观、自然与人文充分协调的湿地景观环境形象。

潘安湖湿地公园总面积约 10800 亩，其中北湖用地面积约 7000 亩，陆地面积约 1700 亩，水域面积约 5300 亩（含湿地面积 1500 亩）。北湖岛屿众多，有主岛、鸟岛、枇杷岛、哈尼岛、潘安古村岛、蝴蝶岛、

潘安湖游船码头

颐心岛、醉花岛和水神庙岛。

这里，我们要说说潘安古村岛，也就是大家所说的潘安水镇、潘安古镇。

潘安古村岛位于主岛西北侧，面积 120 亩，岛上建筑面积约 2.5 万平方米，是整体湿地游览的第一大岛。

岛上建筑南北结合，古今融合，以再现徐州传统建筑为宗旨，保持北方民居的建筑风格，并引入现代建筑元素。

内圈商业街为全木结构，布局错落有致，外圈建筑为混凝土框架结构，典型的北方四合院民居。

所有街道由旧青石板铺装，蜿蜒曲折，曲径通幽。借鉴南方滨水建筑的空间体系，内外湖驳岸亲水平台、曲折长廊，显现了与自然契合的朴素秀气。建筑使用古老的施工工艺，木雕石刻，砖瓦石均为收购的老砖老瓦老石。青石小巷，青砖黛瓦，百年古树，处处彰显古镇古色古香厚重的历史风貌。

潘安古镇项目于 2013 年 7 月开工建设。2014 年 4 月，建筑工程全部完成，2014 年 9 月底全部竣工，总投资额近 3.5 亿元人民币。建成后的潘安古镇成为一个具有典型北方特色的并具有一定历史传承价值的古镇，与徐州回龙窝历史街区、云龙书院一并成为徐州古建筑群的典范，成为一颗扮靓潘安湖的璀璨明珠。

桃树、杏树、石榴、竹子，点缀着古镇；潘安逸事、潘安古街、潘安市井文化、潘安历史文化，点缀着古镇；一座古塔、一座水神庙、参天古木、四溢桂香，也点缀着古镇。

南湖用地面积较之北湖要小，约 3900 亩，陆地面积约 2000 亩，水域面积约 1800 亩（含湿地面积 300 亩）。南湖景区分为湿地科普展示景观区、入口及湿地主题景观区、湿地娱乐景观区、潘安文化形象展示区、乡居度假区、花海休闲度假村等六个部分。

一片大湖，南北两区，岛岛有活水相通，水水有石桥相连。岛与岛之间，由大小 36 座桥相连，南区 12 桥，北区 24 桥。

让我们来看看潘安湖的成长史，看看它怎样变成了最好的自己：

2013 年 10 月，被水利部评为国家水利风景区。

2013 年 12 月，被国家林业局列入国家级湿地公园试点。

2014 年 4 月，经全国旅游景区质量等级评定委员会评定正式成为国家 4A 级旅游景区。

2014 年 8 月，被评为江苏省生态旅游示范区。

2016 年 2 月，被江苏省住房和城乡建设厅评为 2015 年江苏人居环境范例奖。

2017 年 12 月 12 日，习近平总书记亲临潘安湖视察时对潘安湖采煤塌陷地治理和生态修复的成果给予充分肯定和高度赞扬，提出了“只有恢复绿水青山，才能使绿水青山变成金山银山”，并称赞贾汪经济转型转得好。贾汪是真旺了！

……

走进潘安湖湿地公园，用美不胜收来形容，毫不夸张。眼前荡漾的碧波、挺拔的池杉、摇曳的芦苇、怒放的野花，让人很难想象就在两年前，这里还是一片破败不堪的采煤塌陷地。

权台煤矿、旗山煤矿、韩桥煤矿，是我们必须牢记的名字，也是我们不能忘记的历史。

权台煤矿，始建于 1958 年，原先的设计生产能力在 45 万吨 / 年，后来通过技术改造、挖潜提效，年生产能力达到 150 万吨以上。

旗山煤矿，始建于 1957 年，1959 年正式投产，也是徐州矿务局主力矿井之一。我们看过一段资料，说旗山矿的井田走向长 7.5 千米，倾斜长 4.5 千米，面积 34 平方千米，煤层最大埋藏深为 –1200 米，开采深度在地下 7 米至 1200 米间。旗山煤矿原始储量 12522.5 万吨，可采储量 8174.8 万吨。1959 年 12 月简易投产时，生产能力也在 45 万吨 / 年，设计服务年限 53 年。2005 年，矿井核定生产能力为 180 万吨 / 年，是全国第一批现代化矿井之一。

一车一车的滚滚乌金，先是从地下数米的地方被开采上来，源源不断地被一列列火车拉进了港口，装进了货船，送向了远方。几米、几十米、几百米，人类凭借刚强的意志和机械的力量，一点一点地向下，向前，掘进，开采。

离地面越来越远了。

那一块块的乌金，化作了火车头的一声声咆哮，化作了机器的一声声轰鸣，化作了祖国大地上的万家灯火，散发出家家户户寒冬的暖意。

新中国成立初期，百废待兴；改革开放，万马奔腾。煤炭为这个古老而庞大的国家，提供了澎湃不竭的动能。诗人们真诚地歌唱乌金，歌唱矿工，歌唱矿井：

我曾用
胸中的五音
谱成火的千歌万曲，
颂扬地层下的堡垒。

我曾用
心灵的七彩
画出煤的千山万水，
装点矿山的壮美……

这是煤矿诗人孙友田的作品。著名煤矿作家刘庆邦说过，在国内所有行业中，煤矿领域所涌现出的作家是最多的，煤矿文学作品的繁荣也是前所未有的。煤矿哺育了作家，作家抒写了煤矿。很多从徐州走出去的诗人作家，像周梅森他们，都写过很多煤矿题材的作品。煤炭，塑造了徐州的经济产业结构，也塑造了徐州的文学艺术骨架。

几十年，光阴易逝。随着煤炭开采一米一米地向下前进，地面上出现了越来越多、越来越大的塌陷。采空区的塌陷地，污水遍地，垃圾满塘，杂草丛生，建筑物倾斜倒塌。

政府官员和百姓共同关注着煤田开采之后的塌陷情况。

7月，正是徐州的雨季，塌陷坑里积水明显，也是植被生长最旺盛的时期，有利于通过遥感观测提取地面塌陷区信息。遥感观测发现，从2007年7月至2009年7月，权台煤矿采煤塌陷区增加了66287.5平方米，复垦速度赶不上塌陷速度，塌陷扩展方向主要为南方和北方，西部和东部基本稳定。

雨果说，大自然是善良的慈母，同时也是冷酷的屠夫。

旗山井田位于贾汪—潘家庵含煤盆地东南部。2010年2月6日，旗山煤矿发生一起特大突水灾害，致使该矿–850米以下水平被淹。“2·6”突水灾害发生的主要原因是附近韩桥煤矿–200米运输石门水闸墙附近的围岩中存在隐伏的过水通道，在贾汪矿区高压老空水的作用下被冲刷扩大，由渗透流变为管道流，进而发生特大突水灾害。

在采煤塌陷地上“绣花”

惠特曼说：“大地给予所有的人是物质的精华，而最后，它从人们那里得到的回赠却是这些物质的垃圾。”巨大的采煤塌陷区，既不能发展生产，也不能建设居住。它们像一个个巨大的地球伤疤，溃烂着，疼痛着。

台湾著名散文家张晓风祖籍徐州铜山的张集镇，最近几年常常回乡省亲。我们见过她两次，得到过她的签名，也听过她的创作观。2012年，面对着这一湖碧水，她这样评说潘安湖：“一潭碧水，用人工的方法，补救了另外一次人工的失误。”

是的，如果说开采是对地球和生态的一次伤害，那么现在徐州人就要开始以绣花的功夫对这一片土地进行生态的修复。从政府官员到普通百姓，人们的脑海里依稀出现了碧水、蓝天、绿树、鲜花、青草、小岛、拱桥、建筑等景观，开始浮现“中国最美的乡村湿地、中国最美的和谐乡村、国家级乡村民俗产业基地”的新画卷。

他们在画卷的 C 位上率先落笔，开始在这一区域描画新的蓝图。

蓝图一旦确定，很快，施工的队伍开进来了，施工的机械开进来了，建设的资金也进来了……16 平方公里的核心区一期工程总共投资 14 亿元，相当于一平方公里投下去 8700 万元。这 14 亿元，化作了园区里的 16 万棵大树、100 万平方米花卉植被、98 万平方米水生植物、大小 19 个湿地岛屿和点缀其间的大小建筑物，化作了蜿蜒曲折移步换景的条条道路。

说人们像绣花一样修补着这一块地球伤疤，一点也不夸张：

你看，环湖的道路都不太宽，用砖、石、木混合铺设的游步道，脚感和视觉都不同，增加了游人环湖行走的乐趣。

你看，整个潘安湖景区以开阔无挡的湖面为主，湿地和岛屿只是配角，湖中的岛屿小巧精致，渗透着南方园林的建设理念。

你看，这里的树种、草皮、灌木，大多是徐州的乡土品种，适合徐州的气候条件，花费也不太贵，还能让人产生亲切感。

你看——

潘安湖、池杉湿地、荷香池、澄翠湾、湿地水巷、木栈卧波、红舫入画、水上人家、小桥溪缘……这是水文景观。

你看——

醉花岛、蝴蝶岛、颐心岛、水神岛、潘安古村岛……这是地文景观。

你看——

潘安步月、湖语星愿、湿地霞光、烟雨潘安、湿地雾凇……这是天象景观。

你看——

芦苇湖荡、湿地生态保育区、乌桕林、白鹭、天鹅、丹顶鹤、鸳鸯……这是生物景观。

你看——

心径台、云态阙、游船码头……这是工程景观。

你看——

神农氏雕像、民俗广场、潘安旧事、民俗博物馆、二十四节气杜、水神庵……这是文化景观。

可以说，潘安湖既是水和桥的天下，也是岛和鸟的天下。水是活水，深浅不等，颜色有异，阳光下，风起时，波光粼粼，如淡红、蓝、金、银、铁五色浅淡鱼皮，观之赏心悦目。桥以拱形石桥为主，单孔多孔不一，长短高低不一，还有独木短桥、平板长桥、圆木双桥、多孔及独孔石桥，桥名皆有典故与传说，且都和潘安文学作品所体现的孝、爱、善、美品性及经历相关。

每到双休日、节假日，潘安湖偌大的景区周边便停满了各式车辆，它们来自四省八乡。一车一车的人，走进了如画的景中，把那蓝天绿树、碧水青草、小桥流水、飞檐廊桥一一摄入镜头。你看那树叶在风中飞舞，你看那水波在阳光下荡漾，你看那游人在廊桥下流连，你看那荷花在路边摇曳……

一级一级的领导来了，称赞湿地公园的建设不仅解决了老百姓的居住困难，绿化美化了城市环境，而且带动了旅游服务业发展，是一件一本万利的大好事，为老工业基地振兴发展做出了示范。

一批一批的专家学者来了，探究如何把采煤塌陷地治理与生态建设更好地结合起来，以生态修复带动产业转型，加快建设资源节约型、环境友好型社会，为资源枯竭型城市转型发展创造新经验。

领导来了，专家来了，学者来了，联合国官员来了。

“徐州是个非常漂亮的城市，我很喜欢云龙湖和潘安湖，觉得在湖边休息的老人们生活都非常放松，人们可以很悠闲地在湖边散步，都非常友好。之前我去过上海和南京那样非常繁华的大城市，相比之下，觉得徐州的生活节奏更放松、更适合居住和学习，如果有机会的话，非常想在徐州这样的地方学习和生活。”泛美卫生组织和世界卫生组织（智利）教材补充项目主管卡罗莱纳·塞拉诺女士说。

有这种感受、给这种说法的不止塞拉诺女士一人。2019 年 7 月 19 日下午，联合国官员中文培训团一行 42 人来到徐州。虽然他们在徐州仅仅两天，却参观了汉文化景区、徐州博物馆、云龙湖、潘安湖等代表性景区，体验了以两汉文化为代表的中国历史文化，领略了当代徐州城市风貌。“上有天堂，下有徐州！”联合国官员们是这样夸徐州的。

我们的朋友郭晶萍女士是江苏师范大学国际学院的副教授，她也参与了这次接待活动。她对我们说，国际学院新开发的活字印刷（大风歌）、雕版年画（福娃）、香道之香牌制作、中国风布艺、茶道（龙泉青瓷茶具），还有美术学院的书法展示等都大放异彩，令联合国代表流连忘返。

“东方鲁尔”

贾汪区，一座因煤而兴、因煤而痛的百年煤城。

作为江苏省重要的煤炭工业基地和徐州煤炭工业的发祥地，有着长达百余年的煤炭开采历史，在输出能源的同时，也遗留下总面积达 13.32 万亩的采煤塌陷地。其中，潘安湖采煤塌陷地是全市塌陷面积最大、最集中的区域，总塌陷面积1.74万亩，区内积水面积3600余亩，平均深度4米以上。

伴随着资源枯竭，这片土地坑塘遍布、荒草丛生，出现了道路断裂、房屋沉降、农田被毁等现象，区域内村庄数次搬迁，生态环境极其恶劣，当地村民居无定所、无田可耕，只能外出打工。

2011年贾汪区被国家列为全国唯一区级资源枯竭型城市，江苏省委、省政府在振兴徐州老工业基地的决策中把“治理采煤塌陷地、搬迁采煤塌陷地村庄、改棚户区”作为解决历史遗留问题的“三件大事”。

为解决潘安湖地区生态环境恶劣、人地矛盾突出的问题，改变煤尽城衰、煤尽城空、煤尽业殆的局面，徐州市委、市政府以“改善人居环境、拓展生态空间”为出发点和落脚点，将潘安湖采煤塌陷地治理项目定为贾汪区经济社会发展的头号工程，决心对潘安湖采煤塌陷区实施综合整治工程，打造潘安湖湿地公园。

这是从潘安湖采煤塌陷区生态修复项目申报中国人居环境范例奖陈述材料中摘录的一段文字。

项目建设之初，我们就定下了打造全国最有影响力的采煤塌陷地综合整治和生态修复标杆工程的目标，按照中国最美最适宜人居的乡村湿地标准，委托国内一流的杭州城市规划设计院进行总体规划设计、北京北林地景园林规划设计院执笔景观规划，按照“宜农则农、宜水则水、宜游则游、宜生态则生态”的原则，绘就了一幅潘安湖生态经济蓝图。力求在生态修复的基础上，通过湖泊、湿地、岛屿的组合和产业布局、生活布局的调整，形成层次丰富、空间景观丰富、植被物种丰富、生产生活布局科学合理的生态湿地空间。

年轻的规划人鹿晓斐向我们介绍说。

潘安湖湿地公园以湖泊湿地观光为主题，在生、野、冷、幽上做文章，通过湖面的开阔、湿地的蜿蜒、树林的幽静、岛屿的变化，净化游人的心灵，体现“天人合一”的和谐理念。

潘安湖在主打湿地观光、乡村农家乐、湿地主题公园“三大品牌”的同时，做了不少探索。

旅游业发展与生态保护相结合。为了保护生态环境，践行绿色、低碳理念，潘安湖景区内所有运营车船和游乐交通工具均使用电能；宾馆、酒店、公厕等服务设施都安装了生物循环污水处理设备；所有的栈道驳岸均为生态木桩，湖内所有鱼虾均严禁饲料喂养。花、草、鱼、鸟、水生植物形成了天然循环的有机生态链。

旅游业发展与历史文化及民俗传承相结合。潘安湖地区有着悠久的历史文化内涵，西晋美男子潘安曾在这里留下了众多脍炙人口的故事。《话说潘安》《走进潘安》《结缘潘安》等文艺作品生动诉说这片水土的鲜活；潘安忠孝园将传统文化展现得淋漓尽致；潘安水镇将历史人文演绎得绚丽动人。此外，值得骄傲的是，习近平总书记视察潘安湖时曾亲自捧场购买的“真棒”香包已成为当地传承非物质文化遗产的网红产业，远销海内外。

旅游业发展与生态保护利用和科普宣传教育相结合。《潘安湖煤矿塌陷区水生态治理技术课题方案》，汇通了潘安湖与上游不老河、下游屯头河。因为优质的生态环境，鸟岛、蝴蝶岛、生物展示馆、四合院等，现已成为生物和自然保护的宣教场所。徐州工程学院、中国矿业大学、天津海河大学、南京东南大学分别在这里设立了科研教育试验基地。目前，贾汪最后关闭的权台煤矿遗址也随着潘安湖地区的发展，即将建成煤矿主题公园，成为见证百年煤矿兴衰变化的“东方鲁尔”。

“东方鲁尔”？

是的，为加快振兴老工业基地，徐州借鉴的是德国鲁尔矿区生态修复经验。今天，潘安湖采煤塌陷区生态修复项目已经实现了绿色、低碳的高速发展新模式。

2015 年，贾汪区共接待了各地游客 388 万人次，实现旅游收入 11.64 亿元。这一年，贾汪作为旅游目的地，成为江苏省十佳旅游线路，凤鸣海景区成功创建为 4A 级景区，全区拥有 4A 级景区 4 家。

2018 年，贾汪旅游业蓬勃发展，全年接待游客 600 万人次，实现旅游综合收入近 20 亿元。“全域旅游、贾汪真旺”特色品牌响遍全国。7 月，全域旅游服务中心投入使用，全区顺利通过全域旅游示范区创建的省级验收。潘安湖被评为首批 10 家国家湿地旅游示范基地及江苏省“最美水地标”。

这一年，不仅旅游设施、旅游项目得到极大的丰富，整个贾汪的城市功能和形象也得到了极大的提升。政府实施了“城市双修”活动，铺设雨污水管网 52 公里，安装充电桩 800 座，投放共享电动单车 520 辆、公共自行车 1210 辆，高标准完成闫村大沟、卧龙潭和茱萸湖等综合治理及绿化工程，城市的景观形象又新上了一个新层次。

山河常在而人事易改。

当初主导修复这伤疤的人、建设这一切的人，都已经离开了这一片土地。然而，他们将一种精神和风度深深地筑入这一片大地，那就是“功成不必在我，功成一定有我！”

黄沙百战穿金甲，不破楼兰终不还。
——[唐] 王昌龄《 从军行 》

贾　汪　真　旺

英雄与梦想

贾汪真旺

少年心事当拿云

——梦想的力量

“印象中，中年之前的丁捷，写的多是风花雪月的浪漫事，去年《追问》的出版，其创作转换之突兀，让我们有些吃惊。时隔一年，他又推出了大散文《初心》，这回是体例的大转弯，完全出乎大家的意料。读罢，有感慨，有感动，有感悟。总的印象是，这是两部真诚和勇气之作。”著名作家周梅森这样评价江苏省作协副主席丁捷的两部近作。

梦想是什么？

对于百度，我们一直持有严肃的怀疑态度。但是这一次，它告诉我们：“梦想就是一种让你感到坚持就是幸福的东西，甚至其可以视为一种信仰。”因为这样的表述，我们决定相信它一次。

是的，有梦想的人，是幸福的。每天早晨当你醒来，发现生活似乎离梦想又接近了一步。这种天天进步的感觉，其实就是幸福感。

梦想多是属于年轻人的。或者说，梦想常常属于年轻的民族、国家。一个人，因为有梦想而保持着年轻的进取的状态。一个国家，一个民族，也常常因有梦想而生气勃勃、活力四射。

很多时候，在极端现实的人眼中，梦想是躺在草地上仰望星空想摘星星，是癞蛤蟆隐身池塘想吃一块天鹅肉。

但是，我们真的不可以嘲笑梦想。梦想一经与天赋、勤奋这些元

马庄村香包文化大院

素结合，便会产生令人目眩的“化学反应”。

2019 年春节过后没多久，德国柏林电影节上，王小帅的《地久天长》获奖了，男女两位主角包揽了影帝影后。消息迅速在朋友圈里蔓延开来，我在其中突然看到了一个既熟悉又陌生的身影，那是我高中同班同学杨劲松！

他是《地久天长》的策划人。

就在那一瞬间，我仿佛一下子穿越了 30 年的时光，回到了我们的高中时代，回到了我们的高三（6）班。

我们就读的高中是江苏省海安中学。这个学校从我们在校时起直到今天，在江苏享有至高声誉。我们的高三（6）班是个文科班，全班

55 名学生。富有才情而又浪漫的文科生，从少年时代就做着各自的文学梦、艺术梦。很奇怪，当初很少有人做发财梦。

丁捷是高三（6）班的。他在少年时代便展现出罕见的文学天赋，那时我们住同一个宿舍，晚上熄灯后他常常给我们讲述自己编写的故事。在我们为作文绞尽脑汁的时候，他却常常在《少年文艺》《萌芽》等期刊发表文章，并慷慨地用稿费请我们改善伙食。我知道，他的梦想是当一个“天生天真”的作家。1989 年，他以无可置疑的文学成绩被保送到南京师范大学中文系。2017 年，因为一部“现象级”的反腐纪实文学作品《追问》，丁捷成了网红，媒体追访不断。通过各种媒体，我了解到，在过去的 30 年里，他出版了长篇小说《依偎》、纪实文学《追问》等 21 部近百个版次的作品，并获得了亚洲青春文学奖（韩国）、中国输出国际版权优秀作品奖、江苏省“五个一工程”优秀作品奖等多项文学大奖。

尽管我们不太清楚这些年他的具体写作状况，但是同样作为写作的人，我们深深体会到写作的艰难和痛苦。是艰难和痛苦的坚持，使得丁捷的少年文学梦想于今天成真。

杨劲松也是高三（6）班的。那时候，他显示了与我们截然不同的爱好和梦想。他热衷于追踪影视圈、娱乐圈，张曼玉、张学友、刘德华，各路明星在他的嘴里如数家珍。当年，我们没有过深过多的交流，如今回头看，恐怕那时他的心中就有了一个跻身娱乐圈的超级梦想。

30 年一晃而过，杨劲松已经成为国内知名电影人，媒体上不断出现他的名字。

杨劲松后来的成长、成就，可以从他的简介里看出个大概：

南京大学中文系毕业，在南方做过六年电视台工作，从总编室、新闻部、文教部到广告部，亲历了中国有线电视节目从起步到没落的过程，同时，积极在南方推广内地原创音乐，策划组织过“光荣与梦想”、中国流行歌坛十年回顾与展望等活动，偶尔写点歌词，卖点茶钱。后辞职到京北漂，央视剧组做策划，电影学院听过课，大江南北走过穴，后来第一个固定工作是出任新成立的华谊兄弟太合经纪公司的策划宣传总监，因为给媒体的新闻通稿写得流畅，就被召唤到刚成立的《京华时报》，从实习记者到文娱新闻部主任，见证了内地纸媒文化娱乐新闻的发展成型。三年后急流勇退，又回到娱乐圈继续学习，出任保利华亿传媒宣传总监。从电视到纸媒，从音乐到影视，游走于娱乐与传媒的无间道，心未老。

年届半百、已知天命的时候说这些，其实我们不是想吹嘘自己的同学如何厉害。我们深深感慨的是，少年时代的梦想，对于一个人的成长方向是多么的重要！一个梦想，在一个人的心中发芽，经过几十年汗水和心血的浇灌，最后长成参天大树。这是一个多么了不起的过程！

一个人没有梦想，比没有物质、没有金钱更可怕。有梦想才有可能，有可能才有努力，有努力才有结果。是的，这两位同学都是幸运的。今天，他们都实现了自己的少年梦！

巧合的是，踏入2019年，电影人杨劲松和作家丁捷都到贾汪来了。

3月，丁捷带领江苏有线直属机关17位党支部书记赴徐州开展了“学习马庄经验、凝聚发展力量”主题教育活动暨红色传统教育活动。

除了作家身份，丁捷还是江苏省广电有线信息网络股份有限公司党委委员、纪委书记、直属机关党委书记。组织此次活动，旨在进一步贯彻落实习近平总书记视察江苏重要讲话精神和省委党建工作部署，推动党员干部更加主动地践行为民宗旨，更加坚定地履行职责使命。

他们在贾汪区马庄村参观了村史展馆、村党员活动室、文化礼堂和集体经济实体，还特别邀请马庄村老书记孟庆喜上了一堂党课。孟书记用亲身经历生动地介绍了自己作为村带头人，把马庄村从“物质翻身”带到“精神富有”的过程，以及马庄村充分发挥党建引领作用，走文化立村的特色发展之路的历程。

他们还参观了运河支队抗日纪念馆、徐州会战纪念馆等红色教育基地，了解革命先烈为了民族独立和国家尊严不怕牺牲、英勇杀敌的光辉事迹，在现场重温入党誓词。

通过两天的参观学习，支部书记们表示，将以“马庄经验”和运河支队“铁军精神”为榜样，始终坚持党的领导，坚持为民服务的宗旨，传承红色基因，不忘历史、不忘初心，发挥好党支部的战斗堡垒作用。

丁捷说，让公司的每名党员都能充分学习马庄的创业发展史和运河支队的革命奋斗史，在公司转型发展的关键时期，将学习成果转化为勇气和动力，为进一步实现公司高质量发展贡献力量。

2019 年春天，丁捷当选为江苏省作家协会副主席。近几年，他还当选过 2014 中国出版传媒年度作家、新浪 2017 年度最具影响力江苏作家、第四届当当影响力小说作家，以及新浪网评选的“江苏改革开放四十年四十人”，并入选了中纪委“纪检监察系统文艺创作人才库”。

少年时代就有“文学天才”美誉的丁捷，14 岁开始大量创作发表作品，因文学才华突出被南京师范大学中文系免试录取。大学毕业时，丁捷已经是小有名气的青年作家，尤其在青春文学领域，成绩不凡。那时，他有个外号“丁头条”——20 世纪 90 年代初那些畅销杂志，如《女友》《少男少女》《警方》《莫愁》《少年文艺》等推出的头条重磅作品，作者就是丁捷。1991 年在贵阳召开的全国少年题材报告文学笔会上，大学生丁捷被贴上了“最有潜力新人”的标签。丁捷本可以沿着专业创作道路直接走进自己的文学人生，但大学毕业后，他却选择了一头扎进火热的社会。他先后在高校、省委机关工作，后来又转岗到省属国企当领导。30 多岁时，他作为江苏省委援疆干部，任新疆伊犁哈萨克自治州党委宣传部副部长三年。

杨劲松是 2019 年元月到的贾汪，回去后写了篇题为《我也要捧捧场》的文章，发表于香港《大公报》。全文如下：

“我也要捧捧场”，走进江苏徐州马庄村，沿路可见“马庄香包”这句广告语，这是习近平主席 2017 年 12 月在马庄视察时对 80 岁的村民王秀英留下的话。王奶奶告诉习主席，她做的中药香包每年净收入 20 多万元，习主席夸她手艺好，坚持自己花 30 元买下一个香包，笑着说“我也要捧捧场”，马庄香包因此成为爆款网红。上周，在新开张的马庄香包文化大院里，我们看到村里大姐们正赶制香包，因为是纯手工制作，供不应求，春节前已暂停了网络订购。小小香包，成为马庄村与世界连接的纽带，不过它只是“马庄三宝”中的一宝，早在 20 多年前，马庄村就因一支农民乐团闻名全国。

1988 年，已上任两年的马庄村党支部书记孟庆喜组建了铜管乐队，投资 3 万元购置了铜管乐器等西洋乐器，让村民的音乐爱好者成为这批乐器的掌握者，此举当年曾遭到批评：“乐队能吹出粮食，还是能吹出票子？”孟庆喜将乐队转入地下排练，次年亮相县团拜会，以一曲《西班牙斗牛士》震惊全场，后经中央电视台报道后，成为 20 世纪 90 年代全国影响最大的农民乐团。徐州是著名的煤城，2002 年马庄村应政府要求关停煤矿，村集体收入难以维持乐团，孟庆喜将刚从中国音乐学院毕业的儿子孟国栋召回马庄，接手了只有 7 人的乐团，面向市场谋发展。孟国栋从小在乐团长大，后从徐州梆子剧团到北京求学，从民乐到管乐，从声乐到表演，是文艺多面手，他带领乐团走出低谷，走到意大利、日本等舞台，演奏《欢乐颂》《载歌载舞的人们》等中外名曲。孟庆喜退休后，孟国栋接任了父亲的工作岗位，音乐成为父子事业与情感的纽带。

香包、乐团外，马庄还有“一宝”，就是婆媳关系好，这是马庄文化建设影响下社会文明发展的必然成果。

这几个人的经历，让我们想起了李贺的诗句“少年心事当拿云，谁念幽寒坐呜呃”，让我们想起了李白的诗句“当年意气不肯倾，白发如丝叹何益”。感谢大唐的凌云壮志，这种文化基因一直滋养着今天的少年和梦想。困厄又能怎样？白发又怕什么？只要你怀着理想，怀着梦想。

当年意气不肯倾

——胡大贵、胡军英的故事

“这就是胡总，跟个老农民样。”胡军英向我们介绍徐州抗战景区创建人胡大贵。

我们在电脑上打开了百度地图，长久地盯着苏北鲁南这一区域，放大，再放大，然后缩小，再缩小。我在无数次的地图缩放之中，努力将这一带的水系、山峦、道路刻在脑海里，努力还原当年的游击队员们如何沿着运河传递抗日的主张和力量。壮阔的大运河啊，在地图上瘦成了静脉一样的血管，抗战的热情曾在这血管里奔涌、燃烧。

书写“红色贾汪”，肯定绕不过运河支队。要了解运河支队，又岂能绕过胡大贵、胡军英？

2018 年 11 月 11 日。

徐州。贾汪。江庄。竹园。

开车过去，见一排白墙青瓦房，干净，漂亮。我们疑惑起来，卧龙泉景区难道是在这里？

打电话问胡军英大姐，果真在这里。她问：看到门口的坦克了吗？我们说：没有。她说：返回头 200 米，我到门口接你们。

也许因为是军人后代，胡军英干脆、利索，普通话讲得很流畅。

在她的办公室坐下，说明来意后，天色已经不早了。她带着我们到运河支队抗日纪念馆去参观。那些抗日英雄、历史遗物的故事，她张口即来，激情而精炼。我在心里暗暗叫好，为她，也为纪念馆。

这次见面我们并没细聊，只是粗略地了解一下，握过手后便挥手告别。

盛情难却。

2018 年 11 月 18 日，又是一个周日，我们再次来到卧龙泉生态园景区，参加江苏省作协重大题材文学作品创作工程项目——《贾汪真旺》创作首站启动仪式。虽然我们多次婉拒，不愿意举办启动仪式，但胡军英却坚持说，无论如何，我们得为你们举办个小型启动仪式。

启动仪式上，我们不失时机地请胡大贵谈创业、谈文化。历经艰辛，10 年发展，展馆因规模宏大、数量众多、收藏丰富而居全省之重。目前，周梅森文学影视艺术馆正在紧锣密鼓的布展中，预计 2019 年能够开馆。

胡大贵介绍了他以“干”字当头的精神支撑后，接着说，卧龙泉，其实与地方文化有关联，与地域文化有关联，比如即将开馆的周梅森展示馆，就因为周梅森是徐州人。下一步，还要开办民间汉画像石艺术馆，努力让园子更有文化气息。

说到这里，园区所在地的江庄镇人大主席董进插话了：胡大贵不是共产党员，却做着共产党员的事。他是民营企业家，却做着政府的事。他是苦行僧，不住别墅住小屋。他应该算绅士，却戴着席夹子（当地编织的草帽）在工地上干活。

2018 年底，“徐州好人”11 月榜单揭晓了，胡军英当选为“敬业奉献好人”。

她对我们说，她也是“有故事的人”。

胡军英，自 2009 年进入运河支队抗日纪念馆工作至今，奔波在祖国各地，抢救性地收集了运河支队的大量史料，采访了许多健在的运河支队老战士、亲历者以及众多的开国元勋后代。而她的父亲，曾经是运河支队年纪最小的战士。

2012 年，她全程参与徐州电视台八集专题片《运河支队传奇》的拍摄和后期制作，此片获得徐州市“五个一工程”奖。2015 年，她又全程参与纪录片《运河支队》的拍摄并担任总撰稿，后来整理出版了同名文集。

拍片伊始，在例行体检时，医生怀疑她患有乳腺癌，给她开了住院手术通知单，但摄制任务迫在眉睫，她揣着入院手术通知单就带领摄制组出发了。亲人们的电话追着她，说她只要工作不要命。趁剧组在徐州拍摄期间，她抽空到医院做了活检微创手术，疼痛让她差点休克，医院让她输液三天消炎，可她下午就带着剧组颠簸在从贾汪到邳州的乡间小路上。晚上，女导演在宾馆看见她血迹斑斑的绷带，称赞她不愧是运河支队的后代，践行着铁军精神。

祸不单行。在她带队拍片期间，她母亲突发疾病住院了，而她却只能抽身离开，只得含泪嘱咐哥哥妹妹们护理母亲。

这些年，为了宣传运河支队，胡军英曾两次遭遇生命之危。

2011 年 7 月 26 日深夜，采访完八一电影制片厂导演赵继烈后，遭遇北京罕见的特大暴雨，她与胡大贵等三人行进在及腰深的暴雨中，时刻都有被洪水冲走或掉入窨井的危险。

2012 年 3 月 1 日晚上，下着小雨，采访后回徐州，一辆闯红灯的大货车撞上了她乘坐的车，她被左车窗和后面的玻璃砸倒在车座上，醒来发现左脸扎满了玻璃，左胳膊疼得抬不起来。等医生处理完她脸上的玻璃后，她顾不上毁容不毁容，就让肇事方的驾驶员抓紧送她到彩印厂去。

两次劫后余生，她都没有畏缩，却提醒她争分夺秒地投入到整理、宣传运河支队事迹的工作中去。在参观运河支队抗战纪念馆的时候，胡军英一路为我们讲解。她的讲解，那么丰富，那么流畅，那么富于激情，你在不知不觉间被她吸引着，被她折服了。

为了节省开支，过去他们出差大多乘坐慢车，一坐都是六七个小时，她的腰都疼得直不起身了。功夫不负有心人，2017 年 11 月 4 日，在北京新四军研究会主办的“红色文物·铁军精神·强军文化研讨交流会”上，胡军英的两篇论文入选，并被编入“铁流”丛书。她还擅长写故事，《迟到了三十八年的“烈士证”》发表于《铁军》杂志上。

铁马冰河入梦来

——胡大勋的血色人生

“我们的老人啊，就是首长胡大勋，对家人要求太严格了，自己的孩子放在最危险的地方。他有能力照顾他儿子，但为了国家他不惜牺牲自己的孩子。”胡大勋的儿媳妇王玉轩老人说。

从京台高速贾汪—柳泉出口下来，折回西南方向开出一公里左右，便到了卧龙泉徐州抗战景区。这个景区由胡大贵个人投资建设，在景区所在的贾汪区江庄镇算是一个大的项目。

江庄，也是胡大贵的老家。

800 亩景区内最先建成开放的，是运河支队抗战纪念馆。其后，又陆续建成了徐州抗战纪念馆、淮海民俗馆、贺成美术馆以及胡大贵百果园等。

运河支队抗战纪念馆是目前国内唯一一座全面反映苏鲁边界运河支队抗战史实的大型专题纪念馆。胡大贵亲自参与了纪念馆的设计。

这是一座仿汉式建筑，青瓦白墙，庄严肃穆，朴素自然。2600 多平方米的空间被分隔成 8 个展厅。大厅是整个纪念馆的序曲。镌刻在大厅北面墙上《运河支队大事记》，记载了运河支队的光辉历史和丰功伟绩。在不同的历史时期，党和国家领导人对运河支队的亲切关怀和高度评价，分布在大厅左右两侧。

大厅之外，另外七个展厅分别是“运河支队的组建和发展历程”“敢于在鬼子头上跳舞”“秘密交通线上的忠诚卫士”“运河支队坚持统一战线”“人民支持和根据地建设”“抗日烈士永垂不朽”“运河支队军魂永存”等。纪念馆的西侧广场上矗立着运河支队四百烈士纪念碑，碑座为红色岩石，寓含着烈士们的鲜血染红了这片土地。

胡军英亲自带着我们参观了运河支队纪念馆。如果与运河支队负责人胡大勋攀起亲来，她的关系近过胡大贵。

胡军英几乎每天都待在馆里，她对馆里的参观路线、布展思路，以至每一件文物、每一件事情，都了然于胸。她是一个直爽的人，快人快语。短暂的交流过后，我们便对胡大勋的生平有了大致的了解：

1898 年，胡大勋出生于徐州市铜山县柳泉乡西堡村的一个地主家庭。父亲胡本善（一名胡本耕），清末秀才，饱读四书五经。家中有四进院子、几十间房，另有酒作坊一个、良田百亩。

1916 年，胡大勋考入中学。

1919 年，胡大勋弃学从军，到张家口西北军的随营学校当学兵，志在军事救国，然而现实让他失望。

1921 年，胡大勋改考苏州第二农业专科学校，立志农业救国，并发愤攻读英语、日语。本想出国留学深造，苦于家庭和社会压力，未能成行。

1927 年，胡大勋应同学之邀参加西北军，先后任 20 师军械处长、郑州征收局局长、20 师上校参议。

1933 年，胡大勋卸职还乡，赋闲在家。因不满国民党铜山县北部当权者欺压良善、横征暴敛，自告奋勇带头上告国民党铜山县北部恶势力，官司打到苏州国民党高等法院，结果胜诉。从此，胡大勋在铜山北柳泉、茅村一带出了名，被部分开明人士尊为领袖，在群众中赢得了为人正直、不惧邪恶的威望。

抗日战争期间，胡大勋一家七口同在运河支队参加抗日，他是运河支队历史上贯穿始终的灵魂性人物，曾任运河支队第三任队长。

1949 年 2 月，时任鲁南三分区副司令员的胡大勋，转业回到家乡，担任徐州市建设局第一任局长。

1952 年 10 月，新中国成立后，毛泽东主席第一次出京视察，抵达徐州后，发出“植树造林，绿化荒山，变穷山为富山”的号召。曾经是农业学校毕业生的胡大勋，给省农林厅写报告，请求在黄河故道的盐碱沙滩上试种果树，改善环境，变废为宝，报告得到批准。

1953 年初，胡大勋辞去徐州市建设局局长一职，任徐州果园主任。从此，他把所有的心血都投入到果树的种植、培育和研究上。

1958 年，胡大勋被国家林业部命名为“全国劳动英雄”。他所在的徐州果园，也被评为全国林业先进集体。林业部发出通知，要求黄河故道上的 4 省 32 县学徐州经验，走徐州路子，改造风沙，建设果园。《光明日报》《新华日报》刊登了胡大勋的先进事迹。

1959 年 9 月 4 日，《人民日报》发表了一篇题为《荒山玉露》的文章，详细报道了徐州人民在黄河故道战风沙、种果树、绿化荒山的事迹。在这篇报道中，人们又一次看到了抗日英雄胡大勋的名字。

从前的抗日英雄，如今成为建设模范。胡大勋再次出了名，被邀请到上海、济南、郑州、开封等地，介绍战风沙、建果园的经验，传授盐碱滩上种苹果的技术。在成千上万的听众里，就有后来带领兰考人民在黄河故道上与风沙盐碱顽强搏斗的好干部焦裕禄。

1964 年 10 月 24 日，时任徐州市政协副主席的胡大勋因积劳成疾，不幸去世。

生年、卒年，对于很多人来说是重合的，因为他们的人生没有长度和弹性。而胡大勋的这个简谱是胡大勋留下的足迹，清晰有力，他的生年和卒年虽然距离不远，却写就了高处和远方。

看着这个简谱，想着生死问题，你会给这个既能当抗日英雄又会做劳动模范的人一个什么称呼？具有多种才能的胡大勋，真乃两栖英雄！

说胡大勋是两栖英雄，是因为他不仅能奔跑于战火纷飞、硝烟弥漫的战场，也能解下兵甲躬耕于沙尘漫天的黄河故道。从他的身上，可以看到一个地区、一个民族的部分历史——如何从抗击外敌的胜利中获得新生，如何在披荆斩棘的创业中建设家园。

让我们把脚步放慢一点再放慢一点，仔细看看胡大勋这位孤胆英雄在抗日战争时期的丰功伟绩吧。

展柜里放着一本小册子。这本小册子，是日本在“以战养战”战略下疯狂掠夺我国矿产资源的罪证，也是胡大勋和运河支队有力打击日寇的佐证。

日本昭和十九年（1944 年），日本华北综合调查研究所对山东峄县情况进行了一次全面调查，形成了调查报告。调查报告包括《峄县治安状况》和《峄县资源状况》两部分。这种调查报告，按说我们是见不到的，但是冥冥之中天注定，时隔几十年后，它竟然出现在胡大勋的族人胡大贵眼前。

历史迅速向前，时代的车轮转到了 2010 年。

乍暖还寒。胡大贵在山东枣庄的古玩市场转悠，像往常一样寻找有价值的抗战文物。无意中，他瞥见了一本不起眼的小册子，便随手拿起来翻阅。突然，一个熟悉的名字突然跃入眼帘：胡大勋！再一看，胡大勋被侵华日军特务调查机关列为“匪首”！他十分激动，拿册子的手不自觉颤抖起来，连忙对店老板说：“这本册子我要了，我要了。”看着胡大贵迫切的神态，店老板自然索要了一个高价。

这个情节让我们想起了《寻找巴金的黛莉》这部报告文学。作家赵瑜也好点儿收藏，闲暇时候就到古玩市场游走，听说古董商老赵手里藏着巴金先生早年写给山西少女的七封老书信，反复追索不舍。在价钱上，赵瑜和老赵展开了心理战、拉锯战，最终以合适的价格买到了那七封书信。

如获至宝，怕转瞬即逝。情势不容胡大贵犹豫，他当即出高价拿下。

那本被胡大贵买下的小册子，全称是《关于峄县情况的全面调查报告》，由当年侵华日军的情报机构华北综合调查研究所完成。这份调查报告对山东峄县当时的政治、经济、文化以及物产都进行了全面细致的调查。

其中《峄县治安状况》一栏，首个子栏目叫《匪首》，调查时间是昭和十九年六月，也就是公元 1944 年 6 月。侵华日军特务机构认为，当时山东峄县境内共有四支主要抗日武装，主要领导人分别是胡大勋、刘金山、韩治隆、王子刚。除韩治隆是游击队外，胡大勋等都是共产党的部队。所有抗日的领导人，都被侵华日军称为“匪首”。

胡大勋，时任新四军四师淮北军区三分区峄滕铜邳总队（人们仍习惯称为运河支队）总队长，为共产党领导，被侵华日军称为“共系”。

刘金山，电影《铁道游击队》中刘洪的原型，时为八路军鲁南铁道大队大队长，为共产党领导，被侵华日军称为“共系”。

韩治隆，时为苏鲁边抗日游击队司令，不是国民党党员，但接受国民党领导，为国民党地方抗日组织，所以被侵华日军称为“游击系”。

王子刚，时任中共峄县县委委员、峄县一区区长兼中队长，为共产党领导，也被侵华日军称为“共系”。

侵华日军特务调查机关把胡大勋列为“匪首”之榜首，可见胡大勋领导的运河支队对日军的打击力度有多大。

当然，这份调查报告并不全面。运河支队已于1943年10月划归新四军，改称新四军四师峄滕铜邳总队了，部分兵力分散到江苏省铜山县的汴塘南、北许阳村和邳县的宿羊山一带驻扎，侵华日军调查报告仅仅统计了运河支队在峄县的部分兵力。

峄县文化资源栏目里，侵华日军对中学教师、小学教师各有多少名、分布在哪里都有详尽记录，这些人对侵华日军来说是危险的人，同时也是可以被利用的人。

峄县交通资源栏目里，侵华日军记有大范围交通状况，更有细致到各村庄的乡间路况。对于每条路能通过四轮牛车还是只可一人行走，都有详细说明。对各村有多少头牛、羊、马、驴，也都做了精细统计。

据统计，侵华日军占领苏鲁边期间，共从贾汪煤矿掠夺煤炭245.9万吨，从枣庄煤矿掠夺煤炭1333万吨，从利国铁矿掠夺矿石40万吨。为保卫国家资源，运河支队与侵华日军进行了英勇不屈的斗争，曾经三打贾汪、四次巧袭利国铁矿。至今，运河支队打鬼子的故事还在利国一带流传着。

那么，被称为“匪首”的胡大勋和他领导下的运河支队到底是一支怎样的队伍呢？

运河支队是八路军鲁南抗日根据地的重要组成部分，也是新四军创建的具有战略价值的根据地——它是唯一一支既隶属于八路军又隶属于新四军的抗日游击支队。

1943 年，运河支队参与开辟了一条通往延安的秘密交通线，为此划到新四军序列。这条秘密交通线和新四军代军长陈毅有关。

1943 年 11 月 8 日，新四军驻地收到毛泽东发来的一份电报："我们希望陈来延安参加七大……"

在盱眙黄花塘新四军军部，新四军代军长陈毅与夫人张茜在自己居住的茅草屋前合影留念。陈毅戴瓜皮帽穿黑棉袍，张茜穿棉袄棉裤黑布鞋。11 月 25 日早饭后，陈毅与夫人告别，从盱眙黄花塘启程，过洪泽湖，经邳睢铜根据地，抵达运河支队根据地贾汪北许阳村，此时已是 12 月 1 日拂晓。

考虑到陈毅连夜行军疲劳万分，运河支队领导本打算安排陈毅在北许阳村驻地休息一夜。可是，突然间贾汪日军据点增加了兵力布置。陈毅说："敌变我变嘛！风餐露宿、昼伏夜出，是我们生活中的常事。"当即决定提前北上。下午三点，运河支队护送陈毅穿越封锁线，有惊无险地和铁道游击队完成了交接。分手时，陈毅对护送他的运河支队领导人说："运河支队可以写一部大书！"

微山湖上，轻舟快行。陈毅伫立船头，留下一首《过微山湖》：

横越江淮七百里，微山湖色慰征途。

鲁南峰影嵯峨甚，残月扁舟入画图。

在运河支队、铁道游击队、微山湖大队等多个部队的接力护送下，陈毅安全到达延安。直到此时，运河支队的战士们才知道，那天他们护送的"张处长""张老板"原来就是大名鼎鼎的陈毅——运河连着延安啊！

陈毅代军长通过封锁线后，对运河支队童邱龙副政委说："运河支队坚持这个地区，地位重要，条件艰苦，你们一定要坚守住这块战略要地，保护好这条交通线。我要告诉彭雪枫师长、邓子恢政委在军事上、物质上给运河支队以大力支持，尽求早些改变那里的斗争局面。”

这条安全可靠的重要通道，共送达包括陈毅在内的过往党政干部上千人次，还不时把从敌占区弄到的武器、弹药、布匹、医药等送往延安。

驰骋于苏鲁边区，战斗在运河两岸。运河支队作战数百次，毙伤日伪军 5000 多人。正如罗荣桓所说，是敢于在鬼子头上跳舞的；恰如陈毅所赞，可以写一部大书。

1945 年 8 月 16 日，运河支队大部 2000 余人被编入山东军区警备第九旅十八团，划归野战军序列。至此，运河支队完成了它抗日的历史使命。

黄河故道

尚思为国戍轮台

——历史深处几英雄

“仅仅是看一眼他的照片，你就可以毫不费力地认定，运河支队第一任支队长孙伯龙绝对是高富帅。”胡军英大姐对我们说。

胡霖：一双新袜子

冬日，我们根据有关资料和胡军英大姐的讲述，还原了胡霖牺牲的情景。

冬天已经降临，乡村的天短得不行，才四点多钟的光景，太阳就快下山了。

胡霖来到大哥的院子里，嫂子王玉轩正抱着女儿小云。小云一见叔叔就笑了起来，嘴里含混不清地喊着“夫夫（叔叔）”。小云一岁多，正是咿呀学语的年龄，完全不知道世界的凶险，更不知道这个才 20 岁的叔叔即将面临的牺牲。

胡霖抱起小云，却没像往常那样把小云高高举起，反而老老实实地坐在一张板凳上。小云有些失望，挣脱叔叔的怀抱，到树下和猫玩去了。

“嫂子，你把小云给我吧。”王玉轩听了胡霖的话心里一惊，不由得反问小叔子：“瞎说什么！要孩子你自己去生啊，干吗要小云呢？”

虽是胡霖的嫂子，王玉轩其实和胡霖一般年纪，也是一起打鬼子的战友。她 18 岁嫁给胡大勋的儿子、胡霖的哥哥胡立言为妻。胡大勋是运河支队第三任支队长，胡立言担任运河支队侦察参谋，王玉轩也在运河支队帮战士们看枪看家，做衣服补衣服。

王玉轩回忆着运河支队的壮举，知道小叔子此刻说的话不是空穴来风。她喊公爹首长，而不是爸爸，她知道首长对家人要求很严，绝不偏袒自己的孩子，心底嘀咕起来："小叔子大概是要去执行任务。"

因为心存疑问，王玉轩开始打量小叔子，发现他的小指头缠了一截纱布。纱布很新，应该是刚缠上去不久。"你的手指怎么了？"

昨天，他在战斗中被打掉了一节手指头，怕家人担心，一直不敢露面。见嫂子发问，正愁找不到借口呢，突然看到对着侄女"喵喵"叫的狸猫，赶紧说了句："被猫咬了一口。"

说了谎话的胡霖有些不自然，起身要去抱侄女，却疼得"哎呦"了一声。

"你怎么了？"

"我痔疮犯了，不能走路。"胡霖想轻描淡写，又对嫂子重复了那句话："把小云给我吧，她就是我的女儿了。"

不等王玉轩发问，胡霖说："嫂子，你得给我保密，尤其不能告诉俺娘。"说起娘，王玉轩才发现小叔子脚上穿的还是那双破旧的袜子，娘一针一线手缝的白袜子还没给他呢。

话匣子一打开，胡霖反而不再隐瞒了："常在河边走，哪能不湿鞋？今天晚上我要去打仗，不知道还能不能回来，你别跟俺娘讲，她可受不了。娘脾气不好，你看在我的面子上要原谅她。哥哥太忙了，你帮我照顾好娘，我谢谢你！"

王玉轩一听急了："你这是说的什么丧气话，太不吉利了。和小日本打了那么多次仗，你不都好好的吗？”胡霖笑笑，亲了亲侄女，缓缓走进后院。

一株柿子树，立在后院。叶子掉光了，剩几个柿子挂在树梢，干瘪着，却红得耀眼。母亲一见胡霖，赶紧让他坐下，把一双簇新的白袜子递到儿子手里，立逼着儿子换上。

胡霖没舍得立刻穿上，他把袜子递到鼻子下，使劲闻了闻，还像小时候那样顽皮。袜子散发着怡人的味道，那是棉花的香味，也是母亲摩挲多少次而生出的香气。

袜子大小合适，袜底是密密麻麻的针眼，和鞋垫一样结实。胡霖一边穿袜子，一边说：“娘，我要回部队了，明天再来看你。你照顾好自己的身体，还有，今后一定要对嫂子好一些啊！”母亲见儿子穿上新袜子，高兴得了不得，没注意到儿子眼里闪着光芒，也没看到儿子不同往常的步态。

第二天黄昏。残阳如血，柿子在风中摇摆个不停。儿子还没回来，母亲坐不住了。问儿媳，儿媳欲言又止。

脚步声响起来，有些凌乱，不是一个人的。是儿子和战友们回来了？母亲笑起来，想到门口去迎接。几个战士却先进了门，一副担架也进了院。

号啕大哭，母亲的。小声啜泣，战士们的。麻雀惊飞，柿子掉落。

母亲掀开白布床单，看到儿子年轻而英俊的脸，看到那双穿了不到一天的白袜子。母亲开始为儿子脱袜子，豆大的泪珠无声落下。母亲把带着儿子气息的袜子揣在怀里，直到自己离世去和儿子团聚。

嫂子把袜子接过来，保存起那和着鲜血的苦痛记忆。如今，这双袜子静静地躺在运河支队抗日纪念馆里，无声，胜有声。

“我娘家是个大地主，有两处地产和房产。一处在铜山县贾汪江庄镇黄山龙村，有 300 亩地，8 间房。一处在峄县棠阴镇西白楼村，有地 200 亩，房屋 8 间，我们全家都住在这里。日本鬼子来了，我父亲就把地卖了买枪，打日本鬼子。1938 年 4 月，日本鬼子烧光了我们家的房子，全家就搬到了黄山龙村，开始和胡大勋接触。他领导的运河支队要吃饭，地主们就把粮食拿出来给他们吃。国家兴亡，匹夫有责，支援游击队是应该的，我父亲做得对！”

“记得 1944 年的时候，我们被日本鬼子包围了。运河支队的人两天没有饭吃，就从河里捞杂草，给鱼吃的那种杂草。开始大家宁愿饿着也不愿意吃，后来饿得没办法只有吃杂草了。首长也没东西吃，大家都等着饿死。这时候，铁道游击队来支援我们了，给我们送了点粮食，大家才没有被饿死。”

“我们的老人啊，就是首长胡大勋，对家人要求太严格了，自己的孩子放在最危险的地方，二儿子胡霖是 1945 年打八丁战斗牺牲的，为了国家他不惜牺牲自己的孩子。他有能力偏袒他儿子，稍微有一点点照顾，二儿子也不会去死的。那时候，他不利用这个权力，他二儿子就这样勇敢地去了。我想说的呢，就是现在的干部，要是都能像胡大勋那样严于律己、两袖清风就好了。我当时也不理解，甚至还抱怨他，想来惭愧，我们没有他那么高的精神境界啊！”

2012 年，《运河支队传奇》摄制组来到上海，见到了已近九十高龄的“嫂子”王玉轩。老人声音虽微弱，但听起来却慷慨激昂，一如 1937 年秋冼星海创作的抗战歌曲《徐州是英雄的故乡》：

“徐州是古来的战场，英雄的故乡。挺起胸，拿起枪，冲锋向前方。日本帝国主义一定灭亡！血泪洒成河，战旗放光芒，中华民族永存世界上。”

胡大毅：倥偬一生只有几句话

山西作家赵瑜的报告文学作品《寻找巴金的黛莉》，很能吸引人，读起来，令人欲罢不能。

金陵，金秋。在江苏省作协报告文学专题班学习时，赵瑜老师为我们上了一堂课。我们做起了“追星人”，课间找他匆匆拍了张合影。他很有耐心地含笑配合，口里还说着“一个一个来”。这给我们留下了很深的印象。

《寻找巴金的黛莉》一书，有个现象同样令我印象深刻：抗日战争期间，赵家兄弟九人，有的抗日杀敌，有的亲日投敌，那是发生在山西的故事。

在同一时间里，空间往东南移动，你会看到徐州贾汪的胡姓兄弟们也有类似经历，他们走上了不同的道路，有的加入国民党，有的加入共产党。

抗日英雄胡大勋，一开始并不是共产党的人。

兄弟六个，胡大勋居长。六弟胡大毅是铜山一带早期的共产党员，成为胡大勋参加革命的引路人，也是胡大勋加入中国共产党的“引渡者”。

现存胡大毅的资料并不多，弟弟是哥哥加入共产党的领路人。关于胡大毅之死，有说杀害的，有说活埋的。关于牺牲地点，有说张家沟村的，有说张峪沟村的。内容虽有差异，但说法基本符实。

我看到这样一种说法：1941 年，农历八月二十七日夜，胡大毅在完成一项任务后回部队误入顽军孙业洪营地。经多次营救无效，胡大毅被国民党特务分子朱启明杀害于张家沟村，年仅 27 岁。

此外，还另有一说：1941 年 11 月，孙业洪命一大队进到八路军运河支队的活动地区，在河泉村扣押了运河支队二大队长胡大毅及其随从人员，连夜带回横山地区。胡大毅等被张里元的副司令、国民党特务朱启明活埋于横山张峪沟村后河崖。胡大毅宁死不屈，牺牲前高声怒斥朱启明“贪生怕死不抗日，杀害同胞充好汉”的罪行。

让我们回顾胡大毅的生平——短短几行字，却满是光明。

胡大毅（1914–1941），江苏铜山人。革命烈士。

1929 年，参加共产主义青年团。

1930 年，成为江苏省立第 10 中学（位于徐州）的学生。当年成为共产党员。

1930 年秋，第 10 中学遭到反动军警的搜查，党组织考虑胡大毅的安全，调他任徐海蚌特委共青团巡视员。

1939 年 5 月，陇海南进支队运河大队正式成立，胡大毅任大队长。

1940 年初，部队编为八路军 115 师运河支队，胡大毅任第二大队副大队长。

1941 年春，部队重新整顿后，胡大毅任第二大队大队长。

孙伯龙：当年也是“高富帅”

在运河支队抗日纪念馆，我们被三张照片吸引。

一张是陈毅和夫人张茜的。在盱眙黄花塘，陈毅戴瓜皮帽穿黑棉袍，张茜穿棉袄棉裤黑布鞋。这张照片摄于陈毅出发去延安前。

一张是罗荣桓与夫人林月琴在鲁南，背景是竹帘子。罗荣桓戴眼镜，穿旧军装，林月琴也是旧军装，瘦得厉害，腰略显弯曲。

一张是孙伯龙与家人在一起。菊花摆满了台阶，孙伯龙和夫人怀抱两个孩子坐在台阶上。照片上，细心的孙伯龙还用漂亮的小楷记录下了幸福时光：“民国二十四年冬，于峄县城镇北街小学宿舍。肖龙坐的地方因光稍暗，且又较继龙可后，故其影小而面黑。”肖龙、继龙是孙伯龙的儿子。

从照片上，你可以毫不费力地认定，运河支队第一任支队长孙伯龙绝对是“高富帅”。

孙伯龙身高一米八四，风流倜傥，相貌堂堂，家有良田五百亩。1926 年考取黄埔军校第六期，在校期间加入国民党。黄埔军校毕业后，随北伐军北上回到峄县，1928 年任国民党峄县党部书记长，因不满国民党“攘外必先安内”的政策，毅然弃官从教，回到峄县筹办文庙小学，亲自担任校长。“七・七”事变后，变卖家产购买武器，拉起了一支两百多人的抗日队伍。1940 年运河支队宣告成立，被八路军 115 师任命为运河支队支队长。1940 年 11 月，调任鲁南军区副司令员。1942 年 1 月 2 日，在黄邱套根据地外的毛楼村被日军包围，突围时，不幸中弹牺牲。

孙伯龙的夫人葛伯华是名门闺秀，家境富裕，父亲曾是烟台真光女子中学校长，从小受到良好教育，钢琴弹得极好。

铁道游击队：一部电影的“移植”

运河支队的故事被铁道游击队给“移植”，源于电影《铁道游击队》深入人心。

“1988 年，我们到苏州采访铁道游击队队长刘金山，他握着我爸爸的手说，老邵啊，惭愧啊，你们运河支队干的事儿都拍到我们铁道游击队身上了。我爸爸说，当时形势需要啊，我们现在要写运河支队，就是要还原一个真实的历史，告慰运河支队的烈士呀。”这是邵剑秋后人回忆起的往事。1988 年，当年的铁道游击队队长刘金山和运河支队队长邵剑秋还都健在。孙伯龙牺牲后，邵剑秋继任运河支队第二任支队长。

关于运河支队和铁道游击队的故事，徐州抗战景区负责人胡大贵在 2012 年采访陈昊苏时也曾谈及。

“我觉得我们江苏徐州的同志做了很多好的工作，当然还可以继续努力。在形式的表现方面，让内容更加富有生活气息，同时又有艺术魅力，这些方面还可以做更多尝试。我记得过去曾经有人写过《铁道游击队》这样的作品，后来拍成电影拍成电视剧，影响巨大。我觉得运河支队完全可以说它也是一个运河水上的游击队、水上钢铁运输线、钢铁游击队。”陈昊苏关心运河支队的艺术创造。他是陈毅元帅之子，1942 年出生于江苏阜宁，担任过北京市副市长、中国人民对外友好协会会长、中华全国世界语协会会长等职，还是中国作家协会会员。

“《铁道游击队》电影里的人物和故事，许多都是取材于运河支队的。运河支队、铁道游击队和微山湖游击大队，他们都是兄弟部队，曾经一起并肩作战，微山湖中的微山岛根据地就是运河支队开辟的，围绕微山岛的几次战斗，也都是以运河支队为主力和总指挥的。最后激战微山岛，运河支队在那里牺牲了 100 多人。后来舆论宣传让铁道游击队家喻户晓，运河支队却无人知晓。”运河支队抗日纪念馆馆长胡大贵补充道。

“他们共同书写着英雄的史诗，所以抗日战争的史诗内容本身是非常丰富的，”陈昊苏说，“运河支队应该好好写一部大书。”

从陈毅“运河支队可以写一部大书”到陈昊苏“运河支队应该好好写一部大书”，一晃几十年过去了。陈毅、陈昊苏父子俩先后给予运河支队很高的评价，并对后来人提出了殷切期望。

吹尽黄沙始见金

——胡大勋的绿色人生

“你们知道不？我发现了一位英雄！”中共江苏省委领导刘顺元见人就说。

我们漫步在徐州七里沟果园的一条小土路上。这条笔直的小路全部被葡萄架覆盖着，宛如一道绿色的长廊。外面，正午的太阳灼得人皮肤发痛；里面却是清凉清凉的。透过阔大的叶片飘洒进来的一丝丝阳光，变得白洋洋的，完全失去威力了。成串的珍珠般的葡萄粒在我们头上悬挂着。带有卷须的嫩枝像调皮的孩子的小手，不时攀住我们的头发，牵住我们的衣角。我们不得不小心地闪躲着。主人那样精心地培育它们，我们又怎能损伤它们呢！

转过葡萄廊，便进入苹果树、桃树丛中了。果树一行行地排列着。行间的空地上，种上了低矮的豆类作物。黄色的土地被掩盖得几乎看不见了。放眼望去，是一片无边无际的绿色的海洋。暖洋洋的南风吹过，送来了瓜果浓郁的芳香。绿色的海洋掀起了波浪，隐藏在浓荫中的累累成球的果实，便露出了它们粉白的、淡黄的或者微红的嫩脸，羞怯地向我们瞥视、微笑。

多么美妙的图画，多么丰盛的景象！置身在这样的环境之中，你一定难以想象出过去这儿的贫瘠荒凉的面貌。那么，请听听果园负责

第三野战军成立旧址

人的介绍吧！

这儿是黄河改道后遗留下来的一片沙荒地。这样的沙荒地江苏、河南、山东、安徽几省都有。长期以来，这种土地被荒废着，寸草不生。可是，在今天，热爱祖国每一寸土的人们怎么能看着它废置不用，怎么能不千方百计地利用它来为祖国增加财富？于是，在1952年，徐州市的人民作出了大胆的决定，要在自己境内这片沙荒滩上建立果园，种植苹果、梨、桃等果树。

沙荒滩上建果园，这是个新的课题；果园里要种上苹果树，这同样是个新的课题。一般人都以为：苹果是北方的落叶果木，在徐州这气候相当炎热的地方不宜于栽种。过去，整个徐州市只有一个私人小花园里长着几株细条条的苹果树，偶尔结出几个小疙瘩苹果，嚼起来也像棉花一样软泡泡的淡而无味；可是因为苹果的栽培价值高，现在人们却要在果园里大量种植了。

人们干起来了！

第一步工作是平地。大风把沙土一堆一堆地卷起，有的地方形成了丘陵，有的地方出现了洼地。要建果园，先得把沙丘削平，洼地填满，而且土质特别坏的地方，还需要从附近地里抬土来糅合进去。工人们嗨哟嗨哟地抬着沙土奔走着。为了多抬一些，他们把两根杠子并成一根用。狂风呼啦啦地刮着。工人们赤着脚在沙地上工作，而脱在身边的鞋子，一转眼就失踪了。那儿去了？原来被风刮起的黄沙掩埋起来了。捉弄人的风沙不但藏起他们的鞋，还向他们的身体袭击，堵住了他们的鼻孔，迷住了他们的眼；吃饭的时候，嘴里嚼起来咔嚓咔嚓地响，原来沙子也钻了进去……人们挺着胸脯，无畏地跟大自然搏斗着。好容易平整了土地，好容易种下了梨桃，好容易种下了第一批苹果苗！树苗啊，人们耐心地给你浇水施肥，你快快长大吧；可是，那最使人关心的苹果苗却无声地枯萎了！失败了，没有灰心。人们探索着为什么苹果苗不能成活，终于找出了许多原因，譬如，这批果苗是从远地运来的，包装不好，根须掉了，缺少水分；譬如对土壤的性质不够了解，在不适合种苹果的地方种上了苹果苗……接受了失败的教训，人们又种下了第二批苹果苗。幼苗像健壮的婴儿一样成长着。春天来了，开花了。淡白的梨花，粉色的苹果花，娇红的桃花，一球球，一簇簇，在阳光的照耀下闪射着耀眼的光芒；秋天来了，结果了，肥嫩的果子喷吐出醉人的芳香。人们兴奋地异口同声地嚷出："成功了！成功了！"

人们多么珍惜自己用双手栽培起来的果实，多么心爱自己用双手建立起来的果园啊！果子成熟的季节，工人都把床搬到林子里，夜间便在那里睡觉，为了便于看守、照扶自己的小宝贝：香蕉、苹果、巴梨、玉露桃……一个叫张恒君的工人，成天在林子里游转，哪棵树上结了多少果子，他心里都有数。丢失了一个果子，他就像丢失了一颗夜明珠一样心疼。

漫步果林，处处感到新鲜有趣。你看到过桃子穿衣裳吗？一个个小果儿都被薄薄的纸袋套了起来。这是为了防止食心虫，怕它从外面钻到桃子心里去偷吃果子。为什么那些树上系着红色的飘带？原来那是才喷过杀虫药水的果树，为了便于检查虫子死亡的情况，特地给它做了标记。经过苗圃的时候，茁壮的苹果苗在微风中摇摆着向我们点头。它的稚嫩的叶片像翡翠一样莹泽美丽。苹果苗一般要过三年才能出圃。七里沟果园的苹果苗却已提前为两年出圃，现在又在试验提前到一年出圃。这批提早嫁接的苹果苗长得很快，现在已经有十八厘米高了。果园负责人一面指点我们看这看那，一面谦逊而又自豪地对我们说："我们没有经验，只是一面摸索，一面创造，总之要千方百计为国家增产。"

太阳偏西时，我们坐在瓜田旁边憩息。果园主人捧来西瓜、甜瓜招待我们。我们一面啜饮着西瓜的蜜汁，一面闲谈着。果园负责人告诉我们，七里沟果园的建成，证明黄河故道的沙荒地是可以利用的。现在安徽、河南和山东也已经着手在这废弃不用的地上建立果园了。将来黄河故道上会出现几千里长的果林带。谛听着他的话，我们眼前好像出现了一道果树筑成的绿色的围墙，它绵亘着，绵亘着，一直伸到天边……我们不禁振奋得高声欢笑起来。枝头蝉鸣鸟叫，它们似乎也在为美好的未来唱着赞歌哩。

这篇题为《荒滩玉露》的文章，深深地打动了我们。一个甲子过去了，字里行间仍充满着令人惊异的青春活力。采访者和被采访者对土地的深情，也让我们赞叹不已。

这篇文章，发表于 1959 年 9 月 4 日的《人民日报》。我们之所以费尽周折地寻找它，源于对一个人、对一种人生、对一种精神的崇敬。

这个人，就是我们所熟悉的抗日英雄胡大勋。

19 世纪末，胡大勋出生于徐州城北柳泉一个败落的地主家庭。在这里，乡亲们经常谈起的话题是土地，是粮食，是生产，是年成，是人对自然的抗争或妥协。

1919 年，北京爆发了“五四运动”。消息传到徐州，21 岁的胡大勋热血沸腾起来。和那个时代的很多年轻人一样，他决定投笔从戎，弃学从军。然而，在张家口西北军的随营学校里，所见所闻却让他失望透顶。

“呐喊”过后是“彷徨”。一年后，胡大勋又改考苏州第二农业专科学校，立志学农救国。他发愤图强，攻读英语、日语，打算出国学习先进农业知识和技术，但后来迫于家庭和社会的压力，未能成行。失望又一次攫住了他。

救国梦不成，稼穑梦不行，两粒种子却在他年轻的心中生了根、发了芽。路漫漫其修远兮，吾将上下而求索。这两粒种子最终结出了什么样的果子？胡大勋用他的一生给出了并不“标准”的答案。

接下来是一段戎马倥偬、烽火连天的岁月。胡大勋带领运河支队出没于京杭大运河两岸，打鬼子，端炮楼，反“扫荡”。在张家口军事学校的所学，为他驰骋沙场抗日救亡打下了基础。到了晚年，胡大勋选择在黄河故道的荒滩上垦荒种果，也可视作当年农业救国的梦想结出了另一枚人生硕果。

人生啊，真是一次奇妙的旅行。说它奇妙，是起点和终点的决定权通常都不在我们自己手中。但是，我们可以用一生的时间来验证起点和终点到底有多大的重合度。当我们浓缩了胡大勋的一生，可以清晰地看到一种偶然性里的必然。当然，我们也可以从每一个人的生命轨迹中看到少年梦想对整个人生的潜在影响。

当然，一个人的梦想，必然连着他的村庄和学校，连着他的家庭和亲朋，连着他的祖国和民族。我们以这样的视角来重新打量孟庆喜父子和胡大勋等人，自然也会有新的重大发现。

当年飞身运河两岸抗击日寇的传奇人物，在和平年代里照样能够迸发他的英雄力量，谱写新的传奇。从胡大勋征战沙场、征服沙滩的人生里，定能看到梦想的光芒，感受到梦想的力量！

历史上，黄河曾流经徐州一带，长达700多年。乾隆皇帝四次巡视这里，想把黄河治理好，都未能如愿。咸丰年间，黄河又一次决口改道，给徐州人民带来了巨大灾难。

1952年10月，毛泽东主席来到徐州考察黄河故道，研究如何把历史上的“黄河之害”变成“黄河之利”。黄河，这条中华民族的母亲河，赋予毛主席多少政治的、军事的、文学的灵感啊！

毛主席登上云龙山顶，极目远眺，黄河故道两岸一派荒凉。在这里，一代伟人发出了“植树造林，绿化荒山，变穷山为富山”的号召，提出治理黄河故道的设想——栽种防风防沙的果树，既可减少风沙危害，又能改善人民生活。

毛主席登上云龙山发出绿化荒山的号召时，昔日的抗日英雄胡大勋在哪里呢？

1949 年初，时任鲁南三分区副司令员的胡大勋，转业回到徐州，担任徐州市建设局第一任局长。胡大勋有着说干就干的性格，积极响应毛主席的号召，率先带领干部职工在云龙山上植树造林。

1953 年初，就在毛泽东视察徐州几个月之后，胡大勋的工作单位改为徐州市果园（隶属于徐州市畜牧蔬菜局）。从云龙山上植树下来，胡大勋带领十几位创业者来到七里沟，开始了在黄河故道治理荒滩、栽树种果的新战斗。

头顶烈日，脚踏炙沙，搬沙丘，填沟壑。荒滩上的开荒者，每天都要劳动十多个小时。没有电，没有水，他们就靠人力垦荒引水，肩头磨肿了，手掌磨破了，脚跟磨出茧子了，没人喊一声苦，没人叫一声累。

因为耳聋，胡大勋听不见雨声。每到雨季，他一夜要爬起来好几次，跑到窝棚外面去察看雨打坏树苗没有，发现情况不好就赶紧把众人叫起来。

黄沙万里白草枯。夜里睡不着，胡大勋披衣独坐四面透风的窝棚里，看着不远处大郭庄机场透出的微弱灯光，有时想起的是那些为国捐躯的战友，还有他那年纪轻轻就以身殉国的弟弟和儿子。有时，他也想到自己，觉得为人民做的事太少了，而要开垦的荒地又太多了。

功夫不负有心人。1957 年，徐州市果园已经有一定规模了。胡大勋在接受《人民日报》记者采访时说："我们没有经验，只是一面摸索，一面创造，总之要千方百计为国家增产。七里沟果园的建成，证明黄河故道的沙荒地是可以利用的。"

喜讯传开后，中共江苏省委领导刘顺元跑来徐州看果园。和胡大勋一样，刘顺元也打过日本鬼子，也对农业情有独钟。离开徐州后，刘顺元见人就说：“你们知道不？我发现了一位英雄！”在全国发展果林生产大会上，徐州果园被授予“全国先进单位”称号，果园主任胡大勋也获得了“全国劳动英雄”称号。国家林业部发出通知，要求黄河故道沿线的 4 省 32 县学徐州经验、走徐州路子。

从此，徐州果园成了一个“景点”，前来参观学习的人络绎不绝。而此时的胡大勋是什么状态呢？

记者于西的报道是这样的：“当我到达这里，他闻声而出的时候，不禁使我有些惊讶，出现在我面前的竟是这样一位老人：身体肥胖，满腮乱蓬的灰色胡子，一顶满是尘土的破棉帽子，不能说戴，只能说是随随便便地放在头上。棉制服上几处露出的棉花已经发黑，耳朵很聋，走路的步伐显得滞缓，有些吃力，而最能表现他的年龄的还是一双眼皮，浮肿而且松弛，垂在眉毛下边。第一眼的表面印象简直不能使人相信，这是曾经领着千军万马转战沙场的指挥员。但是开始谈话不久，这种惊讶之心就不存在了。他健谈的风貌，有力的手势，豪放的性格，时时在说明他的身份。他知道我的来意之后说：‘我不过在这年老的时候，尽自己一份力量而已，已经不想出声扬名了。当领导叫我来这里的时候，我提出保证说，这个仗可能打不好，但是死守阵地是没有问题的。’说完呵呵大笑。”

1963 年金秋十月，朱德委员长也来到徐州。他与干部群众一起开荒治沙，品尝徐州果园生产的苹果，并亲手种下了两棵梧桐树。

然而此时，积劳成疾的胡大勋正躺在病床上。一年后的收获时节，胡大勋驾鹤西归，时年 66 岁。

公祭大会的挽联恰是对胡大勋一生的总结：求解放抗战杀敌，疆场指挥一心为革命；改自然造林防沙，河滩建园绿化为人民。

什么是英雄？

《汉书》评价高祖刘邦，说他“总擥（揽）英雄，以诛秦项”。曹操也自称英雄，《三国志》写道“是时，曹公从容谓先主曰‘今天下英雄，唯使君与操耳’”。杜甫慨叹“出师未捷身先死，长使英雄泪满襟”。毛泽东则慷慨激昂地写下诗句“独有英雄驱虎豹，更无豪杰怕熊罴”。

平凡的我们总觉得英雄不是远在天边，就是远在历史深处，直到了解了胡大勋的事迹，才把长期存在于想象中的英雄人物具象化，也才对家乡的抗日英雄、开荒楷模有了亲近感。

聪明秀出，谓之英；胆力过人，谓之雄。胡大勋的一生，是可以用聪明秀出、胆力过人来概括的。

是英雄，就得有牺牲。在抗日救亡的过程中，胡大勋牺牲了一个儿子，他叫胡霖。又牺牲了一个弟弟，他叫胡大毅。

一人两栖，一门双烈。听着后人讲述胡大勋一家的故事，我们的心灵受到了强烈震撼。兄与弟、父与子，合力写就了国与家，人与民。

胡大勋在人世间停留了66年。这66年，可以用惊涛骇浪、跌宕起伏这样的字眼来形容。看他的人生履历，他似乎一直在选择，一直在转向，而从来不变的，是作为共产党人的赤胆忠心。

学业上，从张家口西北军的随营学校到苏州第二农业专科学校；战斗中，从兄弟俩并肩作战到父子俩一起杀敌；军事上，从第三任运河支队队长到鲁南三分区副司令员；工作上，从徐州市第一任建设局局长再到徐州果园的创始“园长”……这是一个阅历丰富的男人。

从学军到学农，从革命者到建设者，从国民党到共产党，从立志出国深造到融进抗日救国的洪流，从新中国的建设再到故黄河的绿化……这是一个性格饱满的男人。

他的一生，始终与两种力量相伴。一种是摧毁旧的世界与恶的势力，不畏艰险；一种是创建新的梦想与好的格局，不问名利。

他的一生，注定和“沙”字有关。前半生驰骋沙场，抗击日寇；后半生征服沙滩，植树建园。

常言道，聚沙成塔。这个“沙”，是英雄心中的一个个梦想。他就这样，用一生努力筑起了一个共产党员的精神宝塔。

人又云，吹尽黄沙始见金。这个“金”，是英雄征战一生的初心。他就这样，用短暂而跌宕的一生，为祖国和人民寻找光明。

在请朋友帮忙寻找北京《人民日报》那篇《荒滩玉露》的同时，我们也在徐州档案馆找到了《徐州市果园三年来工作总结》，写于1961年11月20日。其中“三年来”，是指从1958年至1961年。部分摘录如下：

徐州市果园……全园职工鼓足干劲，发愤图强，通过三年的持续跃进，果园有着很大的发展，果园面积和果树株数比1957年分别增长了一倍及两倍……粮食生产达到了自给自足。三年共育成各种果苗285万株，并且根据生产发展需要和群众要求，将附近两个村庄近千人口从集体所有制稳步地过渡到全民所有制，因而劳动力比1958年前猛增21倍，这些劳动者为国家生产了不少的物质财富，使他们增加了收入，改善了生活，同时提高了劳动积极性和劳动生产率。

三年来，我们在工作中取得了一定成绩，也获得了不少经验和教训，使果园有着根本的变化……我们必须认真总结三年来的经验教训，肯定成绩，发掘问题，认清形势，鼓足干劲，为果树大幅度增产打下基础，为提高群众生活创造条件，为经营社会主义国营大型果园积累经验，为力争最短期间实现果园机械化、水利化、电气化而努力。

三年来的主要成绩：

一、1959年初根据生产发展需要，扩大果园面积3121亩，各类果树59000余株，目前果园总面积已达6063亩，栽植以苹果为主的各类果树5317亩，拥有果树9万余株，较1957年面积2942亩、果树31000株，分别增长了一倍和两倍。

二、故道沙荒地势低洼，雨季常积水成涝，严重地影响果树生长。1958年栽植的800余亩果园，因雨涝积水，死亡率高达90%以上。根据这一教训，1959年大兴水利工程，全园根据地势，设置了排水系统，园内每隔一定距离设有干沟，果树行间设有支沟，目前沟沟相通，有涝即排，并降低了地下水位，使果树得到了良好的居住环境，打下了增产基础，1959年在原地栽植的果树，一改旧观，成活率提高到99%以上。为了争取短期内实现水利化，今年建成20千瓦的电力灌溉站一座，部分园地已筑成灌溉渠道，引用奎河的城市污水灌溉田园果树，有着灌溉、施肥的双重效果。三年来在水利上共修建土石方工程5万余方。为早日实现生产机械化和半机械化，三年中建设了电力细粉加工厂和电磨坊，工效比原来手工、畜力操作提高八至九倍。

为了防风固沙，改造自然，创造果树生长的良好条件，三年来共栽植宽10米至20米的果园防护林带，长3万米，超过1957年以前建园的累计植林的1倍多，共栽植杨树、紫穗槐等各种乔灌木20余万株，并加宽了原有林带。除果园四周建设有宽20米的周边防护林外，园内每隔200米至300米并植有宽10米至15米的林带，致使整个果园形成一个完整的防护林网，至今这些葱翠的防护林带已是繁茂成林，绿荫蔽云，起着显著的防风固沙效果。

三、由于生产的发展，劳动队伍也迅速壮大……同时干部人数也随之增加，1957年行政领导干部仅2人，技干3人，目前队长以上的行政管理干部已增至44人，技干增为12人。

四、三年来，农副生产的产量与产值都得到迅速增长，在面积扩大、树龄增长和劳动队伍扩大的基础上，根据三包一奖、多劳多得政策，制定了一系列经营管理制度，有效地提高了劳动生产率……

……

……从1957年前由国家贴补而转变为盈余单位，本年度除去所有开支外，尚有结余投入明年的扩大再生产。

五、随着生产的增长，职工生活也相应得到提高，全园职工收入1961年比1954年平均增长30%左右，尤以从集体所有制过渡到全民所有制的社员，收入提高更为显著，1957年两个村庄平均每户收入为200元左右，而1961年仅工资部分平均每户可收入420元，增加了一倍有余，尚未包括超产奖励在内。因而社员的生活水平大大提高，每逢节日，男男女女都穿着整齐清洁的新衣服到队参加游行，工余之暇经常有不少社员上街听戏，看电影，过着愉快的文化生活。

与增加收入同时，并适当地举办集体福利事业。如创办了医疗保健站，仅半价收取药费，自保健站成立后，职工疾病得到及时治疗，并开展各种预防措施，两年来直接减轻职工负担费用达5000多元。又对五保户实行社会保险，按月发给生活费用，妇女产期给假并发给补助金。其他如小孩医疗补助，劳力少人口多及缺劳力户均给予困难补助，福利资金四年共开支 1 万余元。

随着生产发展和劳动队伍扩大，基本建设也有所增长，四年新建生产、生活办公等房屋共 212 间（其中 1961 年新建 36 间），较 1954 年前的 17 间增长 12 倍多。

六、为适应果树事业的高速发展，积极为兄弟场园及人民公社培训技术力量……此外经常有市郊、邻县、外专区兄弟单位和人民公社派员专门来园长期实习，我园也尽量吸收，帮助学习掌握果树管理技术，同时派员外出，协助建立果园。四年来为兄弟单位及市郊人民公社建立果园四处，共约 4000 余亩。

七、为了提高产量解决生产上存在的问题，积极开展群众性的科学研究和改革运动。三年来，围绕快速育苗、快速丰产、植物保护取得了一定的成绩，研究出果树（苹果）当年播种、当年嫁接、当年出园的快速育苗技术……

在研究黄河故道地区果树生物学特征的基础上，制定以修剪、施肥、病虫防治、保花保果为中心的技术措施，结合开展群众性的丰产运动，取得桃树连年大面积丰产……革新桃树疏果、套袋技术，采用药剂保护，不仅产量增长，果品的商品品质也大大提高，将早熟品种及中晚熟品种、虫果率分别压低到 0.2% 及 4%，并初步掌握了各种不同果树的病虫发生时期、发展规律和防治方法，在大搞育苗运动中创造出快速根接器，提高工效七至八倍，能于一个半月中完成 330 万根接任务，使生产于短期内即能掌握使用。

人间正道是沧桑。

七里沟位于故黄河大坝下面，陇海铁路从西侧穿过。它的名字的来源，据说是因为离城七华里。

1949 年前，七里沟村河沟纵横，偏僻荒凉，老百姓的生活十分艰难。1951 年 7 月，因为军用大郭庄机场的建设，新郭庄村民搬迁而来，与七里沟村比邻而居，这里的环境仍然很差，茅草疯长，尘土飞扬，被人们称作徐州市区的“西伯利亚”。1959 年，七里沟村、新郭庄村与徐州果园合并，3000 多亩土地全部栽上了果树，村民的生活得到改善。

如今，七里沟村成为七里沟社区，归属泉山区七里沟街道管辖。当年朱德委员长视察徐州时的办公楼保存完好，横匾写着“朱德楼”三个字，门两侧悬挂着“徐州市果园”两块相同的牌子。

对于漫漫黄沙的情境，如果你想“寻旧”“访古”，对不起，在胡大勋这批建设者的努力下，在王震和朱德这些党和国家领导人的关心下，七里沟早已告别了漫漫黄沙，到处绿意盎然。

如今，每天上下班经过七里沟果园，我们都能看到朱德委员长手植的两棵大梧桐树。两棵梧桐树依然挺拔伟岸，直指苍穹。参天的树冠，奇特的树形，正是迎宾大道上的一道景观，一种怀念。

梧桐树旁，一条迎宾大道贯穿南北，迎接着从潘塘高速出口进入市区的人们。而人们经过七里沟大桥时总是往果园里面看了又看——看到了点点苍翠，看到了累累果实。石榴越过桥栏，以饱满向人们诉说即将成熟的喜悦；果园内的葡萄则葳蕤一片，以正在释放的甜蜜记载那段苦涩的创业岁月。

遍青山啼红了杜鹃，梧桐树引来了金凤凰。荣获 2018 年度“联合国人居奖”的徐州市，正以“一城青山半城湖”的新姿态展现在世人面前。

此情可待成追忆，只是当时已惘然。
——[唐] 李商隐《锦瑟》

贾　　汪　　真　　旺

生存和生活

贾汪真旺

曾经沧海难为水

——我在矿区长大

“我年轻时就到马庄村学习过。那里是不是也随着煤矿关闭衰败了？”听说我们到马庄村参观过，父亲问我们。

我从小在矿区长大。

在徐州，在矿区长大的人应该很多很多。毕竟，这里曾经是全国有名的煤城。我不知道对于那些不在矿区长大的人来说，他们是如何理解中学地理课本上提到的煤城的，是不是特别抽象、特别遥远?

反正在我上小学中学的时候，提起煤城，总有一种自豪和感激。近城靠矿，往往意味着我的家乡比别处要富裕、要现代，有别人难以享受到的便利。比如，我们小时候都去矿里的澡堂洗澡，在冬天下到热气腾腾的大池里，泡一泡、搓一搓，出来浑身舒坦。这种便利在20世纪七八十年代，是很多中国农村难以享受到的。

我还记得上高中的时候，一个男同学听说我来自矿区，且皮肤很白，便戏称我“出淤泥而不染”。这个说法，没有任何象征意义，指向纯粹：从天上飘着灰、地上流着黑的采煤区而来的我，竟然那么干净白皙。

当然，我还可以经常到矿里看电影。矿里的会堂，每到周末便会放电影，那成了孩子们欢乐的海洋。矿里还请戏班子来唱戏，唱本地的柳琴戏、梆子戏，也唱越剧、黄梅戏、豫剧。我们这儿的人听不惯昆曲、听不懂京剧，只喜欢听声线高亢的梆子戏、故事性很强的黄梅戏和乡音接近的豫剧，有一种豪气在激荡回旋。不过，后来听人说，矿里只要一唱戏，便是出了事故、死了人。因为出了事，矿里便会弥漫一种不祥的氛围，需要通过高亢洪亮的唱腔，把这种氛围刺破，让生产重新运转起来。今天回想起来，那唱腔还在耳边萦绕着呢。

不像今天回看那段历史，一提起煤矿，就觉得是个巨大的包袱和不幸。我很奇怪，今天的人们为什么要带着这样的眼光来看待当初给徐州带来滚滚财源的煤炭。如果没有煤矿，哪来的雄厚经济实力——在地里刨煤的收益远远超过刨粮食的收益。如果没有煤矿，哪儿来的交通便利——一列列满载煤炭的火车，哼哧哼哧地从矿里出发，沿着细长的铁路线一直往外开，开到只见车头冒烟的地方去，开到只闻其声不见其影的远方。一个小女孩的梦，便被这运煤的火车也带向了远方。

乌黑锃亮的煤块，不仅被火车拉着去了远方，还有高大强壮的大货车，一出动便是几十辆，轰隆隆地开过去。煤炭在车里装得满满的高高的，也没有任何遮盖。车辆经过的地方，总有一群农村妇女守着。一俟车辆驶过，便用手中的钉耙扒拉车上的炭块。这是矿区给普通人家的一项福利，哪一个司机也不会在意从车上掉下来几块煤。那些妇女便将煤块归拢到一块，作了自家灶膛里的燃料。

所谓的靠山吃山、靠水吃水吧。靠近煤矿的村子，当然是靠煤吃煤、靠矿吃矿了。然而，上面所说的从驶过的货车上扒炭，只是普通小民的一种简单的低层次的“靠”。真正的“靠”，是大买卖，大生意。比如，组建一个车队，替矿里把煤炭从露天的堆放地拉到港口去。

家乡也是运河城市，更多的煤炭通过京杭大运河输送去了南方。在我小的时候，我感受到的南方便是苏州、无锡和上海这样的南方城市。后来长大了才懂得，这种能源的输送在一个省、一个区域的发展中，是大局，是大贡献、大牺牲。

真的是不在矿区不知道，所有的煤炭在被从地下开采出来后，都要经过洗煤这一道工序才能往外走。洗过肉的水，会留下一层油花。洗过煤的水，也会留下许多炭渣。一般煤矿都会征用附近村子的土地用于排放洗煤的水。这洗煤的水积起来、淀下去，便形成了浓稠的煤泥。煤泥也是宝啊，燃烧值能满足一般发电厂所需。

一般来说，矿里为了处理好和地方的关系，特别是所在村镇的关系，也只是象征性地收取一点费用，便把煤泥的处置权让给当地的村集体。这是村里的一项重要收入来源。办事公道的村领导，会把卖煤泥的钱用来给村民发福利，毕竟村里的土地被矿里征用了之后，许多农民失去了生活之基。那时候，靠分煤泥，即使是普通的农家，也过得比别处的人要好很多。

我们有时候形容人大手大脚，会说花钱像淌水一样。其实，钱花得像淌水一样，是因为钱来得跟淌水一样。我是因为知道煤泥给一个村子、给一户人家带来的巨额财富后才明白这个道理的。

滚滚乌金，给矿区带来了天南地北的人，他们操着不同口音的方言，交谈、争吵。很多人从阜宁、海安、如皋来，也有很多人从丹阳、崇明、宜兴来。从阜宁、海安、如皋那些地方来的人，多是来挖矿挣苦钱的。因当地人怕苦怕死，肯下井的人不多，这些人便来了，似乎有着永远使不完的力气。他们一般一年回家一趟，有的把老婆也带了来，住在工人村的集体宿舍里。那些从丹阳、崇明、宜兴来的人，多是做煤炭买卖的，凭的是嘴上功夫和腰包实力。

不管从盐城来还是从南通来，不论是丹阳人还是高邮人，他们有一个共同的特点，就是不会说当地话，说的都是我们不能轻易懂得的方言。因为这，我们都称他们是“蛮子”，有一种轻微的鄙夷在里面。我从小观察他们，既觉得他们陌生，也觉得他们新奇。他们不仅为我带来了语言上的异常感受，甚至为我营造了一种对于南方生活的假象，说话囫囵吞枣般快速。我不知道我后来上大学选择南方、甚至后来找了一个南方老公，是不是源自从小积累的对南方的兴趣和想象？高耸的竖井、高大的煤堆、喧闹的矿区、负重的火车、漫天的扬尘……为多少人创设了一生的奋斗背景，也为多少人搭设了人生的竞技场。等到我人到中年，好像是一夜之间，煤矿突然没落了。魔术一般，人们不再能够从井下往上运煤了，人们这才悟到原来煤也不是采不尽挖不完的。那些装得满满的煤车不见了，繁忙的公路一下子宽阔起来、寂寥起来。在路边等着扒煤的农村妇女们不见了，甚至草丛中的煤灰也不见了。

唉！任何东西都敌不过时间啊。我听说，矿里的澡堂早就不开了，食堂的饭菜也不像以前那么香了，天南地北的方言也听不见了，戏台子早拆了。于是，村子开始变回从前，变回一百年前，变回与其他地方差不了多少的样子。

其实，村子已经不复从前，无法回到从前。就像一个老妇，不能说她回到了少女时代。残花败柳，千疮百孔，这样枯竭的面貌又怎能和少女那满溢的希望、丰满的资源相提并论？

大地静默着，仿佛在静静休养，仿佛在思考出路。野草荒芜着，仿佛在掩盖过去，仿佛在期待未来，仿佛忘却了现在。村民的争斗，变得更加无足轻重，煤都没有了，矿都关闭了，还有什么重大利益可争呢。心情，归于平静。

废弃的厂房、锈蚀的铁轨、空荡荡的堆场……如今，随着煤炭资源的枯竭，一座又一座煤矿关闭了他们的乌金矿井。那些昔日里人声鼎沸的煤矿，如同一代人一样，渐渐沉隐到历史的幕布后面去了。

我的父亲，见证了这一切。如今，他蜷缩在离矿不远的村子里，过着冷清的也并不富裕的晚年，每天以一杯酒的习惯，保存着对矿里繁盛日子的回忆。在他眼里，这种煤竭矿关的局面，是一代人的必然，也是一个时代的必然。在他心中，那个他年轻时曾经造访的马庄村，也一定逃不过这种规律，也一定呈现出一种破败的凄凉景象，直到有一天他在电视里看到了习近平总书记在马庄视察，他才知道，原来关了矿之后的村子，有另一种选择在，有另一种气象在。他不能理解的是，造成这“另一种”的，恰恰是另一种精神在、另一种追求在。

每一个中午，我独自走在阳光里或者寒风里，我知道自己是孤独而自由的。我当然可以选择不走，安坐一室之中，但是这样我就感觉我在孤独之中失去了自由。我当然也可以邀请同伴同行，但是那样我就感觉我在自由中失去了孤独。孤独和自由以及我，是每一个中午天地之间最好的组合。

一只蚂蚁正在爬下石球，一只水鸟正在泅向对岸，一座高楼正在融入水中，一片野草正在兀自枯黄，一朵月季正在孤独开放，一垛矮墙正被枯藤缠绕，一只野猫正在悠闲独处，一方水塘正在接纳落叶，一张书法正好暗合心情。一个人，一小时。一段旅程，一点发现。

生命，恰是一场行走，一次绽放。每个人都要用自己的脚步丈量天地、宇宙，有的走得快，有的走得慢；每个人都会以自己的方式绽放、凋零，有的一直浑浑噩噩，有的早就奋力拼搏。采煤塌陷地怎样才能发展成青山绿水的宝地？人们的精神意志又该如何崛起？

我在思考。

年轻时，渴望了解真相，以至于一度把真相等同于真理。年长了，开始回避真相，忽略真相，因为真相太难堪。但是，我对家乡和乡亲的关注又让我无法无动于衷。

怎么办？怎么办？寻找一群普通人，以他们为榜样，写出他们的不普通；找到一片背景相同的土地，以他们为范本，道出他们的不寻常。贾汪，出现在我的眼前。马庄，出现在我的面前。

贾汪是一座百年煤城，煤炭开采史长达 130 年，塌陷地多达 23 万亩。马庄村位于潘安湖西岸，曾是当地煤矿重点产区之一。2001 年马庄村关闭了所有的煤矿，贾汪区关闭了所有的煤矿。

马庄附近，也有座煤矿，叫权台矿。这，和我的家乡情形一模一样。马庄村有个书记，这个书记带领村民共同致富。这，和我的家乡完全不一样。

看着孟庆喜、孟国栋父子，听着王秀英、孙建母子的时候，我一直想着我的父母、我的姊妹、我的家乡，在心里还原、比对着他们的命运、他们的表情。他们也是失地农民，那里也是煤矿塌陷地。随着煤炭枯竭、煤矿坍塌，人们的道德也坍塌下去，精神也日趋枯竭。黑暗，如同煤灰，挥之不去；贪婪，如同煤块，金光闪烁。

孟庆喜说，以前的马庄村也是这样。20 世纪 90 年代，马庄村老百姓仅靠煤炭就解决了温饱问题，村里酗酒赌博之风盛行，迷信活动屡禁不止，邻里之间摩擦不断。面对这种情况，他没让马庄村流于平庸、恶俗，提出了“文化兴村”的理念，组建了马庄农民乐团。文化这辆“水车”一旦转动起来，村民们的精气神也就滋养起来了。

遍青山啼红了杜鹃

——他们在矿区长大

“那挺立的是诗，那闪光的是诗！”煤炭诗人孙友田写道。

挥手自兹去——小矿工和大变局

与新中国同时成长起来的那一代人，他们是新社会的主人，血管里常年流淌着集体主义的血液。他们经常爱说的一句话就是，以厂为家，以矿为家，以单位为家。现在，矿关了，井封了，他们失去了一个家。天塌下来了——震惊，伤心，彷徨，无助。一方面，他们的确为以后的生计而焦虑；另一方面，他们也为一座矿从辉煌到熄灭的过往而惋惜。

有些人工作了一辈子，正直、实诚，从不往家里拿工厂的任何东西，哪怕是一颗螺丝钉、一棒胶水。在关闭矿井的那一天，有个人手里却拿着一盏严重磨损的矿灯，想拿回家做个纪念，留个念想。是的，下了 30 多年井，从没拿过矿上一块炭，关井了，就拿个没人要的破灯留个纪念吧。

他用手摩挲着矿灯，眼泪却流了下来。

这盏戴在头上的矿灯，陪他度过了多少个白天黑夜——一下井矿工就没有了白天，真是应了那句歌词“白天不懂夜的黑”。

这盏被孩子们当作童年玩具的矿灯，陪他走过了多少个巷道——在井下点点矿灯汇成温暖的河流，真是应了那句俗话“众人拾柴火焰高”。

这盏被村民邻居羡慕的矿灯，陪他在罐笼里上上下下了多少次——下去是希望上来更是希望，真是应了那句玩笑“美好的生活藏在重复里”。

生活，陡然换了一个轨道，人不适应，矿也不适应。偌大的矿区，忙碌一下子停顿下来，喧嚣一下子安静下来。你看，矿车停了，运输带停了，食堂里的油烟机停了，灶火停了，澡堂停了……过去，矿区的每一个角落都充斥着各种各样的声音，人声鼎沸，机声隆隆，人们为了听清彼此的声音，不得不提高了嗓门儿。现在，矿区静得不行，一根针掉在地上好像都能听到。人们习惯性地大着嗓门说话，周围却显得更加宁静了。这无边的寂静里，还有一层悲伤如薄雾弥漫。

他是谁？是李小辉，是周生军，是杨大宝，是张家明，是千万个工友。

杨建，就在权台矿经历了这一切。

1996 年第一次下矿的时候，杨建坐在狭窄的罐笼里，和工友们一起下到地下 600 多米深处，仅靠头盔上的一盏矿灯照明。伴随着一次次沉重而单调的敲击，黑色炭石沿着光线聚拢分散。收工后，每个人都是一脸煤灰，连鼻孔里、皮肤里都是。

正因为我在矿区长大，我曾见到个无数个杨建。他们从井底出来，满脸黢黑，一身油污，矿灯还戴在头上，笑声弥漫开来，那是劳动的喜悦、收获的喜悦，也是给一家人挣了吃喝、为孩子挣了学费的踏实。

尽管看上去不太体面，工作起来又脏又累，但在矿上工作却是 20 世纪八九十年代的“美差”。当时，矿工工资高，社会地位也高，能够进入煤矿工作，是一件令人引以为豪的事情。而工人身份也明显高于农民身份，待遇也明显好于农民待遇，比如矿里的澡堂就分为工人澡堂和农民澡堂。

日暮乡关何处是

作家周梅森的一个同学，被组织上分配到镇政府房管局坐办公室，他却一心想到矿上下井，多拿那十几元的下井费，结果未能如愿，为此还大哭了一场。

2008年前后，煤矿效益最好的时候，下井工人的月工资就有7000多，再加上季度奖、年终奖等还有好几万，对于当时房价3000元/平方米的徐州来说，这是一份高薪。“当年效益好的时候，公开招聘以外，想进煤矿工作可难了，托人找关系，有时还进不去。”“老煤人”李其珠回忆说。

不过，提起过去男人下井的日子，杨建的妻子小霞却是提心吊胆。几乎每一个有矿工的家庭，都曾经受过这样的焦虑和煎熬。

矿工家庭都有“贴福”的传统，也有用红布辟邪的习俗，那是矿工家人祈求全家平安的朴素方式。杨建的妻子就说过：“对我们来说，家人平安就是最大的幸福，在家不管挣多少钱，总比在矿上强。”

人们对煤矿的感情是多么复杂啊！

在贾汪，权台矿、旗山矿、韩桥矿的名头都很响。然而，贾汪的“黑”却燃“红”了大半个中国。在许多人的生命里，都有矿留下的历史印迹。有人甚至这样戏谑贾汪：“炭黑水黑人亦黑，乌鸦落在黑炭堆。孝子赶着绵羊过，走出贾汪也变色。”长期采煤严重破坏了徐州的生态，地面塌陷，灰尘横飞，“走进徐州府，先喝二两土。白天喝不够，晚上再来补”，成了徐州恶劣环境的真实写照。

在资源枯竭和生态破坏的双重压力下，徐州迎来了一拨关井潮。2016 年 10 月，随着旗山煤矿 6 个井口封闭，徐州城区再也没有可生产的矿井。无论是煤城徐州，还是靠煤吃饭的那十万多徐州人，都走到了“转折”的十字路口……

杨建们的转折点发生在 2010 年。那年，权台矿因透水被关闭。一座矿，如一个人，即使已经谢幕，仍能被人记住。一个人真正死去，是连记着他的人都死去的时候。一座矿也是如此，只要这世上有人记着它，它就会一直活着。

离开煤矿后，杨建回到家乡，开始栽种水果，从草莓到葡萄，从一个大棚到十几个大棚，从不懂技术到业务娴熟，从拜师学艺到成为师傅。

8 月份，杨建的葡萄园里果实累累，那一串串的绿葡萄，看上去赏心悦目，吃一口蜜一般甜。

离开煤矿后，杨建时常回忆那段“黢黑”却“单纯”的日子，脑海里飞快地闪现出矿上的那些过往。他清醒地意识到，煤矿曾经是徐州的骄傲，也是他的骄傲，不过那个时代已经落幕了。

生活在变。

权台煤矿因采煤造成的塌陷地，正在“化腐朽为神奇”。那曾是徐州面积最大、最严重的采煤塌陷区，那里荒野沟壑、满目疮痍，面积竟达 1.74 万亩。通过“宜耕则耕、宜渔则渔、宜建则建、宜生态则生态”的改造，不到三年时间，一个比云龙湖还要大 1.5 倍、国家 4A 级景区——潘安湖湿地公园——横空出世，成为徐州一颗璀璨的生态明珠。

2019 年 8 月 6 日，由恒大集团投资建设、占地约 230 亩、总投资 20 亿元的权台煤矿遗址创意园举行奠基仪式。这一创意园，以“用好煤资源、深挖煤文化、做透煤文章”为主旨，充分利用权台煤矿便捷的区位交通、优良的生态环境、完好的工业设备进行深度开发，着力打造集工业历史景观、科技博览、文创商业、运动休闲为一体的煤矿遗址创意园。建成后，将成为徐州“百年煤城”的历史见证和老工业基地转型升级的靓丽名片，将为加快潘安湖片区建设、推动贾汪高质量转型发展注入新的活力、增添强大动力。

权台煤矿遗址创意园作为“城市修补”的典型案例，与以马庄村为代表的“乡村振兴”，潘安湖国家湿地公园为代表的“生态修复”协同发展，可以说创新性地构建起“三位一体”发展新格局，潘安湖片区也将因创意园的建设，成为淮海经济区最具活力的旅游产业集聚区之一。

从骑着自行车上班，到开着小汽车进城，再到家门口多了个国家级景区，杨建见证了贾汪“蜕变”的全程。晚饭后，他喜欢带着家人去潘安湖边散散步，就像造访一位熟悉又陌生的老朋友。散着步，见到昔日的工友，他们热切地打着招呼，再问一句“吃过了吗”。

相较于过去，杨建说自己更喜欢现在的日子。

挺立的诗篇——韩桥矿和一种精神

工业化意义的煤炭开采，在徐州已经有 137 年历史。这一时长，既是徐州矿务集团的企业史，也是韩桥煤矿的生命史。是的，韩桥煤矿开启了徐州采煤工业的辉煌篇章。

137 年，是徐州“从无到有”的现代采煤业发展历史，也是煤炭“从有到无”的资源枯竭史。

从 1882 年 10 月 5 日正式设局兴办徐州煤铁矿到 2019 年，137 年，韩桥煤矿带着历史的风尘，跨过晚清、民国和新中国，一路艰辛地走到了今天！韩桥矿像一部章回体小说，为江苏煤矿、为中国煤矿书写着内涵丰富的章节。

让我们看看韩桥煤矿丰富的历史，了解它那丰富的资源吧。

韩桥煤矿的前身叫贾汪煤矿，是徐州矿务集团大型矿井之一。矿区位于徐州市东北部 38 公里，煤田面积 38.28 平方公里。矿区煤田成煤于上古生代石炭—二叠纪，煤藏丰富，自上而下为下石盒子组（夏桥系）、山西组（小湖系）和太原组（吞头系），共含煤 17 层，主采煤层 6 层，煤厚 8.1 米。

清光绪六年（1880 年）的一场大水，冲出了蕴藏在贾汪腹地的万年煤海，贾汪村民周勉等人在贾汪孙家林一带开挖土井取煤。两年后，洋务派首领左宗棠为加强海防，“拓增船炮大厂”，上奏光绪皇帝“请开江苏利国煤矿”，准奏立案。

清光绪八年（1882 年）八月二十四日，南京候补知府胡恩燮正式设局兴办徐州煤铁矿。1884 年，贾汪诞生第一座煤井，从此采煤成了贾汪的主业。

农谷大道一二三产融合发展示范区

韩桥作为一个煤矿不仅经历过漫漫岁月，前后还曾由几个不同国家的人担任矿长，在中国煤炭发展史上也是绝无仅有的。

民国元年（1912 年），胡恩燮的儿子胡国光将矿权转让给袁世凯的七弟袁世传。袁世传开凿了一、二、三号新井，扩大井型，使用机器排水提升，并筑轻便窄轨铁路至津浦铁路线的柳泉车站，营业渐始发达。

1927 年，国内战乱频仍，运销再次受阻，贾汪煤矿公司亏损严重，无力支撑，被迫与上海远记公司严惠宇订立代办合同，继续开四、五号新井两座，结果以未见煤而终止。经营不足三年，又因产销受挫再度停业。

1930 年，贾汪煤矿公司收回矿权，转交给刘鸿生财团。

1931 年，成立“华东煤矿股份有限公司”，在矿场西南开凿六、七号大井。

1938 年 2 月 6 日，德国商人卡尔受华东煤矿公司之聘，从汉口来贾汪担任矿长。

1938 年 10 月，侵华日军占领贾汪，日本人齐藤弼州担任了矿长，改矿名“柳泉炭矿”，相继开凿了夏桥北、南斜井，并将矿专用铁路改为宽轨，正式与津浦铁路连接。日本投降以后，徐季良以国民党经济部接受专员身份来矿接受，复名“华东煤矿公司”。

1948 年 11 月 8 日，贾汪解放，韩桥煤矿获得了新生。矿工们由过去的臭窑户变成了矿山的主人，从此在共产党的领导下，他们以主人翁的精神，投入到轰轰烈烈的社会主义革命和社会主义建设中，不仅形成了规模生产，还诞生了韩桥精神。

1949 年 10 月，韩桥三、四号井建成投产。

1953 年 1 月，成立贾汪矿务局，夏桥、韩桥两井随之扩大建制，改称夏桥煤矿和韩桥煤矿。

1959 年至 1960 年，夏桥、韩桥两矿开辟太原组煤层，先后开凿了夏桥三、四号立井和韩桥二号立井。

1964 年 4 月，夏桥、韩桥两矿合并，定名“贾汪煤矿”。同年 7 月，经上级批准改名“韩桥煤矿”。

“我是煤，我要燃烧！”著名诗人孙友田这句讴歌中国煤矿工人、成为煤矿工人精神象征的名言就出自韩桥矿。

新中国成立后的 70 年里，韩桥煤矿不仅生产出数千万吨煤炭，为国家的经济建设做出了贡献，而且还培养锻炼了一支特别能战斗的职工队伍，同时也输送了大批领导干部和技术骨干支援兄弟煤矿的生产建设。

20 世纪 50 年代，广大职工在生活条件和生活环境十分困难的情况下，大打矿山之仗，加快生产建设，使新中国成立初期奄奄一息的贾汪煤矿得到了较快的发展，成为徐州矿务局及江苏煤炭工业的发源地。在抗美援朝战争中，韩桥矿工主动为国家捐献“贾汪矿工号”战斗机一架，这在中国煤矿发展历史上也是可圈可点的。

60 年代，在中厚煤层基本采完，韩桥煤矿面临迁矿的关键时刻，他们不畏艰苦毅然提出向薄煤层进军，开始了打开太原组煤层的攻坚战，从而在贾汪站稳了脚跟……

70 年代，在只有六七十厘米高的极薄煤层里，韩桥矿工趴着攉炭，跪着打眼，弓腰蹭顶板，干活时就像在床肚下一样，必须弯腰弓背，脊梁顶在石头上，膝盖磨成茧。按规定，每天工作 8 小时，可实际上远远不止，早出晚归，“两头不见太阳”。他们艰苦奋斗，生产上创出了“百日红”“千日红”，建成了“大庆式企业”，名扬全国，成为中国煤矿企业的一面旗帜。“学大庆，赶韩桥”成为当时中国煤矿职工使用最多的语言。

80 年代，面对两次重大事故的沉重打击，韩桥矿工不退缩、不畏难，坚守岗位，搞好生产，使煤炭产量始终稳定在 100 万吨以上。韩桥出产的煤，质量相当好，业内人俗称“肥煤”。

在那个菜里少油的年代，“肥”是一个多么令人怦然心动的词，又是一个多么令人神往的状态。肥差、肥缺的“肥”字用来形容煤，也许是徐州矿工的一个创造。上海、苏南的许多企业，多年来认定了徐州的煤，如同认可了徐州的人一样，他们“只烧徐州煤”。

激情燃烧的岁月，干劲沸腾的矿山，工友们迸发出惊天动地的干劲，他们参与组织“百日红”劳动竞赛，全国闻名，各行各业都来学习，“学大庆，赶韩桥”一时成为中国矿工的口号。而开表彰大会时，发一条毛巾，发一个茶杯，都能让劳动能手们高兴几天。

周梅森的文学梦也是在深深的矿井里萌发的。他不是土生土长的贾汪人，不满一岁时随父母从扬州来到徐州，初中一年级就以半工半读的名义进入了矿工行列，17岁高中没毕业就留在煤矿做了机械工。那时，周家6口人都生活在煤矿，家中的家具全是向矿上租用的，大床8分钱，小床4分钱，家里窗台上永远积着厚厚的煤尘，地上不用说也是煤尘。

离开煤矿的时刻，周梅森记得非常清楚，那是1979年的11月，《青春》杂志刚刚创刊，编辑人才十分缺乏，他被临时抽调到杂志社当了一名文学编辑。

1983年，周梅森27岁，他在《花城》发表了成名作《沉沦的土地》。又过了五年，江苏省作协把他调过去做了专业作家，从此真正实现了他的文学梦。周梅森的作品也一直以反映这个时代的巨大变化和深刻的矛盾为重要内容。

1996年，对韩桥矿来说绝对是个转折点，东南亚金融危机波及煤矿业，煤卖不出去，只能堆在厂里自燃。

2001年11月23日，这是一个令韩桥人没齿难忘的日子。这一天，矿井宣布关闭，5000多名职工分别以提退、退养、结算、移交、留守等方式进行分解。旋转了120多年的天轮，终于停下了它那疲惫的脚步，却在矿工心里引发了“地震”。

但是，这座引领风骚数百年的煤矿绝不会就此消失。当年赫赫有名的煤矿，留下了一座办公大楼，成了周梅森文学馆。看来，周梅森和贾汪煤矿的缘分未尽。

说起这座办公大楼，还有两段佳话。

韩桥煤矿的办公大楼建于20世纪30年代末，为砖石结构，木楼梯、木地板。1948年11月8日，淮海战役打到了关键时刻。也就是在这幢楼里，中共地下党员、国民党第三绥靖区副司令张克侠、何基沣两位将军，率59军、77军的两万三千多人举行了著名的贾汪起义，为淮海战役第一阶段的胜利立了首功。1982年，长春电影制片厂根据这一故事拍摄了电影《佩剑将军》。1991年10月，徐州市人民政府在此立碑“国民党第三绥靖区部队起义旧址”以示纪念。

后来，这座大楼又迎来了李雪健、刘威等一批电影明星，他们在这里拍摄电影《飞虎队》。在这部讲述铁道游击队英勇事迹的电影里，李雪健饰演王强。

牢记使命，不忘初心。

韩桥矿作为贾汪煤矿的龙头，矿区内工业遗存丰富。贾汪对韩桥矿旧址、夏桥矿区范围内11处文物建筑进行了保护修缮，包括国民党部队起义旧址（夏桥办公楼）、一号井井架、老烟囱、三号井井架、三号井绞车房、二号井绞车房、二号井井架、民国水塔、碉堡（两座）、石砌老围墙等。

贾汪还在韩桥煤矿旧址打造历史文化陈列馆，展陈初步拟定5个板块，分别为古代贾汪、百年煤城、红色记忆、华丽转身、文物非遗。贾汪还将在夏桥原矿区内建设工业遗产文化园，重点采用陈列展厅、室内外展场、展示与观光相结合的方法，向公众展示徐州韩桥煤矿旧址作为工业遗产的文化内涵。

韩桥煤矿见证了近代煤矿工业的发展，曾是地区国民经济的支柱，为国家的建设提供了宝贵的能源供给，做出过巨大贡献，也曾是当地人赖以谋生的源泉。

在创造巨大物质财富的同时，也创造了取之不竭的精神财富。后来成为诗人的矿工孙友田 1957 年来报到时，一眼就被高高耸立的井架吸引，由衷地赞道：“那挺立的是诗，那闪光的是诗！”

在第三次全国文物普查期间，韩桥煤矿旧址作为近现代工业遗产类不可移动文物，入选为“江苏省全国第三次不可移动文物普查十大新发现”。2011 年 12 月 19 日，韩桥煤矿旧址被江苏省政府公布为江苏省文物保护单位。

贾汪区社会福利中心

贾汪韩桥煤矿旧址，作为我国近现代工业遗产类不可移动文物，它所保存的工业遗址、历史建筑数量之多，保存状况之好，是同类工业遗址中的典型代表，具有很高的历史和文化价值，唤醒了人们心灵深处燃烧的记忆……

浮云游子意——周梅森和百里煤海

“你要发现一个民族或者一座城市最关键和最隐秘之处，却永远不能通过书本；同时，即使你整天四处游逛，也永远不能获得；而是始终只能通过这个民族或这座城市最优秀的人物。你要了解民族和乡土之间的真正关联，唯有从你和活着的人的思想和友谊中获得，一切从外部的观察始终是一幅不真实的粗略图像。”这段话出现在《昨日的世界》里，奥地利作家斯蒂芬·茨威格又一次俘获了我的心——第一次是因为《一个陌生女人的来信》。

这么看来，“读万卷书行万里路”尚不够，你还要接触这个城市的优秀人物，获得友谊，获得思想。

这么说来，我们的初冬足够幸运。整整一个月，我们都在家乡的土地上行走——看湿地，登青山。整整一个月，我们都与这座城市最优秀的人物交谈，足接地气，头顶苍天。

因为书写家乡，我们被黄河故道感染。黄河走了，留下了湿地，旷达着睢宁的房湾与丰县的二坝。因为参加会议，我们被海边滩涂打动。黄海退了，留下了滩涂，活跃着麋鹿与丹顶鹤。

徐州开始供暖之时，去盐城参加一个创作会议。

刚刚经历过一座城市的一次大降温，踏上另一座城，却温暖如春。没出发时抱怨着没有高铁可达目的地，走进另一座城，却和好如初。

当我们走进大丰知青农场，眼泪止不住地流下来，完全无法自控。我们没有知青身份，家人也没有“下放”的经历。我们的泪水，为粗砾的青春而流，为质朴的卓越而流。在馆内，看到舒婷的一首诗，觉得好，于是我与诗歌合影。“我绝不申诉，我个人的遭遇”，舒婷的诗歌这样开头。我把这张照片发到微信上，文友们说真有力量。

为知青的青春，我们需唱一首颂歌，悠长而激昂。为《红楼梦》的青春，我们需唱一首挽歌，急促而忧伤。

会议间隙，《盐城晚报》的记者采访了我。采访者本人就是江苏省作协会员，思维敏捷，见识多广，他的问题来得快，我的回答也直爽。次日看到报纸，我才发现，原来受访的五位作家，只有我看着小说写散文：“五位受访作家中，周淑娟的身份有些特殊，她不写小说，却长年研究中国最优秀的小说《红楼梦》。在周淑娟眼里，《红楼梦》不仅仅是家族的挽歌，还是青春的挽歌。”而“他”，当然在受访者之列。他是从徐州走出去的徐州人，对家乡有很深的感情，写过诸多有影响的反腐小说。

2015 年 12 月初，参加苏北作家创作会议后我写过一篇文章，题目是《海退了，人来了》，发表于 2015 年 12 月 10 日的《盐城晚报》。文中提到的第一个“他”，就是徐州籍作家周梅森。

我们记得很清楚，在座谈会上，他说作家要出精品，就要戒浮躁、除功利，深入人物内心，沉下去体验生活。在外出采风时，有机会他就和徐州作家走在一起，关心地询问徐州作家的创作现状和徐州文学现象。

多年前，我们在自己居住的小区里经常能见到从南京回徐的他，很朴素、很实在的一个人。虽然知道他是名作家，并且早就读过他的作品，以我害羞和内敛的性格，我也从没过去打招呼，套近乎。

那次在盐城，我们是第一次真正接近他，了解他。他是从徐州走出去的著名作家，对家乡有很深的感情，也帮助过徐州的老作家，这点给我们的印象特别深刻，让我们感动了好多年。

和好，爱好，美好……这些字眼，是我们和自己、和世界、和人们的关系——受到创作会议和优秀人物的感染和启迪。

我们已经不再如“初”，我们发现了自己的“短”，突破了心理瓶颈，克服了恐惧心理，从此不再“筛选”，也无须“逃避”——更是我们此行的收获。

而这，应该感谢作家周梅森。

贾汪的煤矿工人、《青春》杂志的编辑、省作协的专业作家、闻名全国的当代作家……周梅森本人的经历值得大书特书。他的人生如同一列火车，不断转弯，他的写作和写作风格也始终在变化中。

从早期的“新历史”写作到后来的现实主义写作，周梅森的创作风格始终在变化。而他对中国社会发展变化的理解，在不同行业闯荡的经历，又使得《人间正道》《人民的名义》等长篇小说力度毕现。

除了在徐州出生、成长外，周梅森和徐州还另有渊源。不要忘了，他曾在徐州市人民政府挂职任副秘书长。

那是 1992 年，徐州集资修建三环路。作为一个地级市，为了城市发展，率先修建三环路，是很有远见的。只是当时的徐州还比较闭塞，老百姓对修路的意义不大了解，不满情绪弥漫。

周梅森回徐州，有些不满的人也来找他倾诉。他的写作和改革开放密不可分，对改革怀有真实的感情，觉得修路是好事，能改善交通，带动城市整体发展。

贾汪区科教创新区

不久，他接到邀请，到徐州市人民政府挂职当副秘书长。那一年，他 38 岁。在家乡挂职的经历，改变了他对官场和官员的看法，也改变了他的文学创作走向。

一年多的时间里，他亲身体验了在陈旧意识阻挠下的基层官员坚持做事是多么不容易，也看到了在复杂利益阻拦下的地方改革是如何艰难进行的，他对官场和官员的看法发生了根本改变。挂职锻炼中，他受到启发，希望能在小说中反映官员真实的状况，塑造一些好的官员形象。不得不说，《人间正道》和《人民的名义》要感谢徐州这片土地。

周梅森是徐州贾汪人，徐州人和贾汪人都以他为荣，视他为骄傲，周梅森影视文学艺术馆应运而生。

2018 年深秋，我们去贾汪卧龙泉风景区采访时，那里正打算修建周梅森影视文学艺术馆。2019 年夏天，我问胡军英大姐艺术馆开馆了吗？胡大姐说，估计要等到 2019 年国庆节。她给我发过来一张明信片的截图，上面写着周梅森影视文学艺术馆的介绍：

周梅森影视文学艺术馆坐落在江苏省徐州市贾汪区卧龙泉抗战景区内，景区占地 1000 余亩，内有 20 多处景点，其中运河支队抗日纪念馆、徐州会战纪念馆等红色文化场馆独具魅力。

徐州贾汪物华天宝，人杰地灵，英雄辈出。1956 年出生的周梅森在徐州贾汪度过了他的童年和少年。他是中国当代著名作家、中国政治小说第一人、中国最具品牌效应的编剧，被誉为“政治片”和“反腐剧”掌门人，他的多部文学作品被改编成影视作品，其中电视剧《人民的名义》引起全国轰动并风靡世界。

周梅森影视文学艺术馆将集中展示周梅森的影视和文学艺术作品，同时有周梅森影视放映厅、周梅森学术报告厅等配套设施。周梅森是时代的骄子，他是中国文学事业的骄傲，也是徐州人民的骄傲！

贾汪卧龙泉有座周梅森影视文学艺术馆，贾汪韩桥矿旧址里也有一座周梅森文学馆。

从贾汪区韩桥矿的一名矿工成长为专业作家，从名不见经传的一个文学爱好者到名字如雷贯耳的著名作家，周梅森用 40 年时光书写着小说，大写了自己。

“我提着简单的行李离开徐州贾汪韩桥煤矿，登上了驶往南京的火车。那时根本没想过要在南京安家，以为只是一次正常的出差，过不了多久总要回来的。不曾想，一去南京竟决定性地改变了我的人生走向，让我彻底告别了自己的矿工生涯，就此踏上了职业写作之路。”提起当初离开徐州的情形，周梅森这样对媒体说。

站在站台上，不对，应该是月台上——大文豪在小说里不断写到的月台上，周梅森感慨万千。如今，他还在徐州的土地上，几小时后，他就能到达南京，就是《青春》杂志的一名编辑了。前面等着他的会是什么呢？不论怎样，他都要把杂志社当作大学，在那里好好地学习写作。回首来路，那些困厄的记忆伴随着希望一起向他袭来。

1978 年，周梅森 22 岁，正是人生最好的岁月，他在贾汪韩桥煤矿当了一名机械工人。皮带运输机的巨大噪音震坏了周梅森的耳朵，药物的不良反应给他的耳朵留下了后遗症。如果你有机会见到他，你会发现他的耳朵上戴着助听器。

工作环境艰苦，居住环境艰辛，生活处境艰难，但这些都没挡住他的文学梦。深深的矿井，藏着资源的富矿，也藏着文学的富矿。

他的文学启蒙是什么？创作冲动又在哪里？周梅森清楚地记得，源于一件事、一本书、一句话。

幸运的是，年轻时远离城市的他得到过一本残缺的《巴尔扎克传》。阅读中，周梅森看到了“你用剑征服世界，我将用笔征服世界”这句话，那是巴尔扎克写在拿破仑像下的一句话。突然间醍醐灌顶，周梅森的创作热情无法阻挡地燃烧起来了。第一次，他拿起笔开始尝试写作。第一部习作，就是长篇小说《煤乡怒火》。工友们争相传阅，震撼一时。徐州作家李其珠是周梅森在煤矿工作时的文友，提起当时的情形依然唏嘘不已，就连那远去的青春活力似乎都回来了。

“文学创作对当时的徐州来说，简直是个笑话。都说那小子疯了，居然把人生目标定在巴尔扎克身上，不好好学技术，整天想着写东西，是不务正业。创作之初，发表作品绝不是个简单的事情，只听工友们经常喊我的名字，那是稿子一篇篇被退了回来。”周梅森的经历，不是个例。几乎每个写作的人，都经历过一次次的退稿，或这样那样的嘲弄。而“不务正业”，对于业余写作的人来说已经算是比较好听的“罪名”了。

据说，时隔多年，矿里的领导每次见到周梅森都要表示愧疚，说他们当初没有安排好他的写作和工作，以至于委屈了他这么多年。更为传奇的是，煤矿关闭后留下的一座办公大楼，现在成了周梅森文学馆。这座文学馆和卧龙泉风景区的文学馆一起，记载着家乡的成全和乡人的宽厚。

《人民的名义》《中国制造》《国殇》《军歌》《大捷》《国家公诉》《绝对权力》《梦想与疯狂》等中长篇小说……

《周梅森文集》《周梅森政治小说读本》《周梅森反腐小说精品》等文集……

《人民的名义》《人间正道》《忠诚》《我主沉浮》《我本英雄》等电视连续剧……

全国优秀中篇小说奖、国家图书奖、中国电视剧飞天奖和金鹰奖、澳门国际影视最佳编剧奖、互联网时代最具影响力影视作品奖、工匠中国 2017 年度影视最佳编剧大奖、金数据影视大奖、华语原创小说 2017 年最受欢迎作品大奖、中国数字阅读大奖、新浪微博最具影响力作品奖等奖项……

英语、法语、德语、俄语、日语、西班牙语、阿拉伯语等 23 种语言翻译出版的作品在海外发行……

这个作家是谁？周梅森。

因为文学，周梅森走出了徐州。而走出徐州的周梅森，在文学道路上走得越来越远，对徐州的感情也越来越深。

每个人的人生，都有几个重要的转折点。离开徐州到南京去，是周梅森人生的一个转折点。政治小说的书写和拍摄，是他人生的另外一个转折点。

1995年，他的第一部政治小说《人间正道》发表，受到广泛关注。此后，一发而不可收。因《中国制造》《绝对权力》《至高利益》《国家公诉》《梦想与疯狂》《人民的名义》等长篇小说的问世，周梅森被誉为“中国政治小说第一人”。值得注意的是，他的这类题材的作品几乎全被改编为电视连续剧热播，形成收视热潮。

如今，家乡人民正期待着电视连续剧《人民的财产》播出。而这，就是最深的祝福，最美的信任。

又踏层峰望眼开——冯兴振和徐矿集团

人开了矿，矿养了人。人和矿，就这样互相供养了一代又一代。等到矿关了，人走了，一代人的故事也行将落幕了。

韩桥矿、夏桥矿、董庄矿、权台矿……我们走过一座座关闭了的矿井，看着一个个高耸而落寞的井架，一切已然结束。殊不知，在破败中，在荒凉中，有新的矿藏正在这片土地上形成。那是又一座富矿——关于精神、关于文化、关于传承；关于坚守、关于担当、关于情怀。

时间倒转到2017年上半年。随着煤炭黄金十年的结束，加上煤炭资源枯竭、历史负担沉重以及企业内部管理等因素叠加，曾经创造过无数辉煌的百年徐矿，一度陷入了大局不稳、路子不清、发展不前、矛盾重重、人心涣散的艰难困境。

徐矿集团总部

百年徐矿怎么了？

4万矿工怎么办！

2017年6月，时任徐州市副市长的冯兴振临危受命，赴任徐矿集团党委副书记、副董事长。

大局怎么稳、困局怎么破、路子怎么走、人心怎么聚、规矩怎么立？在经过大量的走访调研后，冯兴振直面问题痛处，向全体干部职工发出了“五问”。答好这“五问”既是突围良方，也是转型之策。

历经500天，当初步走出困境后，冯兴振回忆起上任时的徐矿集团，觉得那就是“一艘在大海里迷失了航向的大船”——风急浪陡，船体破旧，航向不明，船上人心惶惶，大船随时有倾覆的危险。

在敢担事能干事的人面前，任何语言都是多余的，也是苍白的。冯兴振虽然不是矿区人，对煤矿、对矿工却要比矿区人还要有感情。

他没在矿区出生、长大，却在矿区留下了坚实的脚印。上任后的500天里，他和班子成员一起带领4万徐矿人，以满怀对党的忠诚举旗定向，坚持稳中求进总基调，稳定了大局；以满眼都是资源的理念经营企业，实施“五血疗法”，扭转了困局；以满满的正能量凝聚了人心，深入开展“走访转”，找到了新路；以满腔家国情怀造福职工，建设“家文化”，改善了民生；以满眼都是人才的理念培养人才，做到人人是人才、人人可成才、人人能成才，锻炼了队伍。

2019年，又是一个春天。

经过4万名干部职工500天的拼搏奋斗，徐矿这艘迷航的大船终于修正了航向，修复了船身，调整了身姿，一步步加大了马力，冲出了险隘突出了重围，驶向更为广阔的海洋，以沉甸甸的业绩，答好了“五问”，向上级和职工交上一份满意的答卷。2017年6月到2018年底的500天里，集团实际创造经营利润42亿元，补还历史欠账27.65亿元后，实现利润14.35亿元；上缴税费40.87亿元，同口径同比增长33.43%。2019年第一季度它生产原煤841万吨、甲醇21万吨，发电21亿千瓦时；实现利润2.78亿元，同比增长32%；上缴税费9.39亿元，同比增加1.87亿元，增幅24.87%。

“一举扭转了多年的亏损，稳定了大局、走出了困局、开启了新局。”冯兴振目光从容而坚毅。此时，他已经荣任徐矿集团党委书记、董事长。

我们听过冯兴振做报告，也看过他的文学作品。

作为作家的冯兴振，情感真挚而丰沛，对人有着真诚的关注和表现。他获中国散文华表奖特等奖的作品《母亲》，打动了天下多少儿女和母亲！作为国企掌门人的冯兴振，敢于担当，思维敏捷，思路清晰，又兼具了作家对人的关注和深深的情怀，在工作中善于做人的工作。

所以，你听他做报告，就会觉得这个人会总结，一二三四五，条理清晰，富有逻辑。此其一；其二，会觉得这个人会鼓劲，满满正能量，讲目标讲得清晰，讲路径讲得具象，讲成功讲得动人；其三，会觉得这个人家国情怀特别重，字里行间饱含着对矿工、对产业工人深深的关爱之情，让人特别温暖、特别受感染。

从徐州市副市长到徐矿集团副董事长，再到徐矿集团董事长，冯兴振一直关心着文学，也在文学的关注下。因为文学的因缘，我们和他长期交流，既听他谈文学谈企业，也听他谈涅槃谈振兴。

他是“煤”，蕴藏着无穷能量；他是“火”，温暖着 4 万矿工；他是“光”，照亮了转型之路。他临危受命，力挽狂澜，一举扭转多年亏损局面，2018 年又取得丰硕成果，徐矿荣登全球能源企业竞争力 500 强、煤炭企业竞争力 30 强榜单。

他带领百年徐矿，确立“一体两翼”战略路径，在海内外布局了“六大能源”基地，彭城大地、天山南北、渭水河畔、“一带一路”沿线，高质量发展捷报频传。弹指一挥 500 天，百年煤企换新颜。当前，徐矿正在从稳下来走出来向好起来强起来稳健迈进。

这是徐州这座城市给他的颁奖词——2018 年，他光荣当选为第三届“徐州经济年度人物”。

那么，他们是怎样走出了一条困境突围、转型重生的新路子？

说起与 4 万职工一起走过的 500 天，一起奋斗的 500 天，冯兴振感慨万千。在企业最为艰难的历史关口，新的领导班子以强烈的责任担当和为民情怀，奋力推进企业在困境中突围，发展在困难中破局，产业在调整中聚焦，党建在加强中提升，民生在发展中改善，高质量发展取得阶段性成效，破解了行业难题，创出了全国“样本”，开辟了一条独具徐矿特色的“困境突围、转型重生”之路。

现在，我们看看徐矿集团给出了什么样的答案。

问：矿关了，人怎么办？

答：把“包袱”变成财富，服务外包安置职工近万人。

矿虽然关了，但品牌还在，技术还在，管理经验还在。徐矿集团充分发挥“百年徐矿”的品牌、技术、人才等优势，把“包袱”变成财富，开展以技术和管理为主的服务外包产业，推进徐矿向能源综合服务商迈进。

目前，徐矿集团拥有境内外煤矿服务外包和电力运维项目 29 个，安置职工近万人，年生产煤炭近 2500 万吨。2018 年服务外包收入达 15.8 亿元，近 1/3 的托管矿井通过国家一级安全生产标准化验收，成为高质量发展的新经济增长极。

除布局国内的富煤省区外，徐矿服务外包的脚步还迈向“一带一路”沿线国家，先后取得孟加拉国第三期 2.6 亿美元煤矿外包项目和总价 7800 万美元的土耳其波亚克煤矿项目。

问：人走了，井怎么办？

答：盘活资源，变采煤基地为金山银山。

2018 年以来，华为、中国电信、中国移动、中国联通等公司陆续入驻徐矿集团建设的淮海大数据中心。未来，这里将建成淮海经济区的“智慧中枢”。

淮海大数据产业园项目，利用徐州矿务集团庞庄煤矿关闭后的闲置土地建设。目前一期工程已建成可容纳 3000 余机柜的新型数据中心，主要向徐州市及淮海经济区提供数据存储、灾备、计算、分析等信息化服务。

32 岁的武家龙，人生的“转折”来得稍晚些。2011 年大学毕业后，他进入徐矿集团庞庄煤矿做机电方面的工作。2015 年起，这个靠近徐州市区的煤矿，煤炭资源日渐枯竭，开始走下坡路，单位效益越来越差。上有老下有小的武家龙寻思着找一条新出路。凭借之前的专业，他进入了庞庄矿内的华美电厂，2017 年 10 月又被调到了淮海大数据中心，负责数据中心基础设施的维护。

淮海大数据产业园是徐矿集团产业转型的尝试，面向徐州以及淮海经济区提供数据存储、计算、分析等信息化服务。和其他的数据中心相比，最大的优势在于供电，华美电厂提供 40% 的电能，大大降低了机房的用电损耗。

尽管仍从事和电力相关的工作，但弱电和大数据的控制程序是武家龙从未接触过的。面对职业新挑战，他跟着同事学习，去厂家培训，一步步积累，才慢慢了解。

这是武家龙转岗的第五年，但他接触到的新知识比以往多得多。他回忆说，以前从事体力劳动，每天人上井后就很累了，没有心思关注外面的世界，空闲的时候，就和工友拼拼酒，聊来聊去，也全是矿上那点事儿。现在的他很有紧迫感，每天下班回到家，人再累也要翻几页书，这样心里才会觉得踏实。工作之余，他还开始研究区块链，开始思考努力的方向，也更喜欢自己现在的样子。

抢抓徐州建设淮海经济区中心城市的战略机遇，积极融入地方发展服务地方发展并从地方发展中获益，这是百年徐矿在今天的过人之处。2017 年 6 月，国务院正式批复徐州市城市总体规划，明确了徐州淮海经济区中心城市的定位。徐矿集团因应时势发展，很快确定了企业发展的战略思想，盘活采煤塌陷地、铁路、电网等存量资源，努力把衰败的采煤塌陷地变成绿水青山和金山银山。

为此，徐矿集团相继与徐州市及徐州经济技术开发区、贾汪区、泉山区、沛县等市县合作，开展生态修复、土地整理、采煤塌陷地治理等，建设潘安湖、九里湖、安国湖三大湿地，把采煤塌陷地变成绿水青山，成为生态建设新亮点。其中，潘安湖生态旅游小镇项目规划已完成。一个又一个合作项目，正在演绎着“化腐朽为神奇”的新传奇，为衰老矿区转型提供了“徐矿样本”。

问：煤没了，产业怎么办？

答：布局“六大基地”，保障江苏能源安全。

他们坚守回归主业、聚焦主业，干自己能够干、应该干、干得好的事。天山公司成为新疆最大的井工煤矿，锡盟煤电一体化项目获批，晋焦入苏签订合作协议，位于北疆的赛尔能源公司红山煤矿项目通过国家能源局项目核准……徐矿集团喜讯不断。是的，这些公司都是徐矿集团的。

江苏是经济强省、能源需求大省，能源对外依存度高，而徐矿是江苏唯一的省属能源实体企业，历史上为服务江苏能源保障立下汗马功劳。作为江苏唯一的煤炭基地，徐州的煤炭工业盛极一时，大大小小的煤矿星罗棋布，最鼎盛时矿工超过 10 万人。这里 80% 以上的煤炭供应苏南和华东地区，仅徐矿集团调往苏南的原煤就达 4.14 亿吨。与多数资源型城市的生长路径相似，煤炭产业无可置疑地成为徐州的支柱产业。伴随着煤炭资源的逐渐枯竭，一个更大的问题摆在徐矿人面前：煤没了，江苏的能源安全如何保障？这不仅关乎徐矿的生死存亡，更关乎全省能源安全。

蒙电送苏、陕电送苏、晋焦入苏、新疆煤电一体化、一带一路能源服务和省内清洁能源……这不是痴人说梦，这是徐矿集团根据“一体两翼”发展战略要求，聚焦煤电化核心主业，放眼全国能源大基地和“一带一路”沿线国家而进行的布局和建设。

经过不懈努力，“六大能源基地”逐步形成煤炭产能5000万吨/年、电力装机容量2000万千瓦、焦炭入苏1000万吨/年，成为江苏能源安全保障的主力军。

打造省际能源合作平台，加快建设国际化特大型省属能源集团，为江苏能源安全提供“徐矿保障”……看来，这条路走对了，这条路仍很长。

企业有了效益首先想到的是职工，这是冯兴振最大的为民情怀。他在到任之初就鲜明提出把让全体徐矿人都能过上好日子作为不懈追求，他是这样说的，也是这样做的，他大力倡导和建设“家文化”，倾情做好底线、基本、质量“三大民生”，倾情关注特困家庭、弱势群体、困难职工“三大群体”，尽力办好涨工资、提待遇、美环境“三件大事”，2017职工工资恢复性增长了35%，2018年又增长了15%。时隔两年，再到徐矿，再看徐矿人，满脸洋溢的都是幸福的微笑。

涅槃，重生，转型。百年徐矿焕发出了青春活力。

向外，向上，向高。今日徐矿迸发出了澎湃动力。

大担当，大格局。

大手笔，大写意。

大情怀，大民生。

坚守、担当、情怀，冯兴振最真实写照；过上好日子，发展高质量，冯兴振最朴实的追求，也是他唯一不变的初心使命！

我们透过百年徐矿蜿蜒却清晰的足迹，透过百年徐矿庞大而灵动的身躯，透过百年徐矿清新而有力的呼吸，看到了他铿然前行的身姿，在新时代的天空下，那么自信，那么矫健，那么自豪！

彩笔干气象

——贾汪真旺

“我在马庄买了一个很漂亮的有特殊味道的香包挂在书包上。这里的人们都很和蔼，风景也很漂亮，很愿意将徐州推荐给朋友。”联合国日内瓦办事处信息系统官员鲁本·吉伦说。

贾汪换了个新“发动机”

砰！

刚走出罐笼没几步，一名矿工便听到身后传来了巨大的爆炸声。惊恐中回头望去，贾汪区岗子村5副井井筒浓烟滚滚。

这一天是2001年7月22日。

此时，上完夜班的矿工刚刚升井，早班矿工正在作业。深井之下，有他的100多位工友。

这一声巨响，带走了92条生命。

这场特大矿难之后，贾汪区的250多座矿井开始陆续关停。

贾汪的煤矿开采始于1882年。全区煤炭探明储量4.68亿吨，高峰期大、中、小矿井近500对，年产煤炭1400万吨，贡献了贾汪超过80%的财政收入。至2007年底，全区范围内累计开采煤炭约3.6亿吨，价值1080亿元，为江苏乃至全国经济建设做出了重要贡献。和众多资源型城市一样，当煤矿完成它的历史使命之后，不得不面临资源枯竭

山水新城

的严峻现实。

煤炭资源枯竭，不仅地方财政吃紧，很多人的财路因此中断，那些采煤的、洗煤的、运煤的、卖煤的……还有依附在矿业链条上的很多人，比如在矿区开饭店的、开发廊的、开洗衣店的……严峻的经济形势背后是同样严峻的生态环境、社会环境、治安环境。

贾汪怎么办？

贾汪人怎么办？

2008 年，贾汪区随徐州市迎来了转型发展的一次机遇。这一年，江苏省委、省政府决心像国家支持东北老工业基地振兴一样，扶持徐州老工业基地全面振兴。省里出台了《关于加快振兴徐州老工业基地的意见》，并配套了实施方案，指导徐州发展装备制造业、食品及农副产品加工业、能源产业、商贸物流旅游业四大主导产业。

次年，徐州市区的一些企业开始外迁。渴望重振经济的贾汪区，有一种“捡到篮里就是菜”的急迫，有一种饥不择食的恐慌，便竭力把这些企业往辖区内招引。这样，一些高污染、高耗能的钢铁、化工、焦化企业陆续进驻了徐州工业园。

徐州工业园的前身是贾汪经济开发区，就是在“7·22”特大矿难那年建成的。矿难逼迫贾汪开始思考转型发展，产业从地下转向地上。

为开办徐州工业园区，贾汪区匆匆划了一片4平方公里的地方，路还没来得及修好就开了园。

“都是荒地，还有野鸡飞来飞去，风一吹，满面灰土。”冯思学是第一批到园区管委会工作的五位员工之一。刚上班的他还领到了一块塑料布，刚开始不解，直到一次下雨，领导让大家拿出塑料布来盖办公桌。

两张办公桌容不下五个人办公，大家就轮流坐办公室，没有工位的人出去跑业务。园区招引来的第一个项目是连云港的一家化工企业，因为老板是徐州人。靠着“亲情牌”，再加上各种优惠政策，园区算是开了张。

“当时招商引资，贾汪没什么优势，苏南的企业大都不愿意到苏北来，投资300万元的就算是大项目。”冯思学每次去招商，即便遇到愿意到徐州投资的，也都是首选市区的其他工业园区。那些园区建得比贾汪早，硬件环境好，产业配套齐全。

没办法，工作人员就天南海北地跑，包着揣着一本企业名录，然后一家家地去敲门拜访。园区工作人员李丽娜2008年在浙江温州待了一整年，跟两三个同事组成一个招商小分队，自己租房子做饭，往返贾汪只能坐大巴，单程就得 12 个小时以上。一年下来，李丽娜所在的小分队只招到一个项目。派往无锡、上海等地的小分队，也陆续招进来一些项目。

2009 年，贾汪区的地区生产总值达到 108.6 亿元，同比增长 14.5%，几乎是 2001 年的两倍。但若干年后回头看，贾汪人也反思：这次转型是被动的、不彻底的，产业发展也是无序的、无选择的，上了一批污染型重工业，留下了发展隐患。

2011 年，贾汪真正迎来了具有历史性转折性的机遇。

当年 11 月 11 日，全国第三批资源枯竭城市名单出炉，贾汪名列其中。随后不到一年的时间，江苏省政府出台了关于支持徐州市贾汪区资源枯竭城市转型发展的意见，从产业发展到财税金融，从土地利用和环境治理到民生和社会发展，一项项实打实的政策举措助力贾汪区转型发展。

机遇稍纵即逝却也垂青那些有所准备的地方和有备而来的人。

贾汪区迎着国家、省、市政策扶持的东风，将产业转型作为发展的重中之重，大力发展新兴产业，奏响了产业强区最强音。

徐州工业园区作为贾汪区招商引资、产业发展的主阵地，近年来先后投入 200 亿元，实施采煤塌陷地整治工程，拆除废旧厂房 20 余家，并通过半年的时间，建成了标准化厂房 100 万平方米，新建道路 20 条，迅速实现了原塌陷地块道路、雨水、污水、电力等“九通一平”，尽园区所能为优质企业入驻提供基础设施与公共服务。

贾汪区以园区建设为突破口，加速新旧动能转换，积极培育新兴产业，腾笼换鸟，推动园区扩容提质、扩能增效、扩量提速，工业园区成为全市变化最大、提升最快、最具竞争力的开发区，更成为贾汪区经济发展的发动机。

2012 年，徐州工业园区共获批 7 家高新技术企业，并建成了首家博士后工作站。

2013 年，工业园区新增 5 家国家级高新技术企业。

2016 年，园区新增国家级高新技术企业 22 家，实现高新技术和战略新兴产业产值 240 亿元……随着大量优质项目的进驻，园区前期投入资金已基本收回，并逐渐形成了以高端装备制造、新能源汽车、新能源、新材料和装配式建筑为核心的“1+4”主导产业格局。

2017 年，贾汪首次跻身全国投资潜力百强区。在全国 67 个资源枯竭型城市转型考核中，贾汪区综合排名第五。

2018 年 4 月 2 日上午，贾汪区在徐州工业园区举行 2018 年重大产业项目集中开工仪式。当天集中开工的装配式建筑制造、装配式建筑产业基地及智能家居、新型建筑材料等 12 个项目，总投资额 79 亿元，涵盖了智能制造、先进材料、新能源等诸多行业。其中作为主导产业的装配式建筑产业项目就占了 4 个，分别是：弘仁装配式建筑项目，总投资 5 亿元，投产后可实现年销售收入 4.5 亿元。美的集团装配式建筑产业基地项目，由世界 500 强企业美的集团投资 12 亿元建设，投产后可年产 150 万平方米 PC 构件及 10 万套智能家居，年销售额超 10 亿元。中建科技装配式建筑基地项目，总投资 10 亿元，投产后预计年产值不低于 100 亿元。江苏金陵建工现代建筑产业园项目，总投资 5 亿元，含外资 1000 万美元，投产后可实现年销售收入超 10 亿元。这些项目建成投产后，年销售额将突破 100 亿元，并向 300 亿元级产业迈进，装配式建筑产业将在贾汪形成产业发展集群，贾汪区也将成为淮海经济区装配式建筑产业的新高地。

他造的车是“绿色的”

2001 年的那一场矿难，改变了许多人的命运。矿主鹿守光是其中的一位。

鹿守光的矿也被关停了，一年 100 多万元的利润随着那一声爆炸响烟消云散。没了矿的鹿守光，跟开始关停矿井的贾汪区一样，人生不得不进入另一个跑道。

当然，每一个能够从灾难中奋起、能够重新抖擞精神的人，命运一般都不会太差。

鹿守光先是尝试养奶牛。但他既没有畜牧业的相关知识和技能，也没有找到靠谱的技术员，结果上了当：买来浑身黑纹白底的花奶牛，精饲料喂了一个月却怎么也挤不出奶来。

鹿守光必须继续寻找商机。他在镇里转，在村里看，发现三轮车在农村很有市场。只是那时候的三轮车要么是人力的，要么是烧柴油的。他暗暗盘算着，相比燃油车，电动车可能更方便、成本也更低。

2004 年，他组建了一支 12 人的队伍，注册了名为“金彭”的公司，在夏桥煤矿一处废旧厂房里开始制造电动三轮车。到 2009 年，“金彭”销售量近 10 万辆。眼瞅着原有的厂房满足不了生产需求，鹿守光把“金彭”搬进了徐州工业园。

现在，“金彭”已在江苏、河北、河南、四川、湖北、天津 6 个省市建有 11 大生产基地，全国厂区占地面积 4000 余亩。江苏金彭（东厂）、江苏金彭（西厂）、河北生产基地、河南生产基地、四川生产基地、广西生产基地、湖北生产基地的相继投产，将全面打开中国电动车市场，迎来新能源的绿色时代。

金彭公司主要生产适于人们交通骑乘、运输载物、休闲娱乐等功能的新能源汽车、电动三轮车、快递专用车、电动两轮车、摩托三轮车、电动叉车、电动街景车、电动扫地机等产品。在徐州城乡，遍地可见“金彭”的车——在乡下，农民们开着“金彭”下地收麦子运蔬菜；在城里，老年人开着“金彭”到处遛弯，小伙子开着“金彭”到处送货。“金彭”成了徐州市民奔向小康路上的好伙伴。不只在徐州，在全国，在全世界，“金彭”的车轮驶过了漫长的道路，没有它不能抵达的地方。

2018 年 4 月，由金彭车业投资 27 亿元建设的吉麦新能源汽车项目正式开工。这一项目，具备汽车生产的四大工艺和全自动生产流水线，投产后可年产新能源汽车 20 万辆，年销售收入达 10 亿元，税收不低于 8000 万元。

从英雄的土地上走出来的人，心中常怀着一个英雄的梦。

2016 年 6 月 10 日，由金彭员工、金彭经销商、全国骑行爱好者组成的车队，驾驶着金彭电动三轮车，从“共和国摇篮”江西瑞金正式出发，长征车队先后穿越江西、湖南、广东、广西、贵州、云南、四川、甘肃、陕西等 9 个省份，成功翻越老山界、夹金山，蹚过大渡河、金沙江，走过大草地，历时 86 天，最终顺利抵达延安吴起。此次“重走长征路”由 54 名骑手驾驶“金彭”电动三轮车以换人不换车的方式接力完成。54 名骑手年龄最小者仅 17 岁，最长者 67 岁，全程分 9 段，每一段路程由 6 名骑手驾驶 6 辆车完成。“金彭”也由此成为首个全程完成 25000 里长征路的电动三轮车品牌。

今天，鹿守光提起此事仍然难掩激动。他说，长征是人类最宝贵的精神财富，传承和弘扬长征精神，“不忘初心，走好新的长征路”，

快乐童年

对重塑中华民族精神魂魄、助推中国经济战略转型具有重大意义。每一个企业和个人，都有责任、有义务让更多的人了解长征历史、弘扬长征精神，以更大的毅力和勇气投身祖国建设。

2019 年初，徐州市举办“奋进的力量”——第三届“徐州经济年度人物”“十佳优秀企业家”和“优秀民营企业家”颁奖典礼，“金彭”董事长鹿守光荣膺“十佳优秀企业家”荣誉称号。

过去种粮，现在“种”景

在贾汪 612 平方公里的土地上，过去散布着大大小小的矿井 300 多对，现在则集聚了国家 4A 级景区 4 家、3A 级景区 1 家、市级以上乡村旅游示范点和农家乐 83 家。

过去，这片土地上奔跑着大大小小的车辆，把一车车黑炭送往四面八方。现在，大大小小的车辆，把一车车衣着缤纷的游客，从四面八方拉进贾汪。

2018 年，贾汪接待了游客 1020 万人次，旅游综合收入 30.2 亿元，先后荣获国家生态旅游示范区、中国休闲小城、全国休闲旅游示范区、中国生态魅力区等称号，大旅游格局基本形成。

春天来了。

茱萸养生谷内，彩球高悬，人头攒动，150 余辆各式房车散布于景区各处，以“自驾游美景徐州，探寻汉文化之源”为主题的第五届中国自驾游与房车露营大会正在这里举行。与传统的单纯游览式旅游相比，互动式旅游逐渐引起人们关注。在众多互动式旅游的景区中，茱萸养生谷结合山水特色、果树林地山地优势，开发体验互动式旅游项目，受到广大游客追捧。

贾汪茱萸养生谷景区占地 1000 余亩，坐落在大洞山风景区内。这一景区四面环山，果树遍野、绿树成荫，还有多处清澈泉水。景区内的浪漫亲子乐园里，不仅有低空丛林探险、趣味沙池、亲子大冲关等 20 余种适合亲子、团队互动体验的项目，还有专业的拓展师帮助孩子培育勇敢精神、团队协作能力，增进亲子和团队之间的交流与感情。

美景相伴、亲子相依，此时岂可没有美食？茱萸苑养生餐饮会所、蒙古包特色餐饮均精心选用散养的黑山羊、走地鸡、茱萸湖鲜为原材料，更有新疆师傅精心准备的烤全羊、架子肉、馕等新疆特色美食，让前来游玩的游客既养眼又养胃。

贾汪区把发展乡村旅游作为乡村振兴、扶贫富民的重要抓手。投资 6000 万元、总长度 27 公里的农谷大道连接了乡村旅游产业带，沿线农民变“种粮食”为“种风景”，形成了一条景观大道、富民大道、产业大道。

创新设立苏北首家淮海乡村旅游学校、徐州旅游专业学校、旅游专业合作社 28 家，创立“学校 + 公司 + 合作社 + 农户”的经营模式。马庄村被评为中国美丽休闲乡村、全国乡村振兴示范村，“马庄经验”被写入省政府工作报告。贾汪区旅游发展促进中心主任赵震威介绍，2016 年 2 月国家旅游局公布首批国家全域旅游示范区创建名录，贾汪区属于江苏首批 8 家“国家全域旅游示范区”创建单位之一。经过 3 年多的持续推进，2019 年 5 月，贾汪区作为全省 3 家单位之一上报文化和旅游部申请验收。

如今的贾汪，满眼蓬勃发展的模样。生态优先，绿色发展，绿水青山嬗变成金山银山，贾汪旅游业也迎来了“山花烂漫的春天”。春天滑草、夏天戏水、秋天采摘、冬天滑雪，潘安湖、大洞山、督公湖、凤鸣海 4 家 4A 级景区和卧龙泉 1 家 3A 级景区组成的旅游板块，一年四季游客不断。

靠着“全域旅游”这张牌，贾汪区旅游局结合旅游亮点，推出了 5 条旅游线路。

第一条线路：重走习总书记视察之路。从 4A 级景区潘安湖的主岛码头上船，途经潘安水镇，到达神农码头，步行穿过神农广场，到达马庄村。马庄村是镶嵌在潘安湖畔的一颗璀璨的文明之珠，该村以文化立村、党建引领、旅游富民，先后被表彰为“全国文明村”“中国民俗文化村”等。

第二条线路：山水观光游。4A 级景区大洞山主峰海拔 361 米，为徐州第一高峰；4A 级景区督公湖景色迷人，置身督公湖畔，水天一色，花潮如海，如梦如幻；4A 级景区凤鸣海依托独特的水系、山体景观及丰厚的历史文化资源，以中国最大的园林景观石凤鸣石等景点为特色。

第三条线路：养生度假游。茱萸养生谷内蒙古包、独栋木屋别墅等别具一格；紫海蓝山景区内浪漫的紫色花田，春夏秋三季浓情绽放，让人仿佛云游画中；龙山温泉度假酒店设有鱼疗、中药、瑶浴等 30 多种特色温泉池，让人有一种回归自然的心灵感触。

第四条线路：运动体验游。贾汪不仅景色优美，户外运动也是种类繁多，有远近闻名的“四滑一漂”（滑雪、滑草、滑索、滑翔伞、漂流），全长 2038 米的茱萸山索道也已投入运营，风之谷攀岩拓展的游客更是络绎不绝。

第五条线路：文化民俗游。贾汪区马庄的香包文化香飘万里，闻名海内外；卧龙泉红色文化中，运河支队抗日纪念馆、淮海民俗馆等五个展馆，个个独居匠心、熠熠生辉；墨上集民俗文化园以民俗体验、文化感知、休闲游乐、养生度假为特质。

什么样的生态带来什么样的产业。

经过七八年努力，贾汪区初步走出了一条以生态转型为先导，带动产业转型、城市转型、社会转型的“贾汪模式”，实现了从“一城煤灰半城土”到“一城青山半城湖”的华丽转身，也成为“只有恢复绿水青山，才能使绿水青山变成金山银山”理念的有力印证。

造化钟神秀

——从贾汪走进徐州

“随处地走，总觉得有一双手，在悄悄擦拭着徐州，打磨着徐州，使徐州成了一个让人迷恋、思绪流转的地方。”散文家王剑冰在《放鹤徐州》里写道。

“探索”徐州

朋友问我们，昔日的矿区今天到底是什么样子？我们一时语塞，不知怎么回答才好，好在杜甫的《望岳》一下子浮现出来，为我们解了围。“岱宗夫如何？齐鲁青未了。造化钟神秀，阴阳割昏晓。荡胸生曾云，决眦入归鸟。会当凌绝顶，一览众山小。”

在贾汪，在徐州，不也是“造化钟神秀”吗？而那“青未了”也不是齐鲁大地的专利了，古彭大地同样适用这几个字。

2018年12月16日至17日，美国探索频道一行五人团队来到徐州。根据此前的约定，他们将为徐州拍摄一部形象片或宣传片，在探索频道向海内外播出。

2018年9月10日，我参加了中共徐州市委宣传部为此召开的策划会，一同开会的有有关领导、江苏师范大学教授等。现在回想起来，我的发言集中在以下几点：

首先，要有非常观。要跳出常规的视野和思维看徐州，不仅要将徐州置于中国东部的特殊区位上看，还要放在沟通东西、连接南北的枢纽上看，徐州不能简单地用一个苏北城市、一个地级城市来定位，要有大视野。

第二，要有大文化观。徐州是汉文化的发祥地之一，但是从源头上来说，又不仅仅是汉文化，还有孔孟文化的深厚影响，应该属于孔孟文化核心圈，这种深厚的儒家文化造就了徐州人有情有义的性格特征。

第三，要有开放的视野。我们讲徐州的开放，不仅是对外开放，吸引海外的资金、技术、人才、产业到徐州来，还有对内开放，也就是对西部地区开放，徐州是“一带一路”重要节点城市，一条陇海线、客货班列将徐州和中亚相连。并且，开放不仅有引进来，还有走出去，徐州也有企业、人才、资金外出投资。

第四，要有青年观。现在的徐州街头，出现了越来越多的国际元素，不同的肤色，不同的语言。同时，越来越多的徐州青年走出国门，去国外留学。徐州某中学每年高考过后赴国外留学人数就超过一个班。徐州青年出国留学的越来越多，也会提升这个城市的国际化程度。

我对徐州的解读，引起了摄制组的注意，此后制片人通过微信，又向我了解了一些徐州的情况，并约我们夫妇俩出镜。我把我们夫妇创作的《我俩的徐州》和我主编的《爱上徐州》一书，寄给他们，供他们了解徐州、发现徐州。

2018 年 12 月 16 日和 17 日，摄制组对我们进行了采访拍摄。

第一个场景，安排在解放南路、快哉亭公园对面的原市政府院内。这里现在改造成“彭城大院”文创园区，张东明先生的有鱼书院就在这个园区里。

这是一栋两层的木结构小楼，原是徐州艺专的旧址，一代山水画宗师李可染曾在这里授艺，隔着马路的快哉亭公园，就连着李可染家后院。

在摄制组的镜头下，我们夫妇与张东明夫妇坐在东窗下，任冬日的朝阳将温暖柔和的光无私地打在身上。我们一边品茗，一边谈论着《我俩的徐州》里的人物，丝毫未察觉到镜头在五六米开外的地方，无声地记录着。

云龙山水

在书院的不同方位，有人正在品味墙上的书法作品，有人正在聆听古琴上流淌的《流水》，有人正在书案上蘸墨飞笔，有人正在茶几前煮水煎茶……那么多的人，那么多的艺，集于一室之中，演绎了徐州人的日常。你不能说这一切是专门为了拍摄而准备的，它真的就是有鱼书院里的日常，只不过今天的主角换作了“我们”。

在拍外景的路上，导演子欣一路上几乎都在问我同一个问题：在哪里可以拍到“最徐州”的景象？我如数家珍地告诉这位来自新加坡的导演，和平大桥经常出现在朋友圈里，市中心的苏宁广场也经常出现在城市宣传片中，还有从云龙湖南岸北望的镜头。我重点说了南岸北望：既有水天一色，也有城市天际，还有九曲云龙山和巍峨苏公塔。仅这一眼，就瞥见了徐州的自然、山水、现代和历史。

然而，子欣不住地摇头，她见我仍未能理解她的意思，就直截了当地说：“我要寻找一个类似于上海黄浦江边的镜头，有陆家嘴还有东方明珠。你说的徐州的这些点，可辨识度仍不高，不能全面概括徐州，也不能让徐州之外的人一眼认出这就是徐州。”

说着这些的时候，我们已经到了小南湖。在如画的风景里，寒风瑟瑟，我对着子欣对着镜头谈了起来：“徐州是一座文气的城市，有着5000多年的文明史、2600多年的建城史，底蕴深厚。而那深厚的底蕴又吸引了历朝历代的文人，李白、杜甫、白居易、苏东坡、萨都剌、文天祥等都到过徐州并留下众多诗词篇章。过去文气浓厚，如今文气依然，作为国家历史文化名城，徐州的中国作协会员、中国书协会员、中国美协会员之多，超乎你的想象。另有一个奇特现象就是，徐州人一旦走出徐州就更加了得，李可染走出徐州成为一代宗师，朱德群走出徐州成为一代宗师……今天走出去的一大批人，像程大利、喻继高、江文湛等，正在朝着大师的方向不懈努力着。”

感谢我 26 年的从业经历。26 年前，我从华中理工大学（现华中科技大学）中文系毕业后就来到了徐州，一直从事着新闻传媒工作。这份工作让我对徐州的发展，既有宏观的了解，更有众多细节上的感知。也感谢我 26 年如一日的写作爱好，让我能够以一个作家的敏锐和自由来感受这个城市。

我清晰地记得 1990 年第一次来徐州时的天寒地冻、滴水成冰，也记得 1992 年来到徐州时满城被伐的行道树枝，还记得老体育馆里逼仄的建设银行集体宿舍，记得铺满云龙山东坡和西坡的那些凌乱的出租民居。我记得云龙山的杏花是如何一年一年惊艳的，也记得云龙湖水是怎样一次次春涨秋落的。

泛舟云龙湖

这个城市的长长、长宽、长高、长深，我都记着呢。

白土黑炭

说起徐州的深处、远处、高处，又怎能越过北宋元丰元年前后的苏轼呢？

说起徐州找煤、采煤、用煤，又怎能越过“唐宋八大家”之一的那位徐州“市长”呢？

苏轼的《石炭》诗前面有一短序：“彭城旧无石炭。元丰元年十二月，始遣人访获于州之西南白土镇之北，冶铁作兵，犀利胜常云。”

诗云：

君不见前年雨雪行人断，城中居民风裂骭。

湿薪半束抱衾裯，日暮敲门无处换。

……

投泥泼水愈光明，烁玉流金见精悍。

南山栗林渐可息，北山顽矿何劳锻。

为君铸作百链刀，要斩长鲸为万段。

在白土镇，苏轼找到了黑炭。百姓有炭烧了，再也不怕雨雪难行、湿薪难燃了。

苏轼来到了徐州，是徐州的运气，更是徐州人的福气。

“回首向来萧瑟处，归去，也无风雨也无晴。”你看，云龙山下，元丰二年的杏花开了。像往年一样，那年的杏花开得气势磅礴。与往年又不一样，那年的杏花开出了生离死别的意味。果不其然，一场盛大的辞别就在此时。从蜀地而来的张师厚已经跨上了马背，一身春衣如杏花明媚。他在马上向苏轼他们抱一抱拳，便打马一路西去。“新郎君去马如飞”，前途似乎也和这漫山遍野的杏花一样灿烂。

这样的鲜衣怒马，冲淡了离愁别绪。人们热烈地议论着即将举行的殿试，祝福前去殿试的张师厚一举折桂。作为老乡，苏轼怎么也想不到才气冲天的张师厚会英年早逝，过早地离开这繁华纷扰的世间。

接下来，便是苏轼自己与徐州的道别了。他的下一站，是千里之外的湖州。那里，有一场灾难正等着他。此时的苏轼尚未有一丝一毫的警觉，离情别绪笼罩了他。

隋堤三月水溶溶。

背归鸿，去吴中。

回首彭城，清泗与淮通。

欲寄相思千点泪，流不到，楚江东。

这样的离别，是那样的痛彻心扉。官船一路南行，沿途隋堤唐柳，泗水淮河。多少往事，逐浪而来。

两年前，苏轼来到徐州的时候，正是40岁出头的光景，正值壮年。壮年，算得上人生最美好的时光，没有了青春期的迷茫与冲动，老年的颓废与消极也暂未来到。

于苏轼而言，徐州是他主政一方、展示施政能力的开始。虽然在山东密州时，他已是一地太守，但密州贫穷偏僻，他除了在诗文上大有收获之外，其他方面所获甚少。在密州，苏轼既写出“千里共婵娟，但愿人长久”的温情，也写出了“十年生死两茫茫，不思量，自难忘”的悲情，更写出了“老夫聊发少年狂”的豪情。

徐州交通便利、物产丰富、人文深厚，看起来一切都要比密州好很多。并且，徐州靠近都城，利于政声文名的传播，确实是个为官为文的好地方。

以苏轼一生跌宕起伏的经历看，任职徐州的他，既没有在密州的伤感也没有在黄州的落魄，更不像儋州时的潦倒和京城时的优渥。这是人生旅程中的一段坦途，像一条大河从崇山峻岭中奔涌而出，终于来到了一马平川的平原地带，水面开阔，水势平缓。

此时的苏轼作为一股清净的水流，既不急迫，也非不急迫；既不悲伤，也非不悲伤。徐州，以它的宽容和从容，涵养了苏轼。尽管不像常州，有幸两度接纳苏轼，但是徐州人却把苏轼在徐州的两年时间延绵成了千年之久，变成了这一方水土所蕴含的文化养分，滋养着包括我在内的所有人。

本来，从密州调出的苏轼，将要赴山西河中府任职。不知道出于什么原因，宋神宗突然改变了主意，这让已在西去途中的苏轼也大感困惑。但是今天，不仅是我，所有徐州人都要感激宋神宗的这次突然改任，不然徐州将与史上第一有才、第一有趣、第一有料的苏轼失之

交臂，苏轼本人也将错失他心目中的“小住胜地”徐州。

北宋熙宁十年（1077 年）。

苏轼履职徐州不久，一场大水袭击了这座古老的城池。由于徐州“冈岭四合”的地形地势，大水被围困在城中久久不能泄出，富人们已经收拾好金银细软准备逃离了。苏轼站在城门之下，带着连日奔波的疲惫——他不是为富人们送行的，而是力劝他们留下。他说：“我不走，你们最好也不要走。”没有威逼，没有胁迫，只有真诚。富人们真的不走了。留住了这一拨人，苏轼又向驻军求援，恳请军队投入眼下的抗洪抢险。指挥官耳闻目睹苏轼亲身抗洪的努力后，欣然决定出兵抢险。

黄河水魔终被降伏，是一城百姓的幸事，也是文坛文人的盛事。

水退民安。苏轼在黄河岸边的高堤上筑起黄楼，垩以黄土，取“土实胜水”之意。元丰元年（1078 年）重阳节，盛大的落成典礼在这里举行，楼上摆酒设宴，全城万人空巷。苏轼面对如此场景，怎能不感慨万分？

冈岭四合

他写下《九月黄楼作》。

水去民幸。全城百姓和闻讯赶来的文人们同庆：“众客释然而笑，颓然就醉，河倾月堕，携扶而出。”弟弟子由一挥而就《黄楼赋》，抒写“适为彭城守”的哥哥“息汹汹于群动，听川流之荡潏”的惊心动魄。

高邮人秦观毫不隐藏自己对另一个男人的崇拜，“我独不愿万户侯，惟愿一识苏徐州”，他专程跑到徐州来见苏轼，并应邀参加了黄楼落成庆典。

站在黄楼上，极目四望，一座城池尽在眼底，而在全城的任何一处地方，也都能望见这座颜色鲜黄的高楼。

对，就是要这种彼此看得见的风景。就像，他在时间的长河里，能看得到所有的人，包括我。而所有的人，也都能看得到他。我直到自己年届不惑，才知道“千里共婵娟”所表现的不仅是一种空间距离，同时还有一种时间距离和感情距离。这个距离，我称之为“千年共婵娟”。每当我举头望明月，总感觉和苏轼是那样的贴近、那样的亲密。

苏轼在徐州的时候（那时，他还不能被称为苏东坡），声名已经远播。密州时期的几首诗词，为他带来了隆盛的声名。然而，就他的仕途而言，徐州时期既不是他的高峰，也不是他的低谷，一切都是恰如其分的好。

苏轼很享受这样的日子。公务之余，他饮酒、游历、交友、写作。农耕时代有它的悠闲与从容，有它的好处与享受。因为社会事务简单、交通通信不便，官员们拥有大量属于自己的时间和空间。

欧阳修，那个自号“醉翁”的滁州太守，和苏轼同是横跨北宋政坛文坛的领军人物，同列“唐宋八大家”，并称“欧苏”。他们有太多相交相通之处。

当年苏家父子一路艰辛一路希冀，从偏远的四川眉州来到都城参加殿试，主考官便是欧阳修。据说，欧阳修读了苏轼的文章后，既激动于自己发现了一个人才，又悲哀于自己将远不及此人。他对儿子说："30 年之后，没有人会记住我，但一定会有人记住这个人，因为这个人比我更厉害。"以欧阳修在官场文坛的身份地位，人们自然能够掂量出此话的分量。果然，十年之后，苏轼就成了与他齐名的人物。

苏轼与欧阳修的相通之处，超越了"少饮便醉"的喝酒层面，他们为官一任，造福一方；为官一时，交友一生。他们和当地百姓交友，也和山水交心，所以山水间至今流传着他们的鲜活和温热。

放鹤亭和云龙山，醉翁亭和琅琊山。前者是苏轼留在徐州的地标，后者是欧阳修留在滁州的地标。

"回首向来萧瑟处，也无风雨也无晴。""欧苏"在徐州、滁州的任职时间都极短。苏轼知徐州，一年又十一个月；欧阳修知滁州，两年零四个月。两个人一南一北，都为当地留下了遗迹和诗文，都为当地百姓爱戴并被后人追捧。

"诗言志，酒载情"，他们在徐州、滁州任职期间都极爱喝酒。苏轼在徐州，走遍了云龙山，在放鹤亭中饮酒，"鹤飞去兮西山之缺"，写下了脍炙人口的《放鹤亭记》。欧阳修在滁州，访遍了琅琊山，修建了醉翁亭，"醉翁之意不在酒，在乎山水之间也"，写就了千古名篇《醉翁亭记》。

"春夏之交，草木际天"，他们在徐州、滁州任职期间心态极为烂漫。云龙山下，我们已经找不到苏轼亲自栽植的杏树，徐州却还原了"一色杏花三十里"的盛况，在云龙山西坡广种杏树。初春，杏花怒放，灿烂如雪，让人沉醉，不由想到那春风得意"马如飞"的"新郎君"。琅琊山里，我们依然能邂逅欧阳修亲手栽种的那株梅树，历经千年完好无损。冬尾，梅花绽放，暗香浮动，让人沉迷，自然联想到那“饮少辄醉而年又最高”的“醉翁”，那失意于官场、得意于山水的欧阳修。

在徐州，苏轼“醉中走上黄茅冈”“冈头卧倒石作床”的醉态，都表明他是一个耍得开、放得下的性情官员。他尝遍了人间的所有滋味，升迁与贬谪、离别与相聚、得意与失意、清醒与迷醉、痛苦与快乐，最后人们用“旷达”来评价他。旷达这个词，很有意味，一般人配不上这个词。旷达不是在甜蜜里酿成的，旷达必须经过苦难的发酵才可得。是的，如果没有那么曲折的经历，是没有资格来旷达的。

最终，他旷达了。

苏轼真正入仕大约在30岁之后。我们曾久久地盯着一份地图，标注苏轼为官的足迹。从开封而杭州，从杭州而密州，从密州而徐州，再湖州，再黄州，又常州、登州、杭州、开封、颍州、扬州、定州、惠州、儋州，最后终于常州。

看久了，我们仿佛看到了一个巨大的问号留在了地图上。这问号，是苏轼一生的浪迹行走。这问号，画在中国大地上，或是对一个人生命价值的巨大疑惑，或是对知识分子自身命运的深深拷问。

在苍茫天地之间，我们对着苏轼渐远的背影，发问，发呆。

来去一瞬间。这一瞬，快如一呼一吸。俗话说，人活一口气——骨气、豪气、义气、勇气、正气、才气……对苏轼来说，那是一口什么气？

为武则天写过传记的林语堂，也为苏轼写过传记。我想，以林语堂的幽默诙谐，他一定会深得苏轼的喜欢。如果他们同在宋代或同在民国，也定会成为知己。两个有趣的人啊！

在《苏东坡传》中，林语堂赠予苏轼太多的头衔：“苏轼是个秉性难改的乐天派，是悲天悯人的道德家，是黎民百姓的好朋友，是散文作家，是新派的画家，是伟大的书法家，是酿酒的实验者，是工程师，是假道学的反对派，是瑜伽术的修炼者，是佛教徒，是士大夫，是皇帝的秘书，是饮酒成癖者，是心肠慈悲的法官，是政治上的坚持己见者，是月下的漫步者，是诗人，是生性诙谐爱开玩笑的人，可是这些也许还不足以勾绘出苏轼的全貌……苏轼的人品，具有一个多才多艺的天才的深厚、广博、诙谐，有高度的智力，有天真烂漫的赤子之心——正如耶稣所说的具有蟒蛇的智慧，兼有鸽子的温柔敦厚，在苏轼的这些方面，其他诗人是不能望其项背的。”

荣幸的是，徐州拥有过苏轼，徐州一直拥有苏轼。关于苏轼，几乎人人都能说上一二。云龙山下，烂漫的杏花每年仍开着；云龙山上，放鹤亭仍以清风待鹤；食肆酒楼，东坡肉仍香气四溢……苏轼，从来到徐州起，就从未离开过。

亭亭如盖

苏堤路是一条纽带，串起了徐州人对苏东坡的所有回忆。

它，北起黄河南路，南至云龙湖畔。徐州人都知道，在黄河故道边，苏轼曾亲率军民昼夜战水，历经 45 个昼夜，终于击退围城的水患。于是举城同庆，并在黄河之滨取土筑楼，名之黄楼。

苏堤路的南端，就是当年苏东坡称为石狗湖的云龙湖。当时，苏东坡站在湖东旁的云龙山上，大发感慨：“若能引上游丁塘湖之水，则此湖俨若西湖，而徐州俨若杭州。”今天，云龙湖早已与西湖结成了姊妹湖，也算一偿“苏徐州”的夙愿了吧。

据说，苏堤路最早是苏轼当年治理水患的杰作，用清湖之淤泥筑成了路。现在，坚实的沥青覆盖了昔日的黄土，一条路的本来面目也就难以辨识了。

起点和终点的不同凡响，让苏堤路自然不同凡响。但是，从一个路人的角度来看，苏堤路的高潮，在它的中间。

在这里，苏堤路因为与其他道路相交，陡然生出了七个路口。此处，名永安广场。

七个路口，往南的是苏堤南路，往东南的是王陵路，往东的是建国路，往北的是永安街，往西北的是苏堤北路，往西的是建国西路，往西南方向的是万达兴路。

鲁迅先生曾说过："其实地上本没有路，走的人多了，也便成了路。"

站在永安广场，我们想，人为什么常常会对前路感到迷茫，大概是因为选择太多的缘故吧。又有古语云："道不同，不相为谋。"你看，从永安广场分流出去的，无论是人流还是车流，都在证明着这一朴素的真理。

过了淮海路往北，苏堤路就是一道长长的坡，直到它的终点——黄河南路。

上坡的艰难和下坡的便捷，一样让人刻骨铭心。在这条路上走得多了，有一天我们悟出了一个道理。上坡时，虽然走得费力，但是只要一回头一转身，那就开始走下坡路。反过来，下坡的时候，只要一回头一转身，就会重新走上坡路。人生，就是在不停地在走上坡路和下坡路。

苏堤路两边应有尽有：银行、机关、医院、邮局、报馆、饭店、剧院、农贸市场、居民小区……

因为路不宽，附着在这路两边的，鲜见有宏大的建筑。就说那些小店面，各种营生都有，做蛋糕的，加工防盗网的，摆小摊的，做地锅鸡的，卖药的，卖水果的，卖空调的，修自行车电动车的。一条街，

宛在水中央

简直浓缩了徐州的所有生活。如果，我是说如果，你不愿意出远门，你甚至可以一生终老在这条街上。

苏堤路上，梧桐如盖。这样的景观，在徐州城里已不大多见了。车子驶过苏堤路，你可以想象自己进入了一个绿色的隧道，这隧道是绿色的，清凉的，安宁的。

在道路上方交织起来的梧桐，仅允许点点阳光透过巨大的梧桐叶片，点射到地面上，形成一个个光斑，低调却耀眼。

中山南路结束了苏堤路的进一步顺延。

在苏堤路的南端，是云龙山和云龙湖。徐州城里的两大绿色的色块。

现在，如果我们换一个角度来看，一条被巨大梧桐所装饰的苏堤路，蜿蜒，细长，似一根绿色的茎，顶着云龙山和云龙湖这两个巨大的绿色的花冠，悬浮在城市虚幻的空间里。

巨大的花冠里，隐藏了多少鲜活的故事：季子扎的，王陵母的，关盼盼的，苏东坡的，张山人的，张师厚的……在晴天，这故事是一片鲜翠；在雨天，这故事是一派忧伤。

行走在苏堤路上，由北端的黄河沿出发，或由南端的中山路出发，一段旅程便已经开启。无论由南向北或由北往南，苏堤路便在那里等候你、陪伴你。

人生有多种可能，结局却只有一个。

人常说，如果我年轻时开始学画，到今天我或许成了一个能手画我心的人。人又说，如果我年轻的时候开始学裁缝，到今天这大街上或许许多人都穿着我设计的鲜衣。

如果，如果……

如果，仅是结果的安慰而已。就像你在苏堤路上走着，走着，如果，你拐入了淮海路，那将是一种繁华和喧嚣。如果，你拐入了王陵路，那将是一种宁静和悠长。如果，你拐入了一个不知名的小巷，或许会因没有出路不得不返程呢。

路，可以提供多种可能，但它的终点和起点却永远在那儿。正如人生的一段开始和一个告别。连接起点和终点的，是时间的曲线。

行走，一条苏堤路，给了我们诸多启示，但它永远也不会明白无误地告诉你，它永远期待你去行走，去思考，去觉悟。

大道无言。

刚烈女人

从云龙山往北，没有多远，就走进了云龙公园，那里有关盼盼的燕子楼和王陵母亲的墓碑。

这园子，就在我们上班的必经之路旁。每一个上班的早晨和下班的傍晚，无论是开车或步行，无论是晴朗或阴沉，我们都从它的边上经过。经过，进入。这园子成为我们生活的一部分，也成为我们生命中的一部分。很多年了。

这园子是旧的，在那儿几十年了。旧的位置，旧的格局，旧的大树耸入云天，遮天蔽日。旧的记忆。

这园子又是新的。新的石板路，新的座椅，新的雕塑……甚至它的敞园开放、它的拆掉围墙也是新近的事情。

它就是这样的新旧杂陈，既新且旧，不新不旧。

它是园林里的北京城。是的，它像北京。在旧的沉重里冒出新来，在新的惊慌中又沉积出来旧。

这园子里的树，有一些天生注定是要被其他树木仰视的。另一方面，有一些树注定要是被其他树木俯视的。它们参差不齐、高矮不一，却构成了园子里富有层次的景观。

这园子里，总有一些树，四季常青。也总有一些树，在秋季任枯叶跌落，在春季萌动新芽。它们的一枯一荣，也让我们知道，有很多事情不是能够为我们的情感所左右。恰恰相反，我们的情感常常被这一枯一荣所影响、所感化。因此，我们感叹岁月的流转，感叹时光的易逝，感叹变化中的不变和不变中的变化。而那些在寒风中、在烈日下、在风霜里总是常青的树木，你不得不敬佩它们的始终如一。这时候你便会想，生命中一定有某些东西是不能被更改、不能被转移的。

一位母亲，长眠在这园子里。没有人知道她姓什么、叫什么，人们只知道她有个儿子叫王陵。这位母亲就是王陵母。

她的墓就在这园子里，高高的封土，高高的牌坊，高高的寂寞，还有“高风亮节”这样的评语。人们钦佩这位母亲的舍生取义，敬佩她的勇敢决绝。为了让儿子认清敌人的面目和伎俩，不让儿子落入敌手，她勇敢地迎着项羽的那柄剑走去。迎着那阴谋，迎着那死亡，走去，义无反顾，大气凛然。

据说，王陵闻知噩耗，飞马赶回了徐州。在城的南门，他跃马而下，一路跪拜着，一路号啕着，向着那坟茔去，向着他母亲去。从南门到坟茔，五里路，他跪着，一点一点地挪来，哪管双手双膝的血染红了那来路！

太阳也让他哭了下去，渐渐西沉。那柔和的阳光，却像剑，刺着他的眼，刺着他的心。他看到血在飞，霞在飞，泪在飞。咸的，腥的——原来，他的泪都是血。

整个城市让他哭动了。包括，那些树，那些草，那些山，那些水。

今天，我们已经看不到刀光剑影，也听不到号啕大哭。春天，抚平了这一切，新的生机淹没了这一切。然而，这位女性，在兵家必争之地，在金戈铁马的城里，仍发散她作为一个母亲的光辉和影响。哪怕就因了她一个人，徐州的性别也可以被改写。

另一个女人，在这园子里。在这园子里的燕子楼中，她度过了一

生最快乐的时光，也度过了一生最艰难的时光。最后，她把生命交给这园子，连同她的悲戚，她的思念，她的希望。

这个女人就是关盼盼，就是“苏徐州”苏轼梦到的女子。

作为妾的她，对那个姓张的男人怀有一份知遇之恩。他喜欢她，欣赏她。她的一首小诗，一曲唱段，一个即兴而起的舞姿。后来，他去了，她不得与他相见，向他倾诉，为他表演，她的心也空了。人去楼空的空。

现在，伫立于这园子里的，是她的一尊塑像。她对着一汪水面发愣。那水面是死的，微澜不兴。她对着那一轮明月发愣，明月也清冷。她对着所有的东西发愣——那新绽的花骨朵，那新绿的柳丝，那欲飞的屋檐，那掠翅的燕子。都是死的，了无生趣。因为她的心，死了。生不如死的死。

后来，白乐天成全了她。他用一首带毒的诗，鸩杀了她。让她在另一个世界里，与他相爱的人重逢，相爱。

一城青山半城湖

今天，当我们漫步在这园子里，从她的塑像面前慢慢走过，走过繁花似锦，走过春和景明，走过燕雀啁啾，我们仍然走不进她的世界，她的内心。

我们把那不长的甬道，走得很长很长。在那里，我们与白居易相遇，与苏东坡相遇，与萨都剌相遇，与每一个试图走近她、怜悯她、歌咏她的人，擦肩而过。他们，我们，仍然找不到她。那个为爱生、为爱死的女人。

这园子，阴郁着，刚烈着。一个园子，有两位留芳于此的女性，让世人怀念，令今人唏嘘，并深深地镌刻在这座城市上。这样的园子，怎能不算天下名园？

今天，这园子又平和着。这园子，年过半百。它有一个名字，叫云龙。

白天，这园子寂静着。入夜，这园子也寂静着。唯有早晨，它是喧嚣的。一群一群的中年人、老年人，走进这园子。他们无视这园子里的风景，因为他们本身就是风景。

他们分散在这园中，健身。打太极的，舞剑的，跳舞的，打球的，快行的，漫步的，唱歌的，吹笛的，练字的……这一群人的平均年龄，倘若算起来，应该和这园子的年龄相仿。

在每一个晴明的早晨，他都会出现在那里。身边置放一个盛着水的塑料桶。他，左手持帖，右手援笔，在那大块的石板地上书写。

方方正正的石板上，显现出方方正正的汉字。工整，遒劲，有序；像一个个精神抖擞、纪律严明的兵士，笔直而有力地站立，接受书写者的检阅。

用水写就的字，毕竟不能长存。他不在乎这个。他知道，不是每一个字都有长久留存于世的价值。它们出现，它们存在，它们消失。

文字如此，生命亦如此。

他不在意那些观者，独自忘我地书写，然后满足地离去。

同他一样，他们——那些歌者，舞者，健身者——也都不在意观者。他们旁若无人，他们陶然自乐。击掌而歌，踮足而舞，挥臂而击。他们用这样的方式，享用这园子，享用这晨光。

每一天，每一季，每一年。

我们从他们身边经过。对他们，对这园子，对这场景，熟悉得无睹，陌生得惊奇。

五省通衢

2018 年，徐州市获得“联合国人居环境奖”。历史悠久的徐州，今天到底变成了什么样子？

煤城？老工业基地？兵家必争之地？历史文化名城？国家生态园林城市？你们是怎样定义徐州的？

火车？高铁？飞机？汽车？你们是怎样进入徐州的？

袁志山，画坛枭雄，从上海来了，为徐州留下了《大美徐州》的巨幅山水。

谷建芬，著名作曲家，从北京来了，替徐州谱写了《一饮尽千钟》的悠扬旋律。

王剑冰，散文名家，从河南来了，给徐州抒写了《放鹤徐州》的优美篇章。

……

关于徐州，旧说“五省通衢”。徐州在苏鲁豫皖四省交界，为何号称“五省通衢”？原来是指依托京杭大运河的“纵向”交通。如今，

“五省通衢”的牌坊立在黄河故道边，靠近黄楼的位置。

关于徐州，新说“五通汇流”。此说，源于铁路、公路、水运、航空及管道五种运输方式于一体的交通格局。京沪、陇海、新长等铁路，在徐州交汇；京沪、京福、连霍、宁徐、徐济等高速公路，也在徐州分流。交汇和分流，给予古城一种开阔的气象。

楚韵与汉风对比，徐州给人独特的印象。

吴韵汉风，是江苏省的文化版图。“吴韵”指苏南，尤其指苏州；“汉风”指苏北，尤其指徐州。苏州与徐州，一南一北，都是江苏的门户。苏州的历史人文一直名动天下，徐州更以“楚韵汉风，南秀北雄”的新形象示人。

“不到园林，怎知春色如许？”昆曲《牡丹亭》“游园惊梦”一出，就这么开始了——“吴韵”姗姗而来。

“原来姹紫嫣红开遍，似这般都付与断井颓垣”，这样的唱腔和做派，让人简直忘记了它的作者“东方莎士比亚”汤显祖是江西临川人，直欲把“牡丹亭”当作苏州的专利。选择园林作为故事背景，《牡丹亭》不是唯一的，却是最适宜的。

自然，苏州从不令人失望。苏州也有自己的“牡丹亭”——沧浪亭，苏州也有自己的“柳梦梅”和“杜丽娘”——沈复和陈芸，苏州也有自己的“《牡丹亭》”——《浮生六记》，苏州也有转过芍药栏前湖山石和女友去说话的“柳梦梅”——租个园子与妻子陈芸谈恋爱的沈三白。

“吴韵”若此，“汉风”又如何？因为一个人，因为一群人，因为一城人，“吴韵”与“汉风”不再分隔南北，而是凝成了“楚韵汉风”。

《昆山有戏》，是昆山旅游度假区与情调苏州工作室联合出品的一本口袋书。昆山有戏？是的，昆曲。昆曲之于昆山，超越了戏曲；

昆曲之于苏州，融进了骨血。苏州人说，玩入戏，活出味。

苏州有戏，徐州有啥？

徐州有情，有义，徐州有《爱上徐州》。徐州的风土人情、历史遗迹、现代公园、百姓故事、山川人文，也能放进“口袋书”里。

因为一城人，因为一群人，因为一个人，“良辰美景奈何天，便赏心乐事谁家院”这样美丽的句子，这样赏心的园子，是苏州的，也是徐州的，与“大风起兮云飞扬，威加海内兮归故乡”一起，铸就血肉丰满的徐州人。

提起苏州，我们自然会联想到天堂——上有天堂，下有苏杭。小桥流水、粉墙黛瓦，城中园、园中城，无不凸显古城的现代与传统交融的脉络。

提到园林，我们会想到苏州的拙政园、狮子林，扬州的何园、个园，以至杭州的西湖景区。那些精致的私家园林，深藏着无奈的退隐之心；大气的皇家园林，体现着“天人合一”的雄奇之志。

过去，一说起生态，似乎和徐州风马牛不相及。提到园林，更和徐州无甚关系。

今天，我们想问一句：不到园林，怎知春色如许？不到徐州，又怎知园林如何？

徐派园林，是植物园，是“十里画廊”。走在徐州，如同游走在园林里，适意而快意；在徐州看树，如同徜徉在“十里画廊”里，舒心而开心。

从荒山到青山，从煤都到水乡，从废黄河到风光带，从采煤塌陷地到湿地公园，从一身灰尘到一城青山，徐州等着你，去看她的历史和地理，去看她的风物和风情。

当全城的空气开始变香的时候，徐州的秋天来了。当你的双眼被色彩吸引的时候，徐州的秋天来了。

理智与情感交替，徐州给人宽厚的印象。

傲慢与偏见，理智与情感。这是一个人面对一座城，面对它的历史、现在与未来。这是一城人面对一座城，面对它的灰、绿与彩。

如果说爱家乡只是“情感”在发酵，那么就看看“理智”怎样与“情感”达成共识：不断淘汰落后产能，实现绿色转型发展，城市建设更是对绿色空间点面兼顾，一点点、一步步实现由“灰”到“绿”，由“绿”到“彩”的转变。

这里，我们用数据来说话，来表达。

数据显示，徐州市区建成区绿化覆盖率已近半、人均公园绿地面积超过 16 平方米，两项指标在全省乃至全国都位居前列。

《最后一片树叶》，是美国小说家欧·亨利的小说。小说中，画家用画笔画了树叶来抚慰因病重而绝望的人，终于救活了那个年轻的女子。

这样善良美好的“表达”，也在徐州“第一片绿色”里。绿色，给人的希望与健康，那是毋庸置疑的。

最后一片树叶，第一片绿色。你是否还能记得，第一片“绿”何时来到徐州，何时与徐州结缘？

从“见缝插绿”“拆违添绿”，到“破墙透绿”，再到“激情泼绿”；从一星半点，到大片大片，再到铺天盖地，山水相依、南秀北雄的园林城市风格已然形成。

何谓园？

北京林业大学李雄教授解释了“园”这个汉字的由来与演化，阐述了中国园林的内涵。四周封闭弥合，有水，有人居，一个人在种树。对应的英文 Garden，拆开来看，具有“篱笆的伊甸园”这个含义。

一旦明了园林精神，我们会发现徐州的园林恰好符合这些要素。徐州“冈岭四合”，多大湖，多小山，到处绿树成荫，满城青山绿水，获过“人居环境范例奖”。

有了“园”，我们还得说说“楼”。

江南有三大名楼，徐州有黄楼。湖北武汉的黄鹤楼、湖南岳阳的岳阳楼、江西南昌的滕王阁，都是临水而建，更有名人为之诗赋。而黄楼，临黄河故道，是百姓抗洪史，也是苏轼苏辙秦观等人的诗赋展，更是各级领导关注的历史文化遗迹。如何让徐州黄楼与江南几大名楼齐名？我们可以从风物和植物、从时间和空间上找到切入点和连接点。

一次黄河水患，改变了徐州，一个地理标志从此在黄河大堤上筑就，一处文化地标也不期然地矗立在徐州上下五千年的历史中。这，就是黄楼。

“黄楼高十丈，下建五丈旗。楚山以为城，泗水以为池。”苏轼在《太虚以黄楼赋见寄作诗为谢》中把这一景致写得精确。

李约瑟写道：“当人们在中国的文献中查考任何一种具体的科技史料时，往往会发现它的焦点就在宋代。”岂止科技，何止宋代，所有时代的精神产品以及历史遗迹也都具备这种力量。

伟大的《兰亭集序》里有一句类似的话：“后之视今，亦犹今之视昔。”是啊，后人看今天的我们，正如我们看往昔之人——他们的实绩、他们的才干，他们的精神、他们的风骨，他们的经纬、他们的纵横。

黄楼是徐州的文化地标，是脊梁。毫无疑问。

故黄河是徐州的母亲河，是血脉。毋庸置疑。

大河前横

大河前横。我们特别迷醉于这四个字所营建的景象和升腾的气势。

“横”，无起始，无终止，左右贯之，与天地平行。横，因此也就有了担当的意思。

大河前横的牌楼，就立在徐州市区故黄河的南岸。它的另一侧，刻写着“五省通衢”四个大字。

这条大河，无论从时间上还是空间上，我们都无从确定它的起点和终点。

如果我们是画家，不，哪怕只是会涂抹几笔油彩的爱好者，我们也一定要为故黄河画一幅五彩斑斓的长卷，记录下它与我们相伴的那些日子——或晴朗，或阴沉，或喧嚣，或清寂。四时风光、物候人文、车马草树……统统绘于一卷之中。

那些在河沿形成的集会，或因一段柳琴戏，或因一次广场舞，或因一局棋，或因一场本可以不发生的纠纷，都呈现了故黄河作为一条世俗之河的本质。

这条河，已经融入了徐州人的生活。不，它就是徐州人的生活。

只要有河，便有堤。河与堤，着实是一对好伴侣。

河往下流，堤往前走。河与堤，千百年来不离不弃。河欢快流淌，堤默默伫立。河水冲击堤坝，堤坝约束河水，它们在冲击与约束之中，并肩而行，互相改造、互相塑造。是的，好的伴侣，不就应该是这样一种关系吗？

故黄河的堤，如今在市区，成了热闹的街市。一侧是浩荡的水，另一侧是绵延的建筑物，商场、学校、居民楼、单位、公园、绿地。堤，这时便显示了它的两面性，一面是作为自然的存在，它与河水亲近；一面是作为社会的存在，它与世俗接触。从另一个角度看，它过渡了世俗与自然，而不是强行分割了它们。这便是堤在长度之外显现出的另一个向度，宽度。

水在河道里静静地流淌。在堤上漫过的，则是水一样激荡的人流和车流。徐州那么多的路，没有一条像黄河路那样充满了生活的味道、俗世的味道。

故黄河，这只胳膊，已经抱不动徐州这座大城了。它的两岸，密密麻麻地“长”满了建筑。

自行车、三轮车、电动车、小货车、公共汽车、小轿车、助力车……每一天，这里所呈现的一切，就如同一部人类交通工具的进化史，只是遗憾没有了马车、驴车而已。在狭窄的路面上，其实是大堤上，这些车每天疲惫地往往来来，挤作一团。

有几十个老头老太，在故黄河边的一个平台上。东边是越升越高的太阳，头顶却是正在枯落的秋叶。秋风中，他们两两成对，翩翩起舞。

他们的帽子是旧的，外套是旧的，裤子是旧的，鞋子也是旧的。所有的一切都是旧的，包括伴舞的音乐，包括他们的表情。但是，这一天的太阳是新的。

他们天天在这里起舞，除了天气不好的时候。他们真的难以称得上是在跳舞，只是牵着彼此的手，身体伛偻着，脚步蹒跚着。

他们或许是开心的。双方的手，和他们的舞步一样，枯涩而机械。他们只是牵着手，拉着对方。拉着的，是不甘心，不放弃。拉着，再一次对青春、爱情、美好、活力作一次无力的挽留。能快乐一点就快乐一点，你丝毫没有嘲笑他们的权利。彼此，是他们年老绝望中的一点温存。在彼此的舞步中，他们确认自己曾经的美丽、帅气，确认岁月无情而终于无可奈何。

是的，岁月无情，就像那静静流逝的河水，悄悄东去，“逝者如斯”。

这是徐州最真实的状态，这是徐州最生活的场景。看着每一个人，为了生计在奔波，在劳碌，在打拼，他们像水一样默默不语。他们就是在路上流淌的水。

黄楼，曾经是故黄河边上最高的建筑。现在不是了。但，它一定是最古老的建筑，没有之一。

黄楼是苏东坡的得意之作，是他知任徐州之后留在这块土地上的有形作品之一。黄楼旌表着他率领军民抗击洪水的伟大功绩，也表示出一种“土实胜水”的强大意志。

当年的人们，得昂起头来看这座高高的建筑。当年的人们在楼下集会庆祝它落成的场景，如今已经被繁茂的花木所隐去，喧嚣融入水中。今天，黄楼落寞地矗立在河边，体会着“大河前横”的寂寥。

黄河与人的对抗，是野蛮与文明的对抗，是意志对野性的征服。这一切，全在黄楼所见证的岁月里。

铁牛昂首，西南而望。

一条河，在城市里的历史，既是时间性的，又是空间性。

三百年前，桀骜的黄河在徐州跨岸北去，这条河便成了黄河的“留守儿童”。以前，人们称它为废黄河。一个“废”字，充满了遗憾和惋惜，又有一种无奈夹杂其中。

它像一个无辜的孩子，隐忍，不语。日子总得继续，水仍然要流，要清，要活。黄河舍弃了它，它不能舍弃自己。今天的故黄河，岸树丛丛，芳草萋萋，霓虹迷眼，碧波吹岸，水草蔓生、鱼虾潜游。

现在，故黄河终于告别了他短暂的城市流程，向下游流去。我曾经沿着故黄河，行走，追随它出了闹市区。流进郊野的故黄河，显示出它的宽阔和寂寥。

王陵路上

从上游的蛮荒之中来，到下游的蛮荒之中去。一条河，冲出喧嚣的市区、文明的包围，是在驯服中的不接受、不妥协。乡野，是一条河的家。

回到故乡的故黄河，决定要做一回自己。它不让一切与它无关的东西来修饰它、骚扰它。它像极了一位饱经沧桑的老者，看透了繁华荣耀，看穿了浮名虚利，归于宁静，平和，淡泊。

河坡上，杂树丛生，野草遍地，秋虫唧唧，鸟雀腾空。垂钓者用鱼竿，在与河水对话。

河水能收容一切，有生的，无生的。河水将清洗一切，有色的，无色的。

大河浩荡。

大河前横。

告别和出发

徐州，以云龙山水为背景，以历史人文为底蕴，写满了告别和出发。

渭城朝雨浥轻尘，客舍青青柳色新。

劝君更尽一杯酒，西出阳关无故人。

清和节当春。唐代的天空下，笃信佛教的诗人王维正在西北阳关送友人元二出使安西。

云龙山下试春衣，放鹤亭前送落晖。

一色杏花三十里，新郎君去马如飞。

地陷东南。担任徐州知州的宋朝文豪苏轼，正在云龙山下送他的眉州同乡张师厚赴京城开封参加殿试。

阳关一别，山高水长，诗人王维怎能不为此“三叠”吟唱？后来的元二和王维的交往如何，我们不知道，却看到了送行的和被送的都不能回避那一个阳关。

物换星移，春风得意，徐州太守苏轼又怎能不书写那“三十里”杏花？此后的苏轼在多舛命运中旷达了，我们听闻，他那看似前程似锦的同乡却很快魂归故里。

看来，春天是出发的季节。看来，春天是离别的季节。

柳色抽叶的季节、杏花开放的时节，在唐宋，只能叫作早春二月。到今天，按照阳历来算，已经是阳春三月。

我们一向认为，阳春三月的云龙山水是最美的。一条湖东路，简直集春的万千宠爱于一身。上班时，由北往南，左边是山，右边是水；下班后，由南往北，左首是玉兰，右首是杏花。从云龙湖南岸北望，既有水天一色，也有城市天际，还有九曲云龙山和巍峨苏公塔。仅这一眼，就阅尽了徐州的山山水水、过去现在。

春天，自然是山花烂漫，湖水暖融；秋天也绝不逊色，堪称树树秋声，山山寒色。

吹灭读书灯，一身都是月。初冬时节，风烟俱净，我们在小南湖解忧桥附近，向美国探索频道介绍徐州的远处和深处。

在苏轼送别同乡的地方，藏有季子挂剑处，那是关于信义的一个故事，那是告别的另一种方式。

《史记·吴太伯世家》记载："季札之初使，北遇徐君。徐君好季札之剑，口弗敢言。季札心知之，为使上国，未献。还至徐，徐君已死，于是乃解其宝剑，系之徐君冢树而去。"徐州人追怀季札挂剑酬友的一诺千金，歌曰："延陵季子兮不忘故，脱千金之剑兮带丘墓。"

云龙山脚下的杏花村和挂剑处，见证了男人的告别。燕子楼和王陵母墓，彰显了女人的告别。

春和景明

王陵母自刎，与儿子诀别，成全了儿子，千古高风说到今。

楚汉相争，项羽以王陵母亲为人质，要挟王陵背汉归楚。“请为老妾语陵，善事汉王，无以老妾故怀二心也！”王陵母言毕，伏剑而死。

王陵母亲的目光是深远悠长的，她引导儿子找到了历史厚书中的位置。今天，当我们的目光穿越历史的密实与沉重，与王陵母亲的目光在一个特定的时空相遇，我们依然能感知那坚定的目光——告别了刀光剑影，消弭了烟尘雨雾。

关盼盼绝食，追随夫君而去，成全了自己，每个徐州人的耳边都回响着她的传说。

宋代文豪苏轼夜宿燕子楼，干脆梦到了关盼盼：“明月如霜，好风如水，清景无限。曲港跳鱼，圆荷泻露，寂寞无人见。”云龙山西坡黄茅冈附近，“曲港跳鱼”四个大字鲜红欲滴，我们总感觉那是风华绝代的关盼盼跳起了《霓裳羽衣曲》。

同是天涯沦落人，相逢何必曾相识？盛夏，躲雨于云龙湖心亭里，荷香阵阵，我们向苏南的一对夫妻指认徐州的力度和密度。

你看，从黄茅冈往西，走不多远，就走进了云龙公园，关盼盼的燕子楼和王陵母亲的墓碑就在那里。

王陵母墓安于园内，燕子楼立在园中。春天，桃花杏花恣意绽放；夏天，葳蕤草木自在生长；秋天，纷纷落叶随风飘散；冬天，片片雪花寂寥翻飞。春、夏、秋、冬，一年、十年、百年、千年……两位女性，依然那么刚烈，那么鲜活，似乎从来就没告别人世，告别世人。关盼盼何曾被白居易“写死”？王陵母何时被项羽“逼死”？

那园子，入口极多，东西南北都有，方便你从任何一个地方进入。入口多，出口也多，进入随意，步出轻松。这一点，极像日本作家村上春树的小说《挪威的森林》。

一个让人放松惬意的园子，和一本让人放松惬意的读物，说到底是一样的。你可以从翻到的任意篇章阅读，也可以在任何想要放下的时候离去，不纠缠，不羁绊，不牵扯，不妨碍。向外看，却不向外求；向内走，内心却从不偏执。这无意的一入一出，那轻松的一内一外，不正是我们对待万般事物应该持有的态度吗？一桩或开心或烦恼的事，入得去，出得来；一场或顺利或晦涩的写作，入戏快，出戏快。

那园子，没有围墙，也没有大门。事实上，没有什么将它与它身边的宽阔马路相隔，然而一旦走进去，你却惊讶地发现，园子里、园子外确是两个完全不同的世界——园子还是告别了马路。是园子里的水面吸收了园外的喧嚣，还是园子里的植被释放了宁静清和？我疑惑过。

后来有一天，我们突然想到，其实，这园子内外本身是没有关于喧嚣和宁静、紧张与轻松之别的，区别在于自己的内心。

明白这一点的时候，我们正从园子外面走向它的深处。

我们知道，此时的我们已经能够轻松地与友人告别，与自己告别，与春天告别，与过往告别，与探索频道告别，与苏南夫妇告别，正如苏轼和张师厚告别了平庸，关盼盼和王陵母告别了苟且，季子和徐君告别了平凡。

就这样，让我们与这本报告文学告别。就这样，让我们从这本报告文学出发。

告别，以云龙山水为背景，站在来和去的交点，又何尝不是一种风景？

出发，以徐州人文为话题，珍重聚和散的缘分，又何尝不是一种成全？

会当凌绝顶

——他们说“真旺”

在我的感觉中，贾汪是一块巨大坚硬的石头，它是女娲补天留下的，它的内里还奔腾着炽热的岩浆；贾汪，还像是一把黑夜里的火炬，一举起来，就能让世界会变得光明；贾汪还是一列奔驰着的列车，轰轰隆隆，风雨无阻，奔腾向前。贾汪，真旺；贾汪，一定旺！

——夏正平（宜兴作家）

秀水青山，貌比潘安；欢天喜地，声如凤鸣。

——郭晶萍（江苏师范大学副教授）

潘安湖，这颗镶嵌在贾汪区土地上的璀璨明珠，散发着迷人的风韵。今天的潘安潮不仅是旅游胜地，也是农民致富的重要资源，失地农民可以在湖里养鸭鹅、种莲藕、植芦蒲、放鱼苗等。这真是：

采煤塌陷，乡村坑塘农失地。

华丽转身，沼泽杂芜变花坛。

水产丰富，旅游度假好去处。

最美湿地，徐州市区后花园。

——杜文霞（《乡土·汉风》《徐州杂文》编辑）

方向：顺应时代发展大势，应势而为，依时而谋。

路径：以文“化”人，以点带面，以身作则。

精神：“虽千万人吾往矣”的魄力、坚定和变通。

——张瑾（媒体人）

近年来，“百年煤城”贾汪深入践行习近平生态文明思想，把“只有恢复绿水青山，才能使绿水青山变成金山银山”作为永恒的价值追求，坚定走“生态优先，绿色发展”之路，创新采煤塌陷区治理模式，以此为突破口，大力推进生态、产业、城市、社会四大转型，由采煤塌陷地变为旅游目的地、由资源枯竭地区变为生态旅游区，“贾汪真旺”成为新时代贾汪的黄金名片。

——田勇（电视媒体人）

从煤城到园林旅游城市，贾汪，选择了生态共存可持续发展的道路，完成了“一城煤灰半城土”到“一城青山半城湖”的绚丽蜕变。贾汪，在风雨中，在光阴的氤氲里，历经了多少沧海桑田的洗礼，洗尽铅华，华美转身；贾汪，在阳光下，在交错的时空里，如今的一幅幅生动画卷，徐徐铺开，鲜艳诗情；贾汪，在机遇后，在梦想的道路上，不断孵化、迸发的新生命体，迎接挑战，勇敢前行！

——李继玲（徐州市作家协会副主席）

贾汪之旺，旺在对幸福生活的共同追求、对理想信仰的忠诚坚守，真善美是贾汪村民在不同历史时期的不变情怀。

——杨劲松（电影工作者）

作为生于斯长于斯的贾汪人，家乡变化有目共睹，感同身受——遥远传说的“逐水而来，围汪而居”；近代百年的“因煤而聚，因煤而兴”；“7·22”事故的“煤尽城衰，深陷低谷”；现如今的“凤凰涅槃，浴火重生”……无不让贾汪人感慨动容，热泪盈眶！

作为曾经的新闻工作者，亲眼见证、亲身经历：21世纪以来尤其近年来贾汪的变化历程——由地下开采，到地上发展的“一次转型”；从“一城煤灰半城土”到“一城青山半城湖”华丽蜕变！其间，是物质生活的不断提高，是生态环境的根本改变，更是贾汪精神家园的重建，是贾汪人归属感自信心的再塑！

信心胜过黄金。贾汪人积聚的精神力量必将激励贾汪再出发，一往无前！

——董进（基层公务员）

一潭碧水，用人工的方法，补救了另外一次人工的失误。

——张晓风（台湾散文作家）

贾汪是一片古老而美丽的土地。这片土地上的人们，世世代代忙着生，忙着活。在奋斗圆梦、实现小康的时代征程中，贾汪上演了一幕幕人间正剧，流传着一桩桩创业往事。

《贾汪真旺》一书，以历史变迁为底色，以人物经历为脉络，用娴熟的写作技巧为这片葳蕤无限、风姿无限的土地作传，用充满诗意和激情的文笔为奋斗在这片土地上的劳动人民作传，记录下他们的荣与辱、悲与欢、哭与笑，绘就了一幅生动鲜活的大美画卷。

——吕峰（江苏省作家协会签约作家）

我是土生土长的徐州人，对贾汪有着特殊的感情。上学时，贾汪的同学邀请我去他家做客——那真是一场风尘仆仆且漫长的旅途，25路公交车与拉煤车并驾齐驱，硬生生地拼出小轿车的速度。“一骑红尘路人叫，无人知是公交来。”这是小时候的印象。

长大后，我开始从事古琴文化的传播，贾汪则成为徐州的后花园。徐贾快速通道便捷又干净，一路绿色相伴。“您快来贾汪开琴社吧，我们那里可多人想学习呢。”这是贾汪学生每次来徐州必说的。

如今，贾汪人民过上了“小康生活”，正在追求“大康日子”，不光物质上富裕了，精神生活的追求也高了。让我深有感触、深为感动的，是他们所表现出的对传统文化的珍惜、热爱。这不，我的琴社已经开起来了。先不说了，我得去贾汪上课啦。

——徐海鹏（徐州古琴学会副会长）

我以江南人的眼光触摸贾汪，惊叹其“疑是明珠落贾汪”。贾江真旺，旺在田野风景如画；贾汪真旺，旺在百姓安居乐业。贾汪人用艺术审美的体验，建设出小康社会生活的牧歌田园。贾汪人用奋力拼搏的精神，强抓机遇，在煤灰尘土上描绘出振兴乡村的桃花源。一个人际和谐、充满希望的贾汪，正以饱满的艺术元素，为世界提供了现代生态的地域文化符号。相信贾汪能够以更加开放的姿态，走在现代化的康庄大道上。

——周苏蔚（常州市金坛区农村经济研究会副秘书长）

贾汪又称“泉城”，据说因“临汪而居”的贾氏众多，才有了“贾汪”这个称号。2018 年，因为工作原因，我曾在贾汪小住过几日。从马庄红色人文，到潘安湖生态风貌，我实在无法想象，一座“百年煤城”如何蜕变为徐州的“后花园”？无论是经济排名，还是生态建设，贾汪俨然成了江苏的一张金色名片。正如它的别称“泉城”一样，贾汪像涓涓流淌的泉水一样，滋养一方水土，润泽世代心田。也正是这样的碧波清流，造就了贾汪的包容、开放、传承和开拓。相信在不远的将来，这座历史沉郁、底蕴深厚的文化名城，必然会在广袤的江苏大地上熠熠生辉，在全面实现小康的中国故事中光彩照人。

——刘康（青年诗人）

据大吴老人介绍，1958 年，大吴段修建运河，根本目的是运输煤炭。贾汪城区及权台矿、旗山矿的煤炭，经铁路专营线运输到双楼港。

双楼港修建于 20 世纪 50 年代，位于京杭大运河徐州段解台闸下游 3 公里（二级航道），紧邻 206 国道，与 310 国道及京福高速相通。港口配有铁路线，连接津浦、陇海两大铁路主干线，已成为公铁水联运大型港口，是徐州东部地区煤炭、矿石、钢材、粮食、建材等大宗货物的仓储物流配送集散中心港。

贾汪片区煤矿资源通过双楼港，经京杭运河，运往南方，是徐州煤炭南运的主要线路。该段运河因煤而兴，煤炭文化与运河文化水乳交融。那个年代，大吴船来船往，兴旺发达，好不热闹。

——李路（贾汪区大吴街道副主任）

精彩，在前面

何圭襄

直到这部作品完成，我才得以真切地了解文学创作的合作模式和内涵。在那以前，我总以为是一个人对另一个人的提携或客套。事实却不是这样的。

2018 年，长篇报告文学《贾汪真旺》列入江苏省作家协会重大题材文学作品创作工程。为了完成这一项目的采写创作任务，一段丈夫和妻子、文学和新闻、理性和感性的合作开始了。因为我俩都有工作，因为我们都是业余写作，这样的合作也只能在周末和节假日进行。

现在，当这部作品摆在案头的时候，我不禁想起了我们一年间的种种合作细节。所谓的合作，是多种形式的。比如，一次次去贾汪采访，就是我在开车，她在副驾位置坐着。一次次的访谈，常常是我来发问，她来记录。我以新闻的眼光打量和思考，她以文学的手法表达和呈现。每一章、每一篇、每一段，或由她开头，或由我开篇。我写成后，由她来删减腾挪，或她写成后由我来腾挪删减。标题、正文，打磨、润色，大规模地“砍”、小范围地“敲”，如此一而再、再而三，终于完成了这本书的创作。

再密切的合作也会有争执。比如说，她改写我的东西，总是把她认为多余“的地得”和“了”字删掉。这种“粗暴”的做法常常引来我的抗议——我就要这样表达，这就是我的风格。但是，真正遇到大是大非的原则性问题，我总是谦逊地表示接受。因为我也知道，报告文学它不仅仅是报告，更是文学。报告修饰了文学，文学才是结果，在文学的修养方面，她自是高我一筹，我必须服从。

一本书，简直就是积字成雨——今夏的雨，磅礴倾泻，成汪洋。一年里，忙，累，苦，是常态。忙到“不能容针”，是常言。即使这样，她仍会说“让我们敲希望的钟，让我们推希望的门”。

是的，钟不敲不响，门不推不开。有谁知道，在进行《贾汪真旺》采访创作的同时，她的另一本散文集《爱比受多了一颗心》也已经付梓，即将与全国读者见面。

是啊，没有一年的忙和累，就不会有对贾汪的深挖掘和再认识，也不会有对贾汪真旺的文学观察和文字呈现，更不会有对贾汪的持续关注和无穷热情。

后来，我听说，孟庆喜荣获2019年中国功勋村干部。得此荣誉者，全国仅两人。再后来，我又听说，在国家生态环境部公布的第三批“绿水青山就是金山银山”实践创新基地名单上，贾汪区赫然在列。紧接着，我还听说，贾汪区又被评为“国家农产品质量安全县”……

没有一年的忙和累，就不会认识那么多平凡而可爱的贾汪人，就不会交上那么多真诚而热情的新朋友。采风来回的路上，我总是回味她的一句话：友好，多么好！诚哉斯言！

你看，贾汪区委宣传部的同志百忙之中为我们提供了很多精彩图片——虽然，我们不知道那些摄影者的姓名；你看，《徐州日报》记者孙井贤先生也利用国庆假期专程赴贾汪为本书拍摄图片——虽然，本书不可能用上所有的图片。对此，我们永怀感激。

没有一年的忙和累，就不会有一份属于自己的对当下中国的观察，就不会如此真切地触摸到中国梦的现实脉动，就无从真切体会从“站起来”到“富起来”到“强起来”的激烈壮怀！在增删章节的过程中，我常常听她一遍遍感慨：有多少付出，就有多少幸福。

2019 年是中华人民共和国成立 70 周年，这是国之大事。对于我们三口之家而言，儿子从世界名校毕业并获得学位，自然是家之大事。2020 年，是我国消除绝对贫困、全面建成小康社会的伟大年份。对于将写作视为第一爱好的我们夫妇来说，创作这部作品，是我们的“人生大愿”，似乎也是我们的又一个“孩子”，倾注了我们的心血、汗水和爱。

写到这里，我忽然想到，有些人读书是习惯于从后记开始的。如果你正是这样做的，那么读完这篇后记请往前翻阅。

精彩，在前面。

2019 年金秋

于徐州故黄河畔荷堂

一色杏花三十里